MARTIN MUCHA

Liebessiegel

ALTE LIEBE rostet doch? Arno Linder ist endlich Professor. Seine Frau Laura erwartet ein Kind. Alles scheint perfekt. Stünde da nicht die schönste Frau der Welt auf Arnos Schwelle: Kaede, seine alte Flamme. Als Kaede die Stadt verlassen muss, atmet Arno auf. Doch nur für einen Moment, denn Kaede stirbt unter mysteriösen Umständen. Mit einem Abschiedsbrief als einziger Spur macht sich Arno auf die Suche nach dem Mörder. Über ein Theater, einen Maler und einen Antiquitätenhändler führt die Spur ins Herz der Republik: das Haus- und Hofarchiv am Minoritenplatz. Doch alles, was sich Arno dort eröffnet, ist eine Wahrheit, die schon jeder kennt. Arno scheint endgültig am Ende seines Lateins angekommen, als ein Auto neben ihm hält. Einsteigen und loslegen sind für den verrückten Doktor eins, und er stößt auf eine Spur, die ihn zurückführt in die eigene Vergangenheit und an deren Ende nichts so ist, wie es scheint.

Dr. Martin Mucha, geboren 1976 in Graz, studierte in Wien Philosophie, Geschichte und Theologie. Er arbeitet seit über zehn Jahren im Bereich Drehbucherstellung für Kino- und Fernsehfilme. Seiner ausgedehnten Reisetätigkeit, vor allem nach Asien und Afrika, entsprang bislang ein Bild-Text-Band über Afghanistan und Tadschikistan. Nach seinem viel beachteten Krimidebüt »Papierkrieg« und den Folgebänden »Seelenschacher«, »Beziehungskiller« und »Erbschleicher«, die ebenfalls in seiner Wahlheimat Wien spielen, ist »Liebessiegel« sein fünfter Arno-Linder-Krimi im Gmeiner-Verlag. »Seelenschacher« stand 2011 auf der Shortlist für den Leo-Perutz-Preis.

Bisherige Veröffentlichungen im Gmeiner-Verlag:
Die Lebensversicherung im Plastiksackerl (2015, E-Book Only)
Zufälle und Mordfälle (Gmeiner Digital, 2014)
Erbschleicher (2014)
Beziehungskiller (2012)
Seelenschacher (2011)
Papierkrieg (2010)

MARTIN MUCHA

Liebessiegel

Kriminalroman

GMEINER SPANNUNG

Dieses Buch wurde vermittelt durch
die Literaturagentur erzähl:perspektive

Personen und Handlung sind frei erfunden.
Ähnlichkeiten mit lebenden oder toten Personen
sind rein zufällig und nicht beabsichtigt.

Besuchen Sie uns im Internet:
www.gmeiner-verlag.de

Im Ehnried 5, 88605 Meßkirch
Telefon 07575/2095-0
info@gmeiner-verlag.de

1. Auflage 2015

Lektorat: Claudia Senghaas, Kirchardt
Herstellung: Mirjam Hecht
Umschlaggestaltung: U.O.R.G. Lutz Eberle, Stuttgart
unter Verwendung eines Fotos von: © Irmela Nothdurft, Stuttgart
Druck: GGP Media GmbH, Pößneck
Printed in Germany
ISBN 978-3-8392-1752-8

»… and they spent the rest of their lives
in search for fools gold«

Phil Lynott

Wenn ich mich an die Zeit erinnere, als Kaede in mein Leben zurückkehrte, dann muss ich nicht lange nachdenken, um genau zu wissen, was mich damals so aus der Bahn warf. Ich war vorbereitet, ernst, vorsichtig und verantwortungsbewusst zu sein. Zehn Sekunden und eine geöffnete Tür reichten aus, um alles über den Haufen zu werfen. Ich weiß genau, woran das lag. Es lag an Kaedes Duft.

Den optischen, den akustischen, den haptischen Eindrücken gegenüber können wir Menschen Barrieren entgegensetzen, die wir in langen Jahren errichtet haben. So stark diese Eindrücke auch immer sein mögen, wir können sie ertragen und beherrschen.

Mit dem Geruchssinn ist es etwas anderes. Der trifft uns mitten in unser Sein. Dorthin, wo kein Panzer und kein Schild uns schützen. Einmal eingeatmet, und der Duft der Jugend hüllt einen ein wie ein göttlicher Hauch. Ein Tor tut sich auf in eine längst vergangene Zeit, die um einen herum wieder ersteht.

Doch sobald man ausatmet, ist der Spuk vorbei. Die Jugend vergangen, und das Jetzt allein bleibt übrig.

1. KAPITEL

I

Institutssitzungen haben immer was Langweiliges. Administrative Angelegenheiten. Enervierendes Ennui. Immerzu Intrigen. Omnipräsente Omnachtung. Unpackbare Umsonstigkeit. Schon beim Gedanken daran switcht mein Hirn auf Deep Sleep Mode. Nicht mal Stabreime machen da mehr Spaß.

Es war einer dieser langen Nachmittage, und ich hörte dem Plappern einer Kollegin zu. Ob es um Sexismus, Heteronormativität oder das Aufbrechen patriarchaler Strukturen ging, ist mir nicht mehr erinnerlich. Jedenfalls startete die ganze Diskussion mit der Auswahl des neuen Kopierpapiers für das Institut. Von da war es nur mehr ein kleiner Schritt bis zum Geschlechterkampf. Da ich der einzige Vertreter meines Geschlechts in der Sitzung war, brach die gesamte Frustration des weiblichen Lehrkörpers über mich herein. Was sich in mancher Situation als lustvolle Erfahrung denken lässt. Nur halt nicht im Rahmen einer Institutssitzung. Ich zog mich in meinen Seelenpalast zurück und ließ die Damen diskutieren. In meinem Seelenpalast saß ich auf einem handgegerbten Ledersessel, trank Sencha und las Ovid. Wenn der gewusst hätte …

Jedenfalls schreckte mich irgendwas auf. Ich kehrte an

die Oberfläche meines Bewusstseins zurück und versuchte herauszufinden, was da nicht stimmte. Ich brauchte nur einen Augenblick. Es war still. Viel zu still. Alle blickten auf mich. Ich hatte doch nicht wieder laut gedacht? Nein, nein beruhigte ich mich. Langsam räusperte ich mich und blickte hoheitsvoll in die Runde. Nur keine Unsicherheit zeigen. Sie können Angst riechen. Um keinen Blödsinn zu sagen, biss ich die Zähne aufeinander und schwieg.

»Herr Professor Linder?«, sprach mich Frau Glanicic-Werffel an. Ein hintergründiges Lächeln umspielte ihre Lippen. Meine Chefin, die Vorständin des Instituts, kannte mich genau. »Was halten Sie von dem Vorschlag?«

»Hm«, machte ich und versuchte, gewichtig zu klingen. »Ein zweischneidiges Schwert.«

Wieder machte ich eine kleine Pause und hoffte darauf, dass mich irgendeine der Kolleginnen unterbrechen würde. Normalerweise taten sie das alle Augenblicke. Aber jetzt nicht. Alle starrten mich an und warteten auf eine Wortspende. Ich war ins Eck gedrängt und fühlte mich wie Friedrich der Große im Siebenjährigen Krieg. Bloß ohne Siege, und Zarin Elisabeth wollte auch nicht sterben. Außerdem würde die Worte ›der Große‹ auch nie wer hinter meinen Namen auf einen Grabstein schreiben. Bitter.

»Also gut, ich bin dabei«, meinte ich und hoffte inbrünstig, dass ich mich weder blamiert noch in irgendeine unangenehme Situation geritten hatte.

»Ausgezeichnet«, meinte Glanicic-Werffel und hakte irgendwas auf ihrer Liste ab. »Und nun zurück zum ersten Punkt. Was ist mit dem Kopierpapier?«

Ein Summen und Brausen zog durch das Zimmer, wirbelte in den Ecken und verdichtete sich über dem langweilig modernen Schreibtisch, um den wir saßen, zu einer Gewitterstimmung.

»Es kann nicht sein, dass wir weiterhin Papier von einem Hersteller beziehen, der keine Frau in der Geschäftsführung hat. Wie vorhin schon ausgeführt: Ich habe recherchiert, war vor Ort, das ist eine Tatsache. Wir müssen dem Sexismus, den das männliche Patriarchat …«

Weiter hörte ich ihr nicht zu. Das würde jetzt wieder eine halbe Stunde so weitergehen und damit enden, dass wir ein Papier haben würden, das doppelt so schlecht und vierfach so teuer war wie bisher. Was wiederum dazu führen würde, dass wir weniger Bücher ankaufen und weniger alte wieder instand setzen lassen können würden. Aber wir müssen halt alle Opfer bringen im großen Kampf. Ich beneidete den alten Gruber, das einzige andere männliche Mitglied des Instituts. Der musste nicht mehr an diesen Sitzungen teilnehmen, seitdem er ohne Schuhe und mit den Socken an der Nase am Institut aufgetaucht war. Er durfte nun zu Hause arbeiten. Wie man hörte, musste er allerdings auch ständig eine Windel tragen, aber das war ein kleiner Preis, wie mir schien. Ich zog mich wieder in meinen Seelenpalast zurück und las weiter in meinem Ovid. Aber erst nachdem ich tief durchgeatmet hatte und ein Schluck bester Sencha durch meine Kehle geronnen war. Hmmm. Sencha.

Ich war gerade wieder einmal beim Anfang der Heroides, der Stelle, an der Penelope davon spricht, dass Troja für alle anderen gefallen ist, nur nicht für sie, als mich ein allgemeines Rascheln und Stuhlrücken aus dem Genuss der Lektüre riss. Ich blickte mich um, und alle waren dabei aufzuspringen und den Raum zu verlassen. Gut, die Sitzung war endlich vorbei. Glanicic-Werffel blickte mich an und winkte mich zu sich. Schlecht, das Leiden ging weiter.

»Die anderen können gehen. Professor Linder, Sie kommen noch für einen Augenblick zu mir.«

»Was habe ich diesmal verbrochen?«, fragte ich, als wir allein waren.

»Nichts«, meinte Glanicic-Werffel, »von dem ich wüsste. Es ist nur so: Laura hat mich vorhin angerufen, sie kann Sie nicht erreichen und ich soll Ihnen ausrichten, dass Sie zurückrufen sollen.«

Nachdem meine Frau, die Rechtsanwältin ist, die Scheidung von Glanicic-Werffel geleitet hatte und dem untreuen Ehemann meiner Chefin das letzte Hemd und jeden Rest von Selbstachtung genommen hatte, waren die beiden beste Freundinnen. Auf dem Papier klingt das gut, in der Realität ist das eine Katastrophe. Mit Laura ging sie ins Konzert und zur Weinverkostung. Es gab nichts, was die beiden nicht von mir wussten. Ich war ihnen hilflos ausgeliefert. 24/7-Überwachung, die NSA ist dagegen lächerlich.

»Danke!«, sagte ich und wollte schon gehen, als mich meine Chefin schelmisch ansah.

Die kurzen eisgrauen Haare lagen in schönen Locken eng am Kopf, die Augen blickten mich klar und durchdringend an, der Lidstrich war wie von Picasso gezogen. Ebenso fein wie elegant. Sie schmunzelte.

»Sie haben keine Ahnung, wozu sie vorhin Ja gesagt haben, oder?«

»Das hat mich noch nie gestört«, meinte ich trotzig.

»Kann ich mir vorstellen«, meinte meine Chefin, und ich war entlassen.

Auf dem Weg zu meinem Büro – ich hatte nun eines als ordentlicher Professor, obgleich es derselbe Raum war, den ich zuvor bewohnt hatte, nur ohne Studenten – schaltete ich mein Handy ein. Das Ding ist schon uralt, und der Akku ist schwer hinüber. Ich kann es nicht mehr ständig laufen lassen. In meinem Zimmer plumpste ich in meinen Sessel und schenkte mir einen ordentlichen Schluck aus der Bürokanne ein. Dann drückte ich den grünen Knopf.

»Ja?«, meinte Laura ein paar Augenblicke später.

»Hi, Süßeste, was gibt's?«, fragte ich leichthin.

»Wir müssen reden«, antwortete Laura ernst.

»Tun wir ja.«

»Ich mein ein echtes Gespräch.«

»Von Angesicht zu Angesicht?«

»Genauso.« Laura klang erstaunlich ernst.

»Oh mein Gott. Du bist schwanger!«, entrang sich mir ein tonloser Ausruf.

Die Wirklichkeit um mich herum zerfiel zu grauen Schatten, die ascheartig ihre Konturen verloren und zu kleinen Häufchen zusammensackten. Dann zerblies sie ein unfühlbarer Wind. Es kam mir ein bisschen so vor, wie wenn Gott die Schöpfung rückgängig gemacht hätte.

Am anderen Ende der Leitung schwieg Laura einen Moment. Dann meinte sie: »Ja, Arno. Ich bin schwanger. Ich denke, wir sollten darüber reden.«

»Mhm.«

»›Mhm‹ machen ist kein Reden. Streng dich ein bisschen mehr an.«

Ich versuchte krampfhaft, etwas zu finden, was man in einer solchen Situation sagen könnte. Allein, mir fiel nichts ein.

»Du könntest zum Beispiel sagen, dass du dich freust«, meinte Laura, nachdem ich eine gefühlte Stunde nichts rausgebracht hatte.

Mir war klar, dass ich bis jetzt alles falsch gemacht hatte, was sich in einer solchen Situation überhaupt nur falsch machen ließ. Laura war ein Engel, dass sie mir noch keine Morddrohung zukommen hatte lassen.

»Ähh«, war meine Antwort.

Ich steuerte auf eine Katastrophe zu und ich wusste es. Mit schwangeren Frauen verhält es sich wie mit verletzten Tigern: Man sollte sie besser nicht reizen. Aber dafür war es vielleicht schon zu spät.

»Arno!«, ermahnte mich meine Frau.

Sie klang rasch böse werdend. Und ein klein wenig verletzt. Mit dem Gedanken an eine schwangere, verletzte Laura, die im Unterholz lauert, nur bereit, loszuschlagen, löste sich endlich meine Blockade.

»Süße, das muss gefeiert werden, wir gehen essen! Ich reservier' was und komm dich um sieben in der Firma holen. Okay? Das ist der schönste Augenblick meines Lebens. Ich freu mich so für uns. Wir werden eine Familie.«

Damit legte ich auf. Nach dem Sermon verharrte ich zunächst reglos. In meinen Ohren klang ständig: Wir werden eine Familie. Ich checkte meinen Terminkalender und stellte fest, dass ich keine Lehrverpflichtung hatte. Es kam auch keine Studierende, gleich welchen Geschlechts, zu mir wegen Diplomarbeiten oder Dissertationen. Ich hatte frei. Normalerweise hätte ich mich jetzt in die Bibliothek zurückgezogen, aber so gab es nur einen Ort auf der Welt, wo ich mich jetzt geborgen fühlen würde.

Eine halbe Stunde später saß ich in meiner alten Wohnung, und ein paar Kumpels schauten vorbei. Wobei, ich kannte sie nicht persönlich, anwesend waren sie auch nicht und außerdem schon alle tot. Aber CDs sind eine feine Sache. Die Jungs jammten, und ich grübelte. Charlie blies sich die Lunge aus dem Leib, Max trommelte wie ein Berserker, und Dizzie gab den coolen Hund. Bloß Thelonius war nicht so gut in Fahrt. Aber wer ist das schon bei solchen Neuigkeiten.

›Gib acht, was du dir wünschst, es könnte in Erfüllung

gehen.‹ Bis vor einer Stunde hatte ich das nur für einen coolen Spruch gehalten. Aber jetzt wusste ich es besser. Ich hatte bekommen, was ich mir gewünscht hatte.

Ich liebte eine wahnsinnig kluge und schöne Frau, die den schönsten Hintern der Welt hatte und mit mir zusammen sein wollte. Ich hatte endlich eine Anstellung am Institut. Alles war perfekt. Na gut, es gab da die StudentInnen, die Institutssitzungen und das Haus, das Laura haben wollte. Damit wir es kaufen konnten, hatte ich eine Lebensversicherung abschließen müssen. Das war schon hart, aber alles noch zu ertragen gewesen. Dem war nun nicht mehr so. Es war alles aus. Ich würde Vater werden. Kein Wunder, dass sich meiner damals aus dem Staub gemacht hatte.

Ich sah mich Rasen mähen und Unkraut jäten und dann unsere Kinder zu den Klavierstunden fahren. In meiner Muße würde ich dann vielleicht Briefmarken sammeln oder chinesisches Porzellan oder solche Sachen. Mir lief ein Schauer den Rücken runter.

Schnell trank ich meine Schale Tee aus und schenkte nach. Ilam Feng. Grüner Tee von den Hängen des Himalaja. Passt wunderbar zum Wiener Hochquellwasser. Und zu Bebop. Wieder leerte ich meine Schale im verzweifelten Bemühen, mich so weit zu beruhigen, dass ich mich einigermaßen Herr der Situation schimpfen konnte.

Ich überlegte mir kurz, ob ich mir einen picken sollte, ließ es aber bleiben. Meine Performance Laura gegenüber war bis jetzt suboptimal gewesen; wenn ich stoned zum Abendessen gekommen wäre, hätte das sogar Lauras Regentonne zum Überlaufen gebracht. Also verräumte ich mein Equipment wieder und blickte mich in der leeren Wohnung um. Bis auf meinen alten Ohrensessel, eine kleine Soundanlage, einen Wasserkocher und ein Teegeschirr war nicht viel da. Der Rest war in unserem Häuschen. Obwohl, das war schon ein richtiges Haus. Jetzt, wo ich darüber nachdenke, war das mit der Schwangerschaft sicher keine große Überraschung, denn Laura wollte unbedingt drei Schlafzimmer haben. Ich hatte mich noch gewundert, wozu, und auf bizarre Sexualtechniken gehofft. Jetzt war es mir klar. Die Frau hatte von Anfang an an Kinder gedacht. Höchstwahrscheinlich hatte sie sogar einmal davon gesprochen, und ich hatte dazu genickt und es gar nicht richtig mitgekriegt. Wahrscheinlich am Frühstückstisch. Sie hatte dort gesessen, im Morgenmantel, ihr Ei gelöffelt, der Kaffee hatte geduftet, und ich hatte gerade genießerisch in die frisch geschmierte Buttersemmel gebissen. Meine Nase hatte ich tief in eine Grammatik gesteckt gehabt, wie immer zum Frühstück, und da war es passiert.

»Du Arno, ich wünsche mir Kinder.«

»Mhmm.«

»Hörst du überhaupt zu?«

»Sicher.«

»Hör auf zu lesen und schau mich an.«

»Ja«, hatte ich wahrscheinlich geantwortet und mich zu ihr hinübergedreht.

Da hatte ich wahrscheinlich bemerkt, dass ihr Morgenmantel zu kurz war. Ihre glatten Schenkel waren zu sehen gewesen, und Bumm. Wahrscheinlich hätte ich in dem Moment nicht mal mitgekriegt, wenn ein Brontosaurier auf unseren Frühstückstisch geschissen hätte.

So oder so ähnlich hatte sich das zugetragen. Zugestimmt hatte ich wahrscheinlich auch noch. Verdammt.

Vielleicht sollte ich mir doch noch einen picken. Ab jetzt wäre ich Vater. Da würde das nicht mehr gehen. Unkontrollierter Drogenkonsum und so. Mhmm. Allerdings bestand die Möglichkeit, dass, wenn ich jetzt noch einen Letzten rauchen würde, ich dann überhaupt gar nie die Möglichkeit hätte, die Vaterschaft anzutreten. Laura kann sehr hart in ihren Entscheidungen sein. Dieses Entweder-oder abzuwägen, dauerte keine halbe Sekunde. Ich räumte die alte Zigarrenschachtel weg, unter den Stuhl. Dann lehnte ich mich wieder entspannt zurück und lauschte den Jungs. Thelonius war jetzt auch besser drauf und jammte schräg drauf los, dass die Harmonien nur so knackten. Die Musik würde mir niemand nehmen können. Und den Tee auch nicht. Als ich fast so weit war, meinen inneren Frieden mit der neuen Lebenssituation zu schließen, klopfte es an der Tür. Ich war überrascht. Denn eigentlich wohnte ich hier gar nicht mehr. Mit Ende letzten Monats war ich offiziell ausgezogen. Mike hatte da ein bisschen rumgetrickst, und in der Wohnung war ein Serbe gemeldet. Der Typ würde mir aber nie in die Quere kommen, denn der lag schon seit einiger Zeit auf irgendeinem kleinen Friedhof im Kosovo. Wenn die eigene Frau klüger ist als man selbst, dann muss man zu allerhand Vorsichtmaßnahmen greifen.

Ich wohnte hier nicht mehr. Der Serbe war tot. Wer konnte da draußen klopfen? Viel blieb nicht übrig. Gevatter Tod, die vier Reiter der Apokalypse, vielleicht aber auch das Schicksal. Mannhaft und verwegen riss ich die Tür auf. Bereit, allem zu trotzen, hatte ich keinen Blick durch den Spion riskiert. Was vor mir stand, war schlimmer als alles, was ich erwartet hatte. Es war die schönste Frau der Welt.

II

»Du bist also jetzt verheiratet?«, meinte Kaede, ihr hohes geeistes Glas langsam an den Mund führend.

Wir saßen an der Bar des Intercontinental am Heumarkt. Das Licht war warm und golden. Das leise Murmeln der Gäste tanzte beschwingt auf den Takten der geschmackvollen Hintergrundmusik.

»Ja, jetzt schon ein bisschen mehr als zwei Jahre.«

»I come late …«, begann Kaede ein Zitat und ließ es auffordernd ausklingen.

»… to delights already taken and possessed«, vollendete ich die Zeile Ovids. »Das hast du dir gemerkt? All die Jahre?«, fragte ich nach.

»Sicher, es gibt nicht viele schönere Liebesgedichte als das.« Kaede schaute mich an und seufzte unhörbar. »Warum ist nie die richtige Zeit für uns?«

»Wir sitzen doch gemeinsam hier!«, wich ich aus.

»Ach, das mein ich doch nicht. Warum bin ich zu spät? Warum warst du damals zu spät, oder zu früh? Was ist daran gerecht?«

»Gerecht? Damit hat das nichts zu tun, das ist das Leben.«

»Ja, das Leben.« Kaede lehnte ihren Kopf an meine Schulter. »Weißt du, Arno, eigentlich hat man eh immer alles, was man will. Man ist nur in dem Moment dann immer zu dumm, um es zu bemerken.«

»Zu dumm, um zu bemerken, dass man es hat oder dass man es will?«

»Beides, glaube ich, beides.« Kaede schaute in ihr Glas. »Und dann sitzt man neben dem Mann, den man will, und der ist verheiratet.«

Wir schwiegen uns kurz an.

»Und? Glücklich?«, fragte sie weiter.

»Sehr.«

Kaede sah mich an, mit dem neckischen Lächeln, das ihrer Modelschönheit einen schelmenhaften Lausbubenanstrich gab, der mehr aus ihr machte als ein bloßes Hochglanzcovergirl. Sie nahm einen weiteren winzigen Schluck aus ihrem Glas.

»Darum sitzt du auch allein in einer dunklen, leeren Wohnung und hörst diese grässliche Musik?«

»Das ist Bebop!«, protestierte ich und kam mir vor wie ein 13-Jähriger, der einer Frau gegenüber Dinge sagt, die er noch nicht versteht, weil er ernst genommen werden will.

»Sicher«, meinte Kaede.

Sie stellte ihr Glas auf der weißen Papierserviette ab. Ihre schlanke Hand, die langen Finger, das dunkle Holz, das weiche, weiße dicke Papier. Es war perfekt.

Ich schwieg.

»So schlimm?«, fragte sie mitfühlend.

Ich nickte.

»Sag schon«, stupfte sie mich an.

»Laura ist schwanger«, meinte ich.

»Laura ist deine Frau?«

»Ja.«

»Dann ist doch eh alles in Ordnung. Ich dachte schon, du hättest deiner Geliebten ein Kind gemacht.«

Kaede sprach perfekt Deutsch, allerdings hatte sie die Angewohnheit, sich über die harten Dentale der deutschen Sprache fast unhörbar hinwegzuschummeln. Es war ungeheuer sexy.

»Ich habe keine Geliebte.«

»Sicher«, antwortete mir Kaede, und aus ihren Augen sprühten die Funken der Ironie.

Für Kaede ist Moral ein Fremdwort. Im wahrsten Sinn des Wortes.

»Gehst du jetzt zu ihr?«, fragte sie mich.

»Sicher, wir gehen Abendessen.«

»Wie romantisch. Ich glaube, ich mag deine Frau nicht.« Kaede hielt den Kopf schräg, wie um ihren Worten nachzuschmecken. »Nein, ich mag deine Frau überhaupt nicht.«

Kaede nahm einen letzten Schluck. Im leeren Glas blieben nur ein paar Eiskrümel und zerstoßene Minze. Sie fischte ein kleines Portemonnaie aus ihrer Handtasche, legte einen Fünfziger auf den Tresen und nickte dem Barmann zu.

»Ich bin jetzt wieder in Wien, Arno. Schon zwei Monate, aber ich hab mich nicht getraut, dich zu besuchen.«

»Nicht getraut? Das glaubst du selbst nicht. Für was brauchst du mich?«, fragte ich nach, aber sie überging die Frage, als ob ich sie nie gestellt hätte.

»Wir sollten uns öfter sehen. Um der alten Zeiten willen«, meinte sie und hakte sich bei mir unter, während wir hinausgingen.

»Damals, als du mich an Cotton-Whyte verpfiffen hast, oder danach, als du mich wegen dem Milliardär sitzen hast lassen?«, wollte ich nachfragen, aber Frauen, die so schön sind, dass das Herz in der Brust schmerzt, denen wirft man nichts vor. Denen wird gehorcht.

Der Typ draußen im Lackaffenoutfit stieg gerade aus Kaedes kleinem Sportflitzer und hielt ihr die Tür auf. Ohne mich aus den Augen zu lassen, gab sie dem Typen einen Zwanziger. Er zerfloss förmlich vor Hingabe. Kaede warf die Arme um meinen Hals wie ein Netz, das einen Vogel fangen soll, und zog mich zu sich herunter. Dann hauchte sie mir einen Kuss auf die Wange und drückte ihren Kopf an meinen Hals. Ihr unbeschreiblicher Duft hüllte mich ein.

»Soll ich dich zu ihr hinfahren?«, fragte sie mich ins Ohr.

»Nein.«

»Angst, dass sie von uns wissen könnte?«

»Angst ist gar kein Ausdruck«, meinte ich ernst und biss mir auf die Zunge. Ich hätte sagen sollen: »Da ist nichts, was sie nicht wissen darf«, aber das hatte ich nicht gesagt.

»Angst, so warst du doch früher nicht«, gab Kaede zurück.

»Das ist lange her.«

»Du änderst dich nicht!«, lachte sie und stieg ins Auto.

Ohne Rücksicht drängte sie sich in den Verkehr draußen und war verschwunden. Ich blickte ihr nach. Es dauerte ein wenig, bis ich aus dem Zauber erwachte und merkte, dass ein halbes Dutzend Männer einem ähnlichen Schicksal erlegen war wie ich. Einer bekam von seiner Frau deswegen Saures. Ich ging die Johannesgasse hinein in die Innere Stadt und versuchte, an Laura, das Baby und unsere Zukunft zu denken.

Als ich in die Bäckergasse kam, wo Lauras Kanzlei beheimatet war, ging mir noch immer so manches durch den Kopf. Ich lehnte mich gegen die Wand des Hauses vis-à-vis von dem, in dem Laura arbeitete. Vom Problemkreis Schwangerschaft einmal abgesehen kreisten meine Gedanken um Kaede. Ich war so überrascht gewesen von ihrem plötzlichen Auftauchen, dass ich überhaupt gar nicht daran gedacht hatte, sie zu fragen, was sie denn eigentlich in Wien machte. Das letzte Mal, dass wir uns gesehen hatten, war schon gute 15 Jahre her. Als wir uns kennengelernt hatten, war sie die Lebensgefährtin eines britischen Ganoven gewesen, der in Wien sein Unwesen trieb. Es war eine komplizierte Liebe gewesen. Weil nicht klar war zwischen wem und ob überhaupt. Aber schön war es schon gewesen. Irgendwie zumindestens. In den Jahren seither hatte ich zwar oft an sie gedacht, aber nie mehr etwas von ihr gehört. Dem Anschein nach verfügte sie über Geld. Die Frage, warum sie aber in Wien war, blieb weiterhin unbeantwortet.

Da es nicht mehr lange dauern konnte, bis Laura zur Tür herauskommen würde, versuchte ich, die Gedanken von Kaede wegzulenken. Das gelang nur halb. Immerhin. Echte Männer machen halbe-halbe.

Wenige Minuten später kam Laura raus. Als sie mich sah, strahlte sie mich an, dann aber, kurz bevor ich sie in die Arme schließen konnte, verdüsterte sich ihr Gesicht.

»Was denn?«, fragte ich sie.

»Wo ist denn deine Tasche?«, antwortete sie. Normalerweise schleppe ich immer eine riesige uralte Ledertasche mit mir rum, in der ich meine Bücher und Exzerpte unterbringe.

»Die habe ich auf der Uni im Büro gelassen. Wie hätte ich denn sonst deine Akten tragen sollen?«, fand ich schnell eine Ausrede und schnappte mir den dicken Stoß brauner und blauer Unterlagenmappen, den meine Frau unter ihrem Arm trug. Die Ledertasche hatte ich in meiner Wohnung vergessen, als ich mit Kaede auf einen Drink gegangen war. Obwohl, vergessen hatte ich sie nicht, ich wollte nur nicht mit dem Monstrum neben Kaede gehen. Das hätte irgendwie komisch gewirkt. Verdammt, Laura war ungeheuer scharfsinnig, dass ihr das sofort aufgefallen war.

Der Aktenstapel unter meinem Arm war schwer. Den anderen hatte ich um Laura gelegt.

»Willst du mich nicht küssen?«, fragte sie, und ihr Wunsch war mir Befehl.

Laura schmeckt ungeheuer gut.

»Du bist ein bisschen zappelig heute«, meinte sie anschließend.

»Überhaupt nicht. Die Akten sind bloß schwer.«

»Soll ich sie wieder nehmen?«, fragte sie verschmitzt.

»So war das nicht gemeint.«

»Wie dann?«

»Na, das ganze Drumherum halt.«

»Drumherum? Die paar Touristen?«

»Nein, das andere Drumherum.«

»Was denn für eins?«, fragte sie kokett.

»Na du weißt schon.«

»Nix weiß ich. Also spuck's aus.«

»Die Sache mit dem Baby halt«, platzte ich heraus und wartete mit angehaltenem Atem auf Lauras Reaktion.

»Mr. Supercool ist nervös? Na da schau her!«, feixte sie.

»He, mach dich nicht lustig über mich. Das ist eine große Sache.«

»Für dich ist das eine große Sache? Mein Lieber! Ich muss das Ding mit mir rumschleppen, werde fett werden und geschwollene Beine kriegen und schwitzen und Launen haben. Dazu werde ich meinen Job aufgeben müssen, teilweise zumindest, alles, wofür ich gearbeitet habe. Alles wird sich verändern: in meinem Körper, in meinem Leben, in unserer Beziehung, ich werde auf dich angewiesen sein! Das ist wild! Und dann kommt noch das Schlimmste: die Geburt. Hast du eine Ahnung, was da los ist?«

»Äh, nein«, stammelte ich.

»Das ist, wie wenn man eine Sau schlachtet, nur schlimmer«, meinte Laura trocken.

»Echt jetzt?«, fragte ich blöd.

»Meine Freundin hat ein Video, das können wir uns gerne mal anschauen.«

»Äh.« Mir fiel nichts mehr ein.

»Schon kalte Füße? Wenn du abspringen willst, dann wäre jetzt der geeignete Zeitpunkt!«

Ich bemerkte, dass hinter ihrer Stärke und Selbstständigkeit ein wenig Angst mitklang. Echte Besorgnis. Das löste in mir irgendwie den Beschützerinstinkt aus. Alle meine eigenen Zweifel und Ungewissheiten beiseiteschiebend nahm ich sie in den Arm, hielt sie ganz fest und presste meine Lippen ganz sacht an ihren Hals. Ohne sie zu küssen. Ohne was zu sagen. Einfach nur so. Laura zitterte ein wenig, sie schluchzte zweimal, und dann war wieder alles in Ordnung.

»Also was jetzt, du Loser! Bist du dabei oder nicht?«

»Sicher bin ich dabei, Laura. Das ist unsere Sache, unser Leben, unser Kind.«

»Fein, und jetzt gehen wir essen, ich habe einen Hunger, dass ich ihn sehen kann.«

III

Die Wochen vergingen, und es änderte sich wenig. Auf der Uni gingen die Sommerferien los, Laura arbeitete normal weiter, und Kaede schaute ab und zu bei mir vorbei. Einzig und allein bei mir änderte sich etwas, denn klammheimlich lieh ich mir Bücher über Schwangerschaft oder Babys oder Erziehung aus. Ich machte mir einen Zettelkasten zurecht, arbeitete an einer kleinen Bibliografie zu dem Thema und begann ein echter Experte auf dem Thema Babyliteratur zu werden. Was nicht mehr heißen soll, als gesagt. Ich hatte noch nie ein Baby im Arm gehalten, geschweige denn bewusst eines wahrgenommen. Aber die Literatur darüber würde ich bis zum Geburtstermin kennen wie meine Westentasche.

Wenn Kaede vorbeischaute, geschah das entweder im Büro, was ich nicht so gerne hatte, oder draußen im Fünfzehnten, in meiner alten Bude. Wir gingen dann gewöhnlich auf einen Drink, redeten über die alten Zeiten. Aber irgendwie kamen wir nie dazu, darüber zu sprechen, was Kaede gerade in Wien zu tun hatte. War mir eigentlich auch recht, denn zu viel wollte ich gar nicht wissen, hatte ich doch auch so schon alle Hände voll zu tun, ein Minimum an Distanz in unserer Beziehung aufrechtzuerhalten.

Überhaupt war das eine seltsame Sache mit Kaede. Sie suchte meine Nähe, flirtete mit mir, strich mir einen Flusen vom Jackett, hängte sich bei mir ein, einmal legte sie sogar ihre Hand auf meinen Oberschenkel, während ihr vor Lachen der Champagner aus der Nase schoss. Sie ließ keine Gelegenheit aus, mir so nah zu sein, dass ich sie riechen konnte, und ihre Sommerkleidung war so luftig, dass – in den Grenzen eines gewissen Anstands – immer was zu sehen war. Doch irgendwie ließ mich das kalt. Ich wurde niemals von einem Rausch der Leidenschaft überwältigt, um danach schweißgebadet in einem Bett mit Seidenlaken aufzuwachen, blieb immer Herr der Lage.

Andererseits aber genoss ich die Stunden mit Kaede sehr. Ihre Schönheit, ihre Avancen, die neidischen Blicke der anderen Männer, die interessierten Augenblitze der Damen, all das ließ mich mehr empfinden als bloßen Stolz. Da war noch was. Irgendwie vermittelte mir Kaede das Selbstbewusstsein, das ich so sehr brauchte, um Laura ein Partner sein zu können. Mit der Nachricht von der Schwangerschaft war in mir ein atavistischer Ernährerinstinkt aufgetaucht. Ich grübelte stundenlang darüber, wie ich mein Gehalt strecken konnte, dass sich vom Kindergarten über die Schule bis zum Studium alles für unser Kind ausgehen würde, auch wenn Laura ihren Job verlieren oder nicht wieder vollständig zurückbekommen würde. Heim, Gesundheit, Erziehung, Ausbildung, das alles wollte finanziert und gesichert sein. Gut, ich war jetzt o. Prof. Und bezog ein regelmäßiges Gehalt. Aber da war diese ganze neue Dimension an der Sache, die alles so schwierig machte. Das Einzige, was ich bis jetzt für schlechte Zeiten behalten hatte, waren gute Vorsätze gewesen. Das war nun entschieden zu wenig. Zum ersten Mal in meinem Leben wurde mir bewusst, was ein Wort wie Verantwortung eigentlich bedeutet. Nichts hatte mich in meinem bisherigen Leben darauf vorbereitet. Also war es eigentlich nur ganz natürlich, dass ich ein wenig kalte Füße hatte. Aber das sah ich damals überhaupt nicht so. Schon allein die Tatsache, dass ich mir Gedanken über die Situation machte, reichte aus, mir selbst als Versager vorzukommen.

Und genau dann tauchte immer Kaede auf, flirtete mit mir, und ich kam mir vor wie ein toller Hecht. Alle Zweifel waren wie weggewischt, wir redeten von den alten Zeiten, von den Abenteuern, dem Leichtsinn und dem Lebensstrudel, in dem wir damals steckten.

Kaede und ich trafen uns ein Dutzend Mal. Obwohl ich nie mit ihr intim wurde, sie nie küsste, ja sie nicht einmal von mir aus berührte, so wusste ich doch, dass das, was ich da tat, schlimmer war als jeder physische Sex. Ich betrog Laura. Und fühlte mich gut dabei.

Das ging so lange, bis eines Nachts das Telefon klingelte. Also mit Klingeln hatte das nichts mehr zu tun. Es spielte irgendeine Melodie. Das Telefon war neu. Smartphone. Es ging nicht mehr an, dass mein altes Ding manchmal den Geist aufgab. Als werdender Vater hatte ich 24/7 erreichbar zu sein. Nachdem es die Melodie dreimal gespielt hatte, war ich so weit wach, dass ich erkannte, dass mein Telefon mich verlangte. Sklave der Technik, der ich als braver Mitteleuropäer war, kroch ich aus dem Bett und nahm ab.

Laura lag hinter mir, nackt und zusammengekuschelt. Ihre schwarzen Haare lugten verwuschelt aus den Kissen. Laura hat immer ihres und meins. Ich habe keins. Drittes Kissen gibts nicht, weil da ist kein Platz. Das ist das Schöne an der Ehe, Laura hat immer recht.

Irgendwie schaffte ich es, nicht umzukippen, bis ich beim Handy war. Angekommen nahm ich ab.

»Eh?«, krächzte ich ins Telefon.

»Arno, ich brauch dich.«

»Kaede. Weißt du, wie spät es ist?«

»Nenn meinen Namen nicht so laut!«

»Mafia, NSA, BND?«

»Nein, du bist verheiratet, schon vergessen?«

»Eh?«

»Vergiss es. Komm schnell. Ich warte.«

»Wo denn?«

Aber sie hatte schon aufgelegt. Ich überlegte mir kurz, Freundschaft Freundschaft sein zu lassen und ins warme Bett zurückzukriechen. Aber irgendwie bin ich doch ein guter Mensch. Ich zog mich an, nahm Lauras Autoschlüssel und hauchte meiner Süßen einen Kuss auf die rosige Wange.

»Wsdnnls?«, fragte Laura, traumschwer auf die Vokale verzichtend.

»Ich muss los. Habs total verschwitzt gehabt. Bring Frühstück mit.«

Mehr fiel mir nicht ein. Laura streckte den Arm aus, versuchte, mich zurückzuhalten, aber war schon wieder eingeschlafen. Sie ist in der Beziehung wie eine Katze. Während ich nächtelang wach liege und, wenn ich einmal schlafe, beim geringsten Geräusch aufwache, um nicht mehr einschlafen zu können, muss Laura nur die Augen zumachen und sie mützt schon. Dabei wirkt sie dann so kuschelig und friedlich, dass einem das Herz zerfließt. Dafür hatte ich allerdings keine Zeit. Ich musste einer anderen Schönen zu Gefallen sein.

Als ich durch die schlafende Stadt dahinraste, begann mein Hirn langsam wach zu werden. Das äußerte sich dahingehend, dass ich krampfhaft nach einer Ausrede suchte, denn dass ich die schönste Frau der Welt getroffen hatte, würde Laura niemals akzeptieren. So gut kannte ich sie. Mitten im Ausredenspiel kam mir ein anderer Gedanke. Wenn das nur ein Schmäh von Kaede war, dann würde sie mich kennenlernen. Ich war bereit, ernsthaft sauer zu sein. Erst als ich am Westbahnhof einbog, war mir klar, dass ich eigentlich gar nicht wusste, wohin ich wollte. Ich war instinktiv zu meiner alten Wohnung gefahren. Dafür war ich schon da. Ich parkte, sperrte ab und ging zur Haustür; ich sah niemanden, also ging ich rauf in den ersten Stock, sperrte dort die Wohnungstür auf und trat ein. Ich ließ mich in einen Stuhl sinken und wählte Kaedes Nummer.

»He. Wo bist du?«

»Hinter dir«, klang es synchron aus dem Handy und durch den Raum. In der Tür zur Küche stand Kaede, eine Knarre in der Hand.

»Du kannst mich erschießen, aber ich werde niemals mit dir schlafen!«, meinte ich, die Hände über den Kopf haltend.

»Nimm dich nicht so wichtig. Ist nicht wegen dir.«

»Wie bist du reingekommen?«

»Mit einem Schlüssel.«

»Hä?«, fragte ich eloquent.

»Du hast mir damals einen gegeben.«

»Echt jetzt? Und du hast den noch?«

»Ich hab auch noch den Serviettenring, den du mir damals im Steirereck mitgehen hast lassen.«

»Ok«, sagte ich. Es dauerte ein wenig, bis ich das Gespräch fortsetzen konnte.

»In Schwierigkeiten?«, fragte ich.

Sie nickte. Mir war klar, dass sie keinen Schmäh machte. Das war ernst. Sie steckte die Knarre nicht weg, ließ sie nur sinken.

»Hilfst du mir?«

»Sicher«, meinte ich, ganz ›knight in shining armour‹. Dabei total vergessend, dass meine einzige Loyalität einer Schlafenden und ihrem Kind gelten sollte.

»Ich muss weg. Schnell.«

»Sicher. Kein Thema. Fahren wir.«

»Einfach so?«

»Sicher. Hast du einen Pass?«

Kaede nickte zaghaft.

»Oder sollen wir noch schnell einen organisieren?«

»Woher willst du …?«

»Brauchst du einen oder nicht?«

»Nein.«

»Gut. Dann los.«

Ich war erleichtert. Denn erstens hätte ich jemanden aus dem Schlaf klingeln müssen, der auch ausgeschlafen ein Monster ist, und zweitens war ich happy, mich so nicht strafbar machen zu können. Gut, dass keine neue Identität vonnöten war. Denn schließlich kontrollieren nur die Regierungsorgane die Reisedaten. So dachte ich jedenfalls.

20 Sekunden später saßen wir im Auto und rasten den Gürtel entlang. Die Straßen waren menschenleer. Nur hier und da ein Wagen. Der Himmel war noch tiefschwarz. Niemand folgte uns.

»Wien oder Bratislava?«, fragte ich.

»Willst du gar nicht wissen, warum ich abhaue?«, fragte Kaede zurück.

»Du wirst schon niemanden getötet haben. Und wenn, dann mag ich dich sowieso lieber als den anderen. Der wird schon selber schuld gewesen sein«, antwortete ich leichthin. Die Wahrheit war: Ich wollte es gar nicht wissen. Besser für alle Beteiligten, besser in jedem Fall, alles schon schwierig genug. »Also, Bratislava oder Schwechat?«, hakte ich nach.

»Warum?«

»Vielleicht ist es besser, dort wegzufliegen?«

»Ach was, ich glaube, wir haben noch ein bisschen Zeit, bis jemand entdeckt, dass ich weg bin.«

Wir rasten auf der A23 dahin, bogen auf die A4, und entlang gings der Donau nach Osten, in Richtung Sonnenaufgang, der sich schon fast am Horizont erahnen ließ.

»Letzte Chance, Kaede, gleich muss ich abfahren. Willst du nicht doch lieber nach Bratislava oder nach Prag? Ich fahr dich auch nach Budapest.«

»Blödsinn. Einfach rein ins Flugzeug und gut ist.«

»Brauchst du Geld?«, fragte ich, zum tausendsten Mal in den Rückspiegel linsend.

»Hast du was?«

»Nicht so viel.«

Bei Laura zu Hause hatte ich mir 200 Euro eingesteckt. Mehr war nicht da gewesen. Ich griff in meine Innentasche, zog meine Geldtasche heraus und entnahm ihr mit einer Hand die Kreditkarte.

»Da.«

»Das kann ich nicht annehmen.«

»Wenn du mich um vier Uhr aus dem Bett klingelst, meine Ehe aufs Spiel setzt, und ich dich durch die Gegend fahre, dann ist es ernst. Und wenn es ernst ist, dann brauchst du Geld. Also nimm sie. Sobald du in Sicherheit bist, kannst du sie ja zerschneiden.«

»Danke, Arno«, meinte Kaede.

Sie küsste mich auf die Wange. Ich versuchte, hart zu bleiben.

»Ich hätte dich nehmen sollen. Damals, jetzt. Egal, es ist zu spät. Hoffentlich weiß Laura zu schätzen, was sie hat.«

Wir hielten vor der Abflughalle. Kaede sah mir tief in die Augen. Ich stieg aus, hielt ihr die Tür auf, und sie stieg aus. Sie trug schwarze Jeans, einen himmelblauen Pullover, der sich ganz leicht und kuschlig an ihre Kurven schmiegte, einfache Schuhe, kein Make-up. Sie war die schönste Frau der Welt. Sie küsste mich. Ich küsste nicht zurück. Sie ging. Ich setzte mich ins Auto. Ein Herzinfarkt war ein Pipifax dagegen.

Ich saß noch wie betäubt im Auto, während die Welt um mich herum schon ein paar Minuten weiter war. Mein Handy klingelte. Als ich merkte, dass es nicht Laura war, atmete ich tief durch. Als ich erkannte, dass es sich auch nicht um die Polizei handelte, war ich erleichtert. Aber als ich den Namen am Display las, war ich zutiefst verwundert.

»Ja, Frau Glanicic-Werffel?«, fragte ich verblüfft.

»Tut mir leid, Herr Linder, ich wollte nur sichergehen, dass Sie auch am Flughafen sind.«

»Sicher bin ich da«, spielte ich das Spiel mit. »Wo sollte ich auch sonst sein?«

»Es hätte ja auch sein können, dass Sie vergessen haben, den Kollegen abzuholen.«

»Vergessen? Ich? Der Mann mit dem Elefantengedächtnis?«

»Ich weiß, seien Sie mir nicht böse, aber Sie wirkten damals in der Sitzung so gedankenverloren.«

»Ich sage doch nicht Ja zu etwas, was ich gar nicht mitgekriegt habe!«, bemerkte ich im Ton des Bundeskanzlers, der nach der Wahl feststellt, dass im Budget 38 von 116 Milliarden fehlen.

»Wie gesagt, ich wollte nicht unhöflich sein. Nichts für ungut. Aber Herr Steijner ist unser Gast, und ich musste sichergehen …«

»Schon in Ordnung. Bin ja da.«

»Danke.«

Meine Chefin legte auf. Ich wusste also, wie der Typ hieß. Sonst aber nichts. Also machte ich mich auf, das Auto zu parken, Geld dafür zu zahlen und ein Schild samt Stift aufzutreiben. 15 Minuten später stand ich dann für eine Stunde und 20 Minuten da, hielt das Schild hoch und wartete. Als ich schon anfing zu zweifeln, kam ein dürres Männchen mit einem riesigen Koffer, einem runden Hut und einer Brille auf mich zu.

»Herr Linder?«, fragte er mich.

»Herr Steijner?«, fragte ich zurück.

»Nice to meet you.«

»Freut mich auch sehr«, antwortete ich lächelnd.

Als Gott die Welt erschaffen hat, da muss er das Wort ›Koinzidenz‹ im Bauplan fett unterstrichen haben. Wenn es allerdings keinen Gott gegeben hat, frage ich mich: Wer war dann dafür verantwortlich?

IV

Herr Steijner war ein Kollege von der Universität Pittsburgh. Er war klein, schmächtig, trug Brillengläser, dick wie Aschenbecherböden, er hatte einen karierten Hut auf und wirkte recht bieder. Sein Hauptinteresse galt dem Mittellatein, also jenen Formen der lateinischen Sprache, die sie im Mittelalter angenommen hatte und die erst mit den Reformbestrebungen der Renaissance endeten. Francisco Petrarca sei Dank. Steijner selbst war ein alter Bekannter von Glanicic-Werffel, die wohl einfach zu faul gewesen war, den Kerl selbst abzuholen. Er wohnte für die Dauer seines Aufenthalts im Bristol, vis-à-vis der Oper, am Ende der Kärntnerstraße. Für ein paar Minuten hatte ich schon Angst, den kleinen Kerl für die nächsten Wochen am Hals zu haben. Aber das bisschen Sightseeing wollte er allein machen und sonst wäre er mit einem Arbeitsplatz und einem Bibliotheksausweis zufrieden. Ich war noch so im emotionalen Taumel gefangen, den Lauras Schwangerschaft, die Rückkehr, die Abreise und das Dasein von Kaede ausgelöst hatten, dass ich all dem keine große Aufmerksamkeit schenkte.

»Sie können gern mein Büro mitbenutzen, da ist genug Platz, und im Sommer bin ich ohnedies selten dort. Das mit dem Bibliotheksausweis wird schon schwieriger. Den muss man beantragen. So was dauert im Regelfall Jahre, wenn nicht Jahrzehnte. Was wollen Sie denn am liebsten machen?«

»Ach!« Er sprach den Reibelaut so betont korrekt aus, dass ich annahm, es müsse sich um eine Visitenkarte derer handeln, die Deutsch als Fremdsprache lernen. »You know, das Staatsarchiv, das wäre interessant, mit all die alten Texte, Urkunden und the like.«

»Soso. Also bei 14 Tagen Aufenthalt, da können wir froh sein, wenn wir es schaffen, das Formularbestellantragsfrageblatt korrekt auszufüllen. Machen wir das anders. Sie nehmen meine Ausweise, und wenn es Probleme gibt, dann rufen Sie mich einfach an, ja?«

»Oh, das ist aber kolossal nett von Ihnen!«, rief der kleine Mann aus.

Das Gesicht unter dem runden Hut strahlte. Wir Bücherwürmer sind schon komische Gesellen.

Wir hielten vor dem Bristol.

»Da steht alles drauf.«

Ich reichte ihm meine Visitenkarte, und wir schüttelten uns die Hände. Er bedankte sich mit der fünfmal vorgebrachten Versicherung, beim Abflug die Ausweise wieder zurückzugeben, und stieg aus. Ich wartete, bis er samt Kofferträger in der Lobby verschwunden war, und fuhr los.

Unterwegs kaufte ich ein paar Schokocroissants, die noch warm waren, ein Ciabatta und eine Piccoloflasche – fein, was die Bäcker mittlerweile so alles anbieten. Das Auto zu parken, Speck anzubraten und Spiegeleier zu machen, war das Werk eines Augenblicks. Der Kaffee war auch kein Thema, aber als ich mitkriegte, dass der Grapefruitsaft leer war, konnte ich nichts mehr unternehmen. Mit einem Tablett voll leckerer Schweinereien ging ich meine Holde wecken.

So ganz im Reinen war ich nicht mit mir. Ich war zwar unheimlich froh, dass Kaede wieder weg war, schließlich brachte sie alles durcheinander, und wie immer hatte Oscar Wilde recht: ›Ich kann allem widerstehen, bloß nicht der Versuchung.‹ Das war aber nicht alles, denn Sorgen machte ich mir auch, Kaede konnte schließlich nichts dafür, dass ich so ein Fallott war. Insofern war ich wirklich schwer im Unreinen mit mir selbst. Als angehender Vater tut man so was einfach nicht. Andere Frauen sollte es nur theoretisch geben. Da war ein Wesen im Entstehen, das hatte Anrecht auf 100 Prozent von mir. Ich wollte keiner von den Typen sein, die alles in den Sand setzen.

Schlussendlich schluckte ich aber alles runter, trat ins Schlafzimmer ein und küsste Laura auf die Stirn. Nachdem sie sich den Schlaf aus den grünen Augen gerieben hatte, fiel sie wie ein Wolf über das Frühstück her. Als ich versuchte, ein Stück Schokocroissant zu ergattern, hätte ich beinahe zwei Finger der rechten Hand verloren.

»Hehehe. Du bist wirklich süß, wenn du gierig bist, aber pass ein bisschen auf«, meinte ich scherzhaft.

»Wenn du keine Finger mehr hast, kauf ich mir halt einen Vib!«, meinte sie grinsend. »Wir Frauen von heute sind nicht mehr abhängig von euch!«

»Eh nicht, aber unser Frühstück esst ihr schon gern!«

»Sicher. Weißt du, als ich gestern heimgekommen bin, da hast du schon geschlafen, und ich war so müde, da hab ich nichts mehr gegessen, und jetzt hab ich so einen Hunger.« Sie biss in das nächste Croissant, dass es nur so spritzte. Dann sprach sie mit vollem Mund weiter. »Wo bist du denn hin?«

»Zum Flughafen. Einen Bekannten von Glanicic-Werffel abholen.«

»Sososo. Warum hab ich davon nichts gewusst?«, fragte Laura nach.

»Weil ich's selber vergessen hatte ...«, gab ich der Halbwahrheit die Ehre.

»Ich muss auch gleich wieder weg. Die Dagmar hat da so einen Blödsinn gemacht! Da muss ich wieder alles ausbügeln. Hoffentlich schaff' ich das übers Wochenende.«

»Keine Zeit für uns?«

»Für uns? Bist du wahnsinnig? Jetzt Arbeit, dann Kreißsaal, dann Kind. Vielleicht in der Pension.«

»Wenn wir eine kriegen.«

»Genau.«

»Schlimm, der Fehler von Dagmar?«

»Die Frau! Argh. Ich könnt sie wursten!«

»Aber du magst sie doch sonst?«

»Sicher, aber ich hab ihr viermal gesagt, dass sie das

anders machen muss und sie hat nicht gehört, und jetzt, na jetzt ham wir den Schrieb zurückgekriegt, und was ist? Wir müssen's so machen, wie ich gesagt hab!«

»Sei doch ein bisschen nachsichtig. Die können halt nicht mit dir mithalten.«

»Sollen sie auch gar nicht. Die sollen bloß machen, was ich sage!«

»Fein. Gott sei Dank bist du nicht mein Boss.«

»Glaubst du, Herr Linder. Wir sind verheiratet. Mehr Boss geht nicht.«

»Okay, dann hab ich den besten Boss der Welt«, meinte ich. »Ungelogen.«

»Schon besser so.«

Laura stellte das Gedeck weg. Das ganze Bett war voller Brösel, Fettspritzer fanden sich auf dem Kopfkissen, und ein bisschen Kaffee war auch danebengegangen.

»Kein Sekt?«, fragte ich.

»Arno, das Baby!«

»So?«

»Kein Alkohol!«

»Was? Wie soll ich je wieder Sex haben, wenn ich dich nicht beschwipst machen darf?«, fragte ich verzweifelt. »Schlaftabletten sind so langweilig, außerdem schnarchst du so unsexy.«

Laura warf mir ihr Kopfpolster, das eigentlich meines war, an den Kopf.

»Ich schnarche nicht unsexy!«, meinte sie.

»Natürlich nicht! Ich muss nur jede Nacht die Typen mit der Schrotflinte daran hindern, in unser Schlafzimmer einzubrechen.«

»Wirklich so schlimm?«

»Blödsinn, ich mach nur Spaß. So, raus aus dem Bett mit dir, sonst wird das heute nix mehr mit dem Arbeitstag.«

»Du willst ja bloß meinen Popo sehen!«

»Genau.«

Ich legte mich auf den Bauch, stützte den Kopf auf und machte Augen wie Kaffeetassenuntersetzer.

»Ich whatsapp dir, wenn ich fertig bin, ja?«

»Sicher, ich warte auf dich«, meinte ich.

Während ich das sagte, war Laura so schnell ins Bad gehuscht, dass ich rein gar nichts gesehen hatte.

»He!«, protestierte ich energisch.

»Selber schuld!«, rief Laura aus dem Badezimmer und warf die Tür zu.

Das Bett war voll von Lauras Wärme, es duftete nach ihr, und die Brösel störten mich ohnedies nicht, da ich nahezu vollständig angezogen war. Kaum war Laura im Bad verschwunden, schlief ich schon wie ein Baby. Dass sie ging, bekam ich schon gar nicht mehr mit.

V

Ich schlief also den Schlaf der Ehebrecher und Lügner, den der schlechten Väter und Feiglinge, und ich kann nur sagen, dieser Schlaf ist butterweich und anschmiegsam. Echter Luxus. Jedenfalls läutete es an der Tür. Ich ignorierte das. War sicher die Post. Irgendein Amazonpackerl. Dann läutete es wieder und wieder. Ziemlich hartnäckig. Unangenehm. Ich rieb mir den Schlaf aus den Augen und tapste runter zur Tür. Ich machte sie auf. Draußen standen zwei Typen. Ich kannte beide nicht.

»Ja?«, gähnte ich und blinzelte in einen wunderschönen, klaren Julimittag.

»Linder, Arno?«

»Ja?«

»Kriminalpolizei. Das ist mein Kollege Moser, mein Name ist Werner. Wir kommen, weil wir ein paar Fragen haben.« Der Mann wischte mit der Hand vor meinem Gesicht vorbei, kann gut sein, dass sich in der Hand auch eine Dienstmarke befunden hatte. Wer weiß. Gesehen hatte ich sie nicht.

»So?«, fragte ich ungläubig.

»Ja.«

»Wo waren Sie heute Morgen zwischen vier und sechs Uhr?«

»Was geht Sie das an?«

»Werns net gscheit!«, fuhr mich Moser an. »Schlafen S' immer in da Pfoat?«, fragte er mich im Ton eines Kneipenschlägers, der nach einer Rechtfertigung zum Losschlagen sucht. Dabei machte er einen Schritt auf mich zu. Sein rosa Schinkengesicht mit den blonden Haarstoppeln auf dem Kopf lief dunkel an. »Warma unterwegs in da Nacht?«

»Ich werd jetzt gar nichts sagen.«

»Soso.«

Moser mit dem Schinkengesicht sah seinen Kollegen an.

»Jetzt hättst nicht so sein müssen. Der fürcht' sich und will nicht mehr mit uns reden!«, meinte Werner mokant.

Sein Tonfall war der eines sarkastischen Lehrers einem Sechsjährigen gegenüber. Was weder ihm noch mir ein gutes Zeugnis ausstellte.

»Also sagen Sie mir jetzt, um was es sich handelt, sonst mach ich die Tür wieder zu.«

»Türzuamachen kannst dir abschminken, du Warmer«, gurgelte Schinkenmoser und drückte sich in die Tür.

Auf so etwas war ich total unvorbereitet, und außerdem hatte der Kerl gute 20 Kilo mehr als ich auf den Rippen. Und das nicht nur in Fett. Anstandshalber drückte ich ein wenig dagegen.

»Geh, schau!«, rief er aus. »Wuima an Wickel? Da hamma schnell an Widerstand. Un des is ka Gspaß!«, drohte er mir, auf den Straftatbestand ›Widerstand gegen die Staatsgewalt‹ anspielend.

Schinkenmoser war einer der österreichischen Polizisten, die deswegen zur Staatsmacht gegangen waren, weil sie Knarren tragen durften und Leute verprügeln. Es gibt geheime Statistiken, die sprechen von 75 Prozent solcher Typen bei der Aufnahmeprüfung. Männlein wie Weiblein. Das sind solche Leute, die polnische Hooligans als ›erlebnisorientiert‹ bezeichnen und Kindern in den Rücken schießen.

»Verlassen Sie mein Haus, auf der Stelle!«, versuchte ich eine letzte Verteidigung.

»Ihr Haus! Am Oarsch!«, meinte Schinkenmoser.

Werner hinter ihm sah genau zu und schien bereit, auf Leben und Tod zu beschwören, dass ich die Aggression provoziert hatte.

»Warmer!«, stieß Schinkenmoser durch die zusammengebissenen Zähne und stieß mir beide Hände vor die Brust.

Ich fiel um. So einfach geht das. Moser stellte sich breitbeinig über mich.

»Bleib da unt.«

Werner trat neben mich, ging in die Hocke, sodass ich seine schwarzledern glänzenden Schuhe vor den Augen hatte, strich sich die weinrote Krawatte glatt und meinte gütig: »Schaun S'. Sie brauchen sich doch nicht so zu wehren. Ein bisschen Kooperation, und alles ist gut.«

Ich lag am Boden, schmeckte den bitteren Geschmack der Hilflosigkeit und wünschte mir Tod und Verderben für die zwei Gestalten. Es hätte nicht viel gefehlt, und ich hätte Schinkenmoser ins Gesicht gespuckt. Aber das hätte nichts gebracht. Genauso wenig wie sonst etwas. Ich hätte es so gern getan. Aber ich war jetzt Papa. Es ging nicht. Ich musste stillhalten.

Wie ich so am Boden lag, fühlte ich die Mittagshitze an mir vorüber ins Haus streichen, es roch nach frisch gemähtem Gras, das in der Sonne trocknete. Drinnen war es dunkel, draußen alles in gleißendes Sonnenlicht getaucht. Auch so einen schönen Tag kann das Schicksal verscheißen.

»Also gut. Ich war in der Früh am Flughafen.«

»Was machen? Lassen S' Ihna net alles aus da Nasn ziehn!«

»Einen Kollegen hab ich abgeholt, der den Sommer über in Europa ist und zwei Wochen in Wien verbringen will.«

»Soso. An Kollegen. Wie haaßt der?«

»Steijner. Mit dem Frühflug aus Frankfurt.«

»Mit dem Frühflug.«

Schinkenmoser lief wieder rot an. »Der verarscht uns. Hearst, was iss? Uns brauchst net anlügn!«

»Sie können alles nachprüfen«, beharrte ich.

»Wir brauchen überhaupt nichts nachzuprüfen«, meinte Werner. Die dunkelbraunen Haare lagen in einer perfekten Welle zu einem leichten Scheitel frisiert. »Wir wissen schon alles im Vornherein.«

»Eh!«, grunzte Schinkenmoser. »Sie ham parkiert, anahalb Stund bevor der Flieger kumman is.«

»Ich wollte sichergehen. Der Mann ist ein Freund meiner Chefin. Sie werden doch wissen, wie das ist.«

»Mir san Polizisten, mir wissen gar nix!«, brauste Schinkenmoser auf. »Du Lulubruader, du warmer.«

»Herr Moser: Ich bin nicht homosexuell orientiert, und Sie können mich mit der Unterstellung auch nicht beleidigen. Also sparen wir uns das, Vorschlag zur Güte?«

»Sie san net orientiert. Des denk i ma. Wahrscheinlich brauchn S' an Lageplan zum a Fut finden. Se Trottel, Sie intellektueller.«

Schinkenmoser hatte sein Gesicht mittlerweile so nah an meines herangebracht, dass ich sein Mundwasser riechen konnte. Ich hoffte jedenfalls, dass es Mundwasser war.

»Also, ich habe am Flughafen geparkt. Worum geht's?«

»Warum waren Sie so früh am Flughafen?«, fragte Werner ruhig.

»Wie ich schon gesagt habe …«

Schinkenmoser unterbrach mich rüde: »Gusch, Warmer. No a Lüge und i wer die …«

»Ich kann ja gar nicht lügen, wenn Sie mich nicht ausreden lassen.«

»Verarsch mi net, Warmer, verarsch mi net!«, grunzte Schinkenmoser, packte mich an meiner Krawatte und zog mich hoch. »Also, was war mit dem Flughafen?«

Der Krawattenknoten schnürte mir die Kehle zu. Also konnte ich nur unartikulierte Laute von mir geben. Schinkenmoser war das wurscht, Werner allerdings zeigte Einsehen.

»Lass ihn los, Moser. Also, Herr Linder, erzählen Sie uns was über den Flughafen und warum Sie so früh dort waren.«

Moser stellte mich gegen die Wand wie ein altes Paar Ski. Ich zog mir den Krawattenknoten aus den Halsfalten, versuchte ein paar Mal, zu schlucken, machte ein paar Handzeichen und ging dann in die Küche, um mir ein Glas Wasser einzuschenken. Werner ließ das zu, und die beiden Polizisten folgten mir. Erst jetzt fiel mir auf, dass Schinkenmoser schweißelte wie ein 15-Jähriger nach einer halbstündigen Masturbationssession. So was will man normalerweise nicht in seiner Wohnung haben. Aber das ist Haarspalterei, niemand will die Kriminalpolizei in der Wohnung haben, egal, ob sie nun stinkt oder nicht.

Werner ließ mich austrinken und stellte dann wieder die Frage, die schon ein paar Mal gestellt worden war. Ich antwortete wie gehabt.

Die beiden Polizisten blickten sich an, nickten dann und daraufhin schlug mir Schinkenmoser eine mit der flachen Hand ins Gesicht. So wie man einen Bengel schlägt. Die Wange brannte mehr vor verletztem Stolz als von dem Akt selbst. Schinkenmoser grinste mich breit an. Am liebsten hätte ich dem Arschloch so lange ins Gesicht geschlagen, bis er übermorgen seine Zähne hinten rausgeschissen hätte. Aber er hatte zwei unüberbietbare Vorteile: eine Marke und einen Kollegen. Dagegen kam ich nicht an.

»Sie können ja mal privat zum Essen vorbeikommen. Dann gibts faschiertes Würstchen«, schlug ich ihm vor.

Moser brauchte etwa eine halbe Minute, um dahinterzukommen. Die Räder hinter seiner Stirn hörten auf, sich zu drehen, ein Funke war ganz kurz in den dumpfen blauen Augen sichtbar, und dann hatte ihn Werner schon am Kragen gepackt.

»So, das reicht. Linder, Sie kommen mit aufn Kort.«

»Wegen was?«

»Wird uns schon noch einfallen, wird uns schon noch einfallen«, meinte Werner süffisant und zündete sich eine Zigarette an. Das Streichholz ließ er einfach zu Boden fallen.

VI

Ich saß in einem zerknitterten Anzug, in dem ich geschlafen hatte, auf einem wackligen Stuhl an einem wackligen Tisch in einem hässlichen Zimmer im fünften Stock des Landespolizeigebäudes am Schottenring. Der Linoleumboden war schlecht verlegt, wellte sich in den Ecken, und die Neonröhre über mir flackerte unstet. Es roch ungut nach Verdauung und Verzweiflung. Der Kaffee vor mir kam aus einem Automaten, und es war schwer vorstellbar, dass es noch schlimmer kommen konnte. Aber was weiß ich schon.

Nach einer gefühlten Stunde ging die Tür auf, und herein kam eine alte Bekannte. Schlank, groß gewachsen, gebündelte Intelligenz, und sie hieß Molnar. Ich war der Dame schon zweimal begegnet und beide Male irgendwie davongekommen. Zu viele Jäger sind des Hasen Tod, außer er kommt zu oft am selben vorbei. Dann ist es auch aus.

»Frau Molnar, was für eine Überraschung!«, rief ich trübsinnig.

»Linder, freut mich nicht«, antwortete sie.

»Schön. Warum sind Sie denn nicht selbst gekommen?«

»Beförderung. Bin Major, hab jetzt meine Schani.«

»Und der Alpinkollege mit den herzhaften Knacklauten?«

»Moratti ist tot.«

»Das tut mir leid«, antwortete ich ehrlich bestürzt. Auch wenn ich den Typen nicht gemocht hatte, so was freut mich nicht. »Wie ist es denn passiert?«

»Schlepper. Lkw voller junger Ukrainerinnen für die großen Laufhäuser in Wien und Köln. Sklaverei, Linder.«

»Ich weiß. Und dann?«

»Na dann muss man Entscheidungen treffen. Manchmal sind die falsch. So sterben Kollegen.«

Ich konnte mir das Bild richtig vorstellen. Druck, Hektik, Molnar musste entscheiden, wie immer in solchen Situationen, ohne alle Details zu kennen, nach bestem Wissen und Gewissen.

»Er hat mir vertraut. Ich hab gesagt: ›Halt, Polizei‹, und er ist nach vorn getreten. Zwei Schüsse in die Brust. Wir hätten zuerst schießen sollen, nicht reden.«

»Das geht leider nicht«, meinte ich ganz leise.

»Nein, das geht nicht. Aber es wäre schön, wenns so wäre.«

»Hat er Familie hinterlassen?«

»Eine Tochter, acht Jahre alt. Lebt bei der Mutter. Die Schlampe hat Moratti sitzen lassen, als er nach Wien gekommen ist. Sie wohnt in dem Haus, das Moratti gebaut hat, mit ihrem Liebhaber, und Moratti hat Alimente gezahlt. Sie war nicht mal auf der Beerdigung.«

»Und die Schlepper?«, versuchte ich, auf ein anderes Thema auszuweichen.

»Sitzen in U-Haft, im Oktober gehts los.«

»Und die Fracht?«

»Die sind wieder in der Ukraine, beziehungsweise waren sie dort. Jetzt sitzen sie wahrscheinlich schon in einem neuen Lkw.«

»Tragisch«, meinte ich nur.

»Wir sitzen wie die Maden in Speck, Sicherheit und Frieden. Es ist wie mit dem Schlaraffenland, nur dass der Grießberg, durch den man sich fressen muss, aus Scheiße besteht.«

»Oder aus Salzwasser«, meinte ich.

»Oder aus Salzwasser«, gab Molnar zurück. »Vom Reden wird auch nix besser, Linder. Sie sind net hier wegen Lampedusa, sondern wegen einer Kaede Yoshikawa. Kennen Sie die Frau?«

»Ja.«

»Die Wahrheit? Sie erstaunen mich heute.«

»So ist das mit mir.«

»Die Frau war in Wien. Haben Sie sie getroffen?«

»Ja, ein paar Mal. Wir waren ein Glas trinken, normalerweise in der Bar vom Intercontinental.«

»Aber Sie kennen sie schon länger?«

»Ja, seit 97 etwa.«

Molnar schaute mich an. »Genau so steht's im Akt. Die Yoshikawa war damals mit einem Herrn Anselm Cotton-Whyte zusammen. Der hat einen Wickel gehabt mit der Bender-Partie und musste danach Wien verlassen. Schwer zugerichtet. Wissen Sie da was?«

»Kaum«, meinte ich.

Damals hatte ich Kaede kennengelernt und ihren Lover. Dem hatte das gar nicht gepasst, und im Eifer des Gefechts hatte ihm dann eine Walzenspinne das Gesicht weggefressen.

»Shit happens«, grinste ich, Molnar Antwort gebend.

»Gut, Sie wollen nicht drüber reden, auch schön. Interessiert mich auch nicht. Mir gehts mehr ums Jetzt. Wie war das, wann haben Sie die Yoshikawa wiedergesehen?«

»Vor ungefähr einem Monat. Sie kam bei mir vorbei.«

»Sie wusste, wo Sie wohnen?«

»Nein, nicht am Schafbergbad oben, sondern im Fünfzehnten.«

»Schau an, Herr Linder, dort sind Sie aber gar nicht gemeldet.«

»Eh nicht.«

»Gemeldet sind sie Utopia-Weg, Wien 18.«

»Ja, aber ein Freund hält die alte Wohnung für mich frei.«

»Soso. Weiß da Ihre Frau davon?«

»Nein.«

»Hm. Man sollte aber keine Geheimnisse haben in der Ehe.«

»Und davor keinen Sex«, meinte ich trocken.

Molnar grinste.

»Na gut. Jedenfalls, was wollte Frau Yoshikawa von Ihnen?«

»Über die alten Zeiten reden.«

»So, mehr nicht?«

»Nein, mehr nicht.«

»Warum war sie in Wien, hat sie was gesagt?«

»Nein.«

»Und Sie haben auch gar nicht nachgefragt?«

»Nein.«

»Das soll ich glauben?«

»Ja.«

»Tu ich aber nicht. Linder, mein Job ist es, Vorgesetzten in den Arsch zu kriechen und Menschen zu kennen. Darin bin ich ganz gut. Soll ich Ihnen sagen, was ich von Ihnen halte?«

»Solange ich Sie dafür verklagen darf.«

Molnar lachte.

»Sie sind ein Spinner. Sie tun Dinge, weil Ihnen langweilig wird. Sie schauen immer um die nächste Ecke, in den Schrank, in die Truhe. Sie sind einer von den ganz Gefährlichen, Linder. Konrad Lorenz hat bei seinen Graugänsen zwei Typen unterschieden: die Mehrheit, die vorsichtig ist, und die Minderheit, die Neues ausprobiert. Bei den Menschen gibts das auch. Aber Sie, Linder, sind noch weiter, Sie gehören zu der Art Menschen, die Wunder sucht. So lange, bis sie sterben.«

»Damit hab ich aufgehört. Darum hab ich auch nicht nachgefragt. Ich hab mich gefreut, Kaede wiederzusehen, mit ihr zu plaudern, aber ich wollte nirgendwo mit reingezogen werden.«

»Warum haben Sie sie dann zum Flughafen gefahren?«

»Woher wissen Sie das?«

»Linder, wir sind die Kripo!«

»Also, woher weiß die Kripo das?«

»Weil die Yoshikawa mit einer Kreditkarte bezahlt, die auf den Namen Dr. Arnold Linder läuft. Sowohl in Wien als auch in Dubai hat sie damit eingekauft.«

»Und wenn Kaede mir das Ding einfach geklaut hat?«

»Dann haben wir außerdem Ihre Handydaten.«

»Meine Handydaten? Sie haben doch gar keinen Richterbeschluss!«

»Brauchen wir auch nicht, da gehts um internationale Kriminalität, organisierte Kriminalität, Linder.«

»Das ist illegal«, stellte ich fest.

»Sie sind naiv«, stellte Molnar fest.

»Sie sagen, Sie brauchen keinen richterlichen Beschluss?«

»Nur wenn ich die Daten vor Gericht verwenden will. Wenn das so weit sein sollte, dann kann ich das auch nachholen. Papier ist geduldig.«

»Die Telefonkonzerne rücken das so einfach raus?«

»Wenn die weiterhin Lizenzen kriegen wollen, schon.«

»Fiat iustitia et pereat mundus«, murmelte ich in meinen nicht vorhandenen Bart.

»Wie meinen?«, fragte Molnar nach.

»Ich hab nur gesagt, dass es schön ist, dass wir alle so gesetzestreue Bürger sind.«

»Ich schon, Linder, Sie bloß nicht.«

»Was habe ich denn getan?«

»Beihilfe zur Flucht.«

»Von irgendeiner Flucht hab ich nichts gewusst.«

»Also, ich will ja jetzt nicht Flöhe melken, aber es gibt einen gewichtigen Unterschied zwischen Nichtfragen und Nichtwissen. Das werde ich Ihnen doch wohl nicht erklären wollen.«

Ich schmollte. Nicht auf Molnar oder sonst wen persönlich. Sondern mehr so allgemein. Ein ordentlicher Bürger sollte seinen Staat reinlegen können, nicht umgekehrt. Ich fragte mich, ob der Staat zu mächtig oder ich zu blöd war. Aufgrund von Dummheit kam ich zu keinem definitiven Ergebnis.

»Hören Sie auf zu schmollen. Es passiert Ihnen ja nichts. Ich will nur rauskriegen, ob Sie irgendwas wissen, das uns weiterhelfen könnte.«

»Hab ich schon alles gesagt.«

»Gut.«

»Dafür haben mich Ihre Gorillas verhaftet?«

»Verhaftet hat Sie gar niemand, und wenn Sie denen schon alles gesagt hätten, dann wären Sie jetzt nicht hier. So gesehen war das Ihre Entscheidung.«

»Sie wussten doch, dass ich mich wehren würde, darum haben Sie doch die Typen geschickt.«

»Dafür, dass ich voraussagen kann, wie Sie sich benehmen, kann ich aber nichts.«

Da hatte Molnar recht. Der Staat sollte sich vor seinen Bürgern fürchten und nicht umgekehrt. Wenn aber die Bürger zu dumm waren, dem Staat Angst zu machen, konnte der Staat nichts dafür. Ich unterstrich mir das doppelt und nahm mir vor, künftig schlauer zu sein.

»Also kann ich gehen?«

»Sicher, aber Sie wissen, dass Sie mir melden müssen, wenn Sie von Frau Yoshikawa etwas hören.«

»Werd ich machen.«

Ich stand auf und wollte gehen.

»Ich glaubs nicht«, meinte Molnar im letzten Moment, bevor ich bei der Tür draußen war.

»Was denn?«

»Na, Sie fragen überhaupt nicht, warum wir die Yoshikawa überhaupt suchen.«

»Ich bin verheiratet, ich werde Vater, ich habe für einen solchen Blödsinn einfach keine Zeit mehr.«

»Linder, Sie sind der explorative Erlebnistyp. Das können Sie nicht einfach verstecken.«

»Ich bin der biedere Reihenhaustyp. So ist das. Ich hab sogar eine Lebensversicherung.«

»Und was sagt Ihre Frau dazu, dass Sie eine ehemalige Liebschaft heimlich treffen und mitten in der Nacht zum Flughafen fahren?«

Ich schwieg.

»Sie weiß gar nichts davon?«

Ich schwieg weiter.

»Na, wenn das kein Druckmittel ist.«

»Ich hab alles gesagt, was Sie wissen wollen. Wenn sonst noch was ist, rufen Sie mich einfach an.«

»Nur bitte, bitte sagen Sie es nicht meiner Frau«, jammerte Molnar, meine Stimme plump nachahmend. »Als Sie noch ein Filou waren, waren Sie cool. Jetzt sind Sie einfach nur mehr ein Wurm.«

Ich nahm das als Kompliment und ging einfach raus.

VII

Nach Hause war es eine kleine Weltreise mit den Öffis. Ich hatte seit mehr als zwölf Stunden keinen Tee mehr getrunken. Mein Mund brannte, und ich hatte ein wenig Kopfweh. Die Stunde, bis ich zu Hause wäre, wollte ich nicht mehr warten. Die Uni – und damit mein Büro – war nur fünf

Minuten entfernt. Mit ein bisschen Glück wäre der Amerikaner nicht dort. Die Entscheidung war gefallen.

Ich konnte mein Glück kaum fassen. Das ganze Institut war leer. Weder Steijner noch sonst wer war da. Ich atmete durch, setzte Wasser auf, wusch die Kanne aus und entschied mich für einen starken Assam. Nach dem Entzug die volle Dröhnung. Die fünf Minuten, nachdem ich aufgegossen hatte, wollten nicht vergehen, und danach schien die Zeit stillzustehen, bis ich trinken konnte. Endlich war es so weit, die dunkelrote Flüssigkeit war nicht mehr so heiß, ihr malziges Aroma erfüllte meinen Gaumen, bis in die Nebenhöhlen der Nase stieg das Aroma hinauf, und ich war zufrieden. Also noch nicht nach der ersten Tasse, aber so ab der vierten war alles klasse. Ist schon gut, wenn die Bürokanne zweieinhalb Liter fasst.

Im gleichen Maße, wie der Pegel in der Kanne sank, wich die Anspannung von mir. Ab der Hälfte lümmelte ich zufrieden in meinem Stuhl, die Füße hoch gelagert, und genoss mein Dasein. Kaede war weg, und da sie von der Polizei gesucht wurde, würde sie auch nie mehr zurückkehren. Ich atmete durch und schenkte mir zufrieden eine neue Tasse ein. Der Tee schmeckte wunderbar. Alles war vorbei, und ich war noch immer verheiratet, hatte meine Professur noch und konnte zufrieden in die Zukunft blicken. Ich war so voll mit Endorphin und Tein, dass ich überhaupt keine Probleme mit der Vorstellung hatte, morgen den Rasen zu mähen. Ehrlich gesagt, ich freute mich schon irgendwie darauf. Der kleine Arno in meinem Hinterkopf wütete zwar, aber ich hörte ihn gar nicht. War ich halt ein Spießbürger, na und? Dafür war ich satt, zufrieden und glücklich. Guter Tausch. Jetzt musste ich mir nur mehr ein kleines Bäuchlein zulegen, und dann war alles okay.

Ich goss mir eine weitere Tasse ein und überlegte, ob ich mit dem Taxi nach Hause fahren sollte. Dann einkaufen, vielleicht was Gutes kochen, wenn Laura heimkam. Bisschen auf der Couch rumlümmeln. Wir hatten sogar einen Fernseher. So was hatte ich noch nie besessen. Ein Plasmaflachbildschirm, riesengroß und geleast. Coole Sache. Ich konnte jetzt Talkshows in HD sehen. Sie waren trotzdem Müll, aber immerhin. Wenn schon kein THC mehr, dann wenigstens HD. Das war der bürgerliche Fortschritt.

Ich nahm einen Schluck von meinem Assam und ließ ihn auf der Zunge, bis mein Zahnfleisch von den Bitterstoffen kribbelte und das malzdunkle Aroma meine Riechnerven massierte. Glück. Nicht mehr und nicht weniger. Ich war schon ein wenig benommen von all dem Tein und schlecht war mir auch ein bisschen, als es an der Tür klopfte.

»Ja?«, seufzte ich, eine studierende Person gleich welchen Geschlechts erwartend.

Erfreut war ich nicht, denn die Uni verhält sich zu den Studenten wie Sex zu den Geschlechtskrankheiten. Und Kondome sind unbekannt.

Die Tür ging auf, und rein kam meine Chefin. Ich war mir unsicher, ob ich nicht doch lieber einen Studenten gehabt hätte. Aber da es Samstagnachmittag war, hätte ich von vornherein wissen können, dass da keiner kommen würde. Seitdem ich verheiratet war, verfaulte mein Denkapparat zusehends. Ich stand auf.

»Linder, haben Sie Steijner abgeholt?«

»Sicher. Wollen Sie sich nicht setzen?«, fragte ich freundlich.

»Nicht, wenn es nicht unbedingt sein muss.«

Glanicic-Werffel berührte mit der Rechten das smaragdfarbene Halstuch, das sie zum grauen Flanellkostüm trug. Man merkte ihr den Anflug von schlechtem Gewissen an, dass ein Untergebener von ihr in einer solchen Kammer hauste. Das ließ ich nicht auf mir sitzen.

»Darf ich Ihnen eine Tasse Tee anbieten? Sie scheinen Halsweh zu haben.«

Mir war klar, dass dem nicht so war. Seit ihrer Scheidung trug sie des Öfteren Halstücher, immer Seide, immer wunderschön. Man muss kein Sherlock Holmes sein, um dahinter Liebesmale zu vermuten. Ich fand das super, eine glückliche Chefin ist eine geduldigere Person.

»Halsweh? Ach so, nein, nicht wirklich. Danke. Aber eine Schale Tee nehme ich gerne.«

Damit hatte ich nicht gerechnet.

»Gerne«, sagte ich und schenkte ihr ein. Passte mir überhaupt nicht, dass sie mir gierig den Tee wegtrank.

Glanicic-Werffel nippte, nickte und fuhr fort: »Wo haben Sie den Steijner denn untergebracht?«

»Er wollte ins Bristol.«

»Ach da schau her. War sonst noch was?«

»Ja, er hat meine Telefonnummer, meine E-Mail, meine Bibliotheksausweise …«

»Ihre Ausweise?«

»Ja, nicht die vom Institut, als Mittellateiner interessiert ihn das eh nicht. Aber halt die von der Nationalbibliothek, dem Staatsarchiv und solchen Sachen, damit er sie nicht selbst beantragen muss.«

»Ja, die brauchen ewig, die Dinger.«

»Eben.«

»Haben Sie noch Tee, Linder?«

»Wenig«, antwortete ich abweisend und füllte meine eigene Tasse bis zum Rand. Ah, das tat gut.

»Sein Sie nicht so«, meinte meine Chefin.

Also schenkte ich auch ihr noch mal nach. Glanicic-Werffel nippte am Tee.

»Wenn er sich meldet, dann erwarte ich von Ihnen, dass Sie ihm behilflich sind. Ham S' mi?«

»Sicher.«

»Fein.«

Glanicic-Werffel trank ihre Schale aus, stellte sie mit spitzen Fingern auf meinen Schreibtisch und ging. Ich blieb allein zurück, vom Tee war nicht mehr viel übrig, also beschloss ich, neuen aufzusetzen. Mit dem Tee ist das wie mit den Zigaretten. Die ersten 20 sind gut, die zweiten 20 sind eklig, und dann kommt das Himmelreich. Ich war gerade dort, wo man nasse Hände sowie eine pelzige Zunge kriegt, ein bisschen nervös wird und der Magen revoltiert. Aber ich wusste, ich musste nur brav weitertrinken, dann würde das schon noch werden. Während ich darauf wartete, dass mein Wasserkocher die nötigen 100 Grad erzeugen würde, schaltete sich mein Hirn ein. Seltsam, zum ersten Mal seit einem guten Jahr. Ich hörte richtig den Flugrost knacken.

»Ham S' mi?«, hatte meine Chefin gefragt. Das war Umgangssprache. So hatte sie doch sonst nicht geredet. Seltsam. Ich war verwundert. Die sieben Furien, so wurde sie institutsintern gern genannt, mit ihrem gewählten Burgtheaterdeutsch, so kannte ich sie doch gar nicht. Ich schüttelte den Kopf und goss das Wasser über den Broken Assam in die Teekanne. Im ersten Moment der Berührung mit dem heißen Wasser beginnt der fermentierte Schwarztee sich daran zu erinnern, dass er eigentlich vor langer Zeit einmal ein unfermentierter Grüntee war. Da steigt dann eine kleine Wolke feuchtheißer Luft auf, die nach dem Schatten eines Baumes auf einer frischen Heuwiese in der Mittsommersonne riecht. Dann erst kommt der typische massive Duft der Fermentation und gemahnt den Teejünger an die vor ihm liegende Ekstase. Und wenn ich Ekstase sage, dann meine ich auch Ekstase. Vier Liter Assam auf nüchternen Magen, das bolzt rein wie eine ziemlich illegale Droge.

Jetzt musste ich nur mehr warten, dass der Assam abkühlte. Ich schlich um meine Bürokanne wie ein Tiger um die Fütterungsstelle im Gehege. Das letzte Mal, dass Glanicic-Werffel mit mir Tee getrunken hatte, war gewesen, als sie Liebeskummer wegen ihres Mannes hatte. Liebeskummer, der umgangssprachliche Ausdruck, das Halstuch. Der Flugrost an den Zahnrädern knackte, krackte und brach ab. Lange unbenutzte Gewinde quietschten, hartes Lagerfett erwärmte sich und wurde wieder geschmeidig. Da stand es vor mir. Glanicic-Werffel hatte einen Liebhaber, der nicht so ganz standesgemäß war. Von ihm hatte sie den Ausdruck, die emotionale Aufgewühltheit, die sie dazu veranlasst hatte, eine Tasse Tee mit mir zu trinken. Von ihm hatte sie die Liebesmale, die sie versteckte. Wollte sie den Typen am Ende heiraten? Hm, ich nahm mir vor, Laura zu fragen. Es würde sie sicher freuen.

Mir war ein wenig schwindlig, darum setzte ich mich, legte die Füße auf den Tisch und schenkte mir den Tee ein. Er duftete, er mundete und er würde mir den Nachmittag versüßen. Befriedigt von der eigenen Gedankenschärfe wollte ich mich im Teinrausch vergraben, aber es ging nicht. Mein Gehirn war aufgewacht, und so sehr es auch keine Mühle war – und damit auch der ganze Vergleich mit den Zahnrädern und so Schwachsinn –, pulste es doch gewaltig in meiner Großhirnrinde. Es war so, dass ich mich an meiner Teeschale festhalten musste. Zu den einzelnen Denkschritten nahm ich immer einen Schluck. Immer eine Tasse voll.

Zuerst musste ich an Steijner denken. Kleiner Mann, runder Hut mit Karomuster, Tweedanzug. Uhrkette, war da eine Uhrkette gewesen? Jedenfalls hatte er Brillengläser wie Aschenbecher. Der Mann verfügte über ein Sehvermögen, das einen Maulwurf beschämt hätte. Er sagte, dass er ein Freund von Glanicic-Werffel war. Sie hatte davon gar nichts gesagt. Sie tat fast so, als ob er ihr egal sei. Kannte sie ihn überhaupt? Normalerweise war sie gar nicht zurückhaltend damit, wen sie alles kannte. Ich merkte mir die Namen nicht, aber sie kannte Gott und die Welt und ließ das auch jeden wissen. Was war mit dem Typen, warum war er in Wien, und was hatte das mit mir zu tun? Seltsame Sache. Da stimmte was nicht. Glanicic-Werffel selbst wollte ich nicht fragen, dann wäre rausgekommen, dass ich in der Institutssitzung gepennt hatte. Das wäre gar nicht gut gekommen. Kurz musste ich daran denken, wie wenig sich das Leben änderte. Der Unterschied zum kleinen Arno in der Schule war der, dass ich im Gesicht ein bisschen mehr Haare hatte, auf dem Kopf ein bisschen weniger, aber sonst war alles gleich geblieben. Ich musste verbergen, dass ich nicht aufgepasst hatte, und zu Hause durften sie nicht wissen, mit wem ich spielte. Ich war mir nicht ganz sicher, ob ich das deprimierend finden sollte oder nicht doch unheimlich cool. Denn was ist für einen kleinen Jungen schöner als ein langer Sommer? Ein Sommer, der ein Leben lang währt. Immer zehn Jahre alt. Keine Ahnung von Verantwortung, Geld und Sex. Naja, Geld und Sex ein bisschen, aber gerade so, dass man sich für fünf Schilling ein Jolly im Schwimmbad kauft und dass man schüchtern wird, wenn man mit dem hübschen Mädchen redet, das man immer piesackt, weil man nicht weiß, was man sagen soll. Ich schenkte mir Tee nach und dachte zurück an meine Kindheit. Solche Sommer gab es nicht mehr. Das stand fest.

Okay, Glanicic-Werffel konnte ich nicht fragen, aber so wie in der Schule damals, das wäre möglich. Ich konnte einfach eine Kollegin fragen. Wenn sie allein waren, waren eh alle ganz nett. Feminismus tritt nur in Rudeln auf. Das ist so wie mit den Piranhas. Ich musste nur eine der Kolleginnen anrufen, oder noch besser mit einer unter irgendeinem Vorwand auf einen Kaffee gehen. Am besten mit einer von denen, die alleinstehend waren. Die hatten massig Zeit. Da würde sich schon ganz schnell klären, unter welchem Vorwand Glanicic-Werffel den Typen eingeflogen hatte. Es war wie in der Schule mit den Hausaufgaben. Es gab immer ein nettes Mädchen, bei dem man abschreiben konnte.

Vielleicht sollte ich aber auch einfach am Bristol vorbeischauen, mit dem Ami was trinken gehen, da würde sicher noch mehr rausschauen. Vorher vielleicht noch im Internet checken, über was er so veröffentlicht hatte, damit man ein bisschen besser smalltalken könnte. Obwohl, Mittellatein. Es schüttelte mich. Francesco Petrarca hatte mit dem Blödsinn endgültig Schluss gemacht. Das Mittelalter, das war für mich: Barbaren, Analphabeten, Religion und Pest. Schlimme Sache, am besten Deckel drauf und zu, aber gut, jedem Tierchen sein Pläsierchen.

Ich war schon fast so weit, eine letzte Tasse Tee zu trinken, aufzustehen und dem seltsamen Ami mit den wunderbaren Deutschkenntnissen, über die ich mich auch jetzt erst wunderte, auf den Zahn zu fühlen, als mir eine weitere Erleuchtung kam. Ich setzte mich wieder. Aufstehen, rausgehen, nachforschen, das würde damit enden, dass sicher wieder irgendwo in einem Kasten eine Leiche auftauchen würde oder ich irgendeinem ungeheuren Schwindel auf die Schliche kommen würde, und das wiederum würde dazu führen, dass Laura meine Tarnung durchschauen würde. Das wäre gleichbedeutend mit einem frühen, schmerzvollen Tod. Mit werdenden Müttern spaßt man nicht. Ich beruhigte mich langsam, Schluck für Schluck, und als die Teekanne bis auf einen kleinen Rest leer war, wollte ich gar nicht mehr aufstehen.

Da war ich glücklich Kaede ausgewichen, nur um nun der Katastrophe mit Steijner anheimzufallen. Haarscharf daneben. Nicht mit mir. Ich wusste, was das Schicksal für mich bereithielt. Ich war jetzt bürgerlich, vernünftig und verantwortungsbewusst. Ein Vorzeigebürger. Abenteuer, das war einmal. Nie wieder Blödsinn.

Also streckte ich wieder meine Füße aus und genoss das faule Nichtstun. Meine Gehirnwindungen waren aber schon warmgelaufen und ich konnte sie nicht mehr abstellen. Bei Kaede musste ich an die Nacht denken, an die Autofahrt, ans Heimkommen, wie ich Laura belogen hatte, und dann waren die Polizisten aufgetaucht. Da hakte mein Verstand ein. Warum hatten die Typen versucht, mich zu provozieren? Sie hatten nicht mal versucht, mir Fragen zu stellen. Auch bei der schon fast sprichwörtlichen Blödheit der österreichischen Staatsmacht ist das seltsam. Solche Idioten gibts doch sonst nur in schlechten Filmen, und in Wirklichkeit fallen die schon durch die Aufnahmeprüfung. Ich grübelte. Dann hatte Molnar mir auch noch so seltsame Fragen gestellt, ohne mich richtig anzufassen. Schließlich auch noch die rührselige Geschichte mit Morattis Tod.

Es gab nun zwei Möglichkeiten. Entweder war Molnar inkompetent, oder sie hatte einen Plan gehabt. Nachdem Österreich einen Bundesratspräsidenten zum Begräbnis von Nelson Mandela entsandt hatte, den nicht einmal die Innenpolitikfachleute kannten, und der dann auch noch einen Tag nach dem tatsächlichen Begräbnis eintraf, könnte es schon sein, dass Molnar so blöd war. Auf der Insel der Seligen, wo eine politische Partei die Todesstrafe für Berufskiller öffentlich im Fernsehen fordert, ist alles möglich.

Aber ich war in Form und hielt mich nicht an Wahrscheinlichkeiten. Was, wenn – nun einmal nur den unmöglichen Fall berücksichtigt, dass es im Staatsdienst wenigstens einen Menschen mit funktionierender Großhirnrinde gab –, Molnar kompetent war? Kompetenz in Österreich. Das ließ mich frösteln. Entgegen der landläufigen Meinung ist es ziemlich gut, dass Kompetenz keine österreichische Kerntugend darstellt. So ziemlich alle Katastrophen der Weltgeschichte wurden durch österreichische Kompetenz ausgelöst, als da wären Weltkriege, Kellerbunker und Dinge, über die man am besten beschämt schweigt. Österreichische Kompetenz hat mehr Opfer gefordert als Dschingis Khan, der Schwarze Tod und Pol Pot gemeinsam. Unter allen Plagen dieser Welt fiel mir spontan nur die Anopheles-Mücke ein, die uns Konkurrenz macht.

Gut, gesetzt den Fall, Molnar war kompetent. Wieder machten meine Gedanken eine seltsame Wendung. Mir fielen die Kompetenzzentren der Post ein. Da sitzen die Typen, die von der Post rausgeekelt werden sollen, bei vollen Bezügen in einem leeren Raum, dürfen bei Strafandrohung nichts tun und warten auf die Pension. Bei vollen Bezügen. Die Armen. Im Kompetenzzentrum. Österreich ist, wo der Irrsinn Alltag ist.

Zurück zu Molnar. Sie war also kompetent. Gut. Dann hatte sie mich absichtlich zu sich geholt. Schinkenmoser und Werner sollten mir gar kein Wissen entlocken, die sollten mich nur so weit provozieren, dass ich mitgenommen werden konnte. Meine neuerdings selbst auferlegte Sanftmütigkeit hätte Molnar fast den Plan verdorben. Als ich schließlich dort war, hatte Molnar mich verhört, mir die Story von Moratti aufgetischt, um mich emotional mitzunehmen und nach dem unangenehmen Erlebnis mit Schinkenmoser und Werner auf ihre Seite zu bringen. Die klassische ›Good Cop – Bad Cop‹-Routine. Und ich Trottel hatte das gar nicht mitgekriegt. Ich war ihr einfach reingefallen, und sie hatte mich emotional abgeholt wie einen stehen gelassenen Koffer. Wenn es ihr nicht darum ging, Informationen aus mir rauszuquetschen, blieb nicht mehr viel übrig. Nur mein gewinnendes Wesen konnte es nicht gewesen sein. Was noch? Sie hatte schon alles gewusst, alle Daten waren in ihrer Hand. Sie wollte, dass ich bei ihr am Ring war. Offen war nur der Zweck. Dazu musste ich wissen, was Molnar wollte. Sie wollte Kaede. Sie wollte wissen, warum Kaede abgehauen war. Molnar war an irgendeiner Sache dran gewesen, war auf Kaede gestoßen, hatte deren Akte gesehen, hatte mitgekriegt, dass Kaede abhauen wollte, und da war sie auf mich gestoßen. Ich hatte Kaede zum Flughafen gefahren. Das wusste Molnar, aber die anderen wahrscheinlich nicht. Also tat Molnar das, damit auch die anderen wussten, wer Kaede zur Flucht verholfen hatte.

Ich war der Köder. Kaede war vor irgendwem geflohen, wollte schnell weg, und nun zeigte mich Molnar denen, die Kaede verjagt hatten. Das war die einfachste Erklärung. Ich sollte der Köder sein. Eintagsfliege an Leine auf Spiegelsee für Forelle. Mir war noch nie aufgefallen, wie grausam Fischen war. Der ›Sport‹ sollte verboten werden. Ich kam mir vor wie der schwarze Wasserskifahrer am Krügerstausee in dem Rassistenwitz. Krokodilköder. Meine einzige Hoffnung war, dass die Typen, die hinter Kaede her waren, so klug waren, nicht auf den Trick von Molnar reinzufallen. Aber was will man schon von Gangstern erwarten. Die hatten irgendeinen Spitzel bei der Kripo sitzen, wahrscheinlich eh Schinkenmoser, der war der Typ für Spielschulden, Nuttenficken und Koksorgien. Die Typen würden vorbeikommen, mich ausfragen, mich zusammenschlagen, und wenn ich die Sache überleben würde, dann ließen sich die zahlreichen Knochenbrüche sicher nicht so erklären, dass Laura nicht sofort die Scheidung einreichen würde. Ich war dabei, mein Kind zu verlieren, bevor es überhaupt geboren war. Ich schenkte mir die letzte Tasse ein und stellte sie vor mir auf den Tisch. ›Der Mutige wird tausendmal zermanscht, der Feigling hoffentlich nie‹, zitierte ich Shakespeares Caesar. Dann war es so weit.

Ich trank den Tee aus. Ich sperrte das Büro ab. Ich ging auf die Straße hinaus.

2. KAPITEL

I

Der Sonntag sah mich geruhsam auf der Gartenseite unseres Hauses sitzen, die Füße hochgelagert, neben mir eine Kanne eisgekühlten Sencha, die Zeit mit angestrengtem Nichtstun verbringend. Bei uns oben ging ein leichtes Lüftchen, während ich mir vorstellte, wie die armen Schweine unten in der Betonwüste schwitzten. Laura saß auf der anderen Seite unseres Gartentischchens, sie trank einen Grüntee mit Limonensaft und Mineralwasser und las irgendein Buch. Irgendein Buch gibt es natürlich nicht. Irgendein Buch ist immer ein bestimmtes. In diesem Fall war es ein erotischer Weltbestseller. Grades of Shy oder so. Furchtbare Sache, hab mal reingelesen. Aber ich liebe meine Frau schließlich nicht wegen ihres literarischen Geschmacks.

Ich nahm einen weiteren Schluck von meinem Sencha. Kaltes Wasser über Nacht mit Sencha in den Kühlschrank. Wunderbare klare Farbe, schönes Aroma, wirklich wunderbar.

»Arno, hör auf zu schlürfen. Das macht mich wahnsinnig.«

»Sorry.«

Unterbewusst schlürfe ich meinen Tee immer in kleinen Schlucken. Außer natürlich, ich bin gierig und schlucke das Zeug wie ein Fisch. Ich führte die Tasse wieder zum Mund.

»Arno!«

»Was soll ich machen, es passiert einfach!«

»Soso.«

Laura hob den Blick von ihrem Buch.

»Soso!«, bestätigte ich.

In dem Moment ging mein Handy. Nummer unterdrückt. Mir schwante Schlimmes.

»Verfickte StudentInnen!«, fluchte ich vorsichtshalber. Tarnung ist das halbe Leben.

»Hast dir selbst eingebrockt, du bist zu nett«, meinte Laura und las weiter.

Ich stand auf, ging zwei Schritte und nahm ab.

»Herr Linder, wir müssen reden.«

Es war Molnar. Wie ich befürchtet hatte.

»Wirklich?«

»Dringend. Kommen Sie besser schnell.«

»Okay.«

»Es ist wirklich wichtig.«

»Schon kapiert. Aber Ihnen ist schon klar, dass heute Sonntag ist?«

»Sie können sich gar nicht vorstellen, wie gleich mir das ist.«

Natürlich drückte sich Molnar nicht so aus, aber die Schimpfwörter, aus denen sich ihr Fluch zusammensetzte, widersetzen sich hartnäckig der Schriftform.

»Okayokayokay.«

»Ich bin im Büro.«

Damit legte sie auf. Ich schnaufte durch.

»Laura, ich muss ins Büro.«

»Ja?«

»Ein, zwei Stunden. Dann bin ich wieder da.«

»Soll ich dich fahren?«

»Blödsinn. Reicht, wenn ich verschmachte.«

Ich drückte ihr einen Kuss auf die Stirn, nahm meine Kanne und ging ins Haus. Laura war so im Text versunken, dass sie gar nicht richtig merkte, dass ich verschwand. So haben auch miese Bücher ihren Nutzen.

Eine dreiviertel Stunde später trat ich in Molnars Büro. Ich hatte eine Tasche dabei, drin waren ein paar Bücher, ein Notizbuch und eine Siggflasche mit Sencha. Mittlerweile war sie halb leer. Ich trug eine braune Cordhose und ein weißes T-Shirt mit Calvin und Hobbes drauf. Außerdem trug ich eine dunkle Sonnenbrille. Laura hatte sie mir geschenkt und sie sah aus wie die Dinger, die Keith Richards getragen hatte, als er ›Exile on Main Street‹ aufnahm. Natürlich hatte ich sie nicht abgenommen, als ich das Gebäude betreten hatte. Wenn schon, denn schon. Wer cool sein will, muss blind sein.

»Ah, Linder. Setzen Sie sich.«

Ich tat, wie mir geheißen.

»Sonntagsarbeit?«, fragte ich sie.

»Schlechte Nachrichten kennen keine Wochentage.«

»Was ist denn passiert?«

Molnar fuhr sich mit der Zunge über die Lippen. Sie atmete tief durch.

»Frau Yoshikawa ist tot.«

Molnar sprach kalt und tonlos.

»Ja?«, fragte ich verwirrt.

»Man hat ihre Leiche in einem Hotelzimmer in Singapur gefunden.«

»Sie machen keinen Witz?«

»Nein. Leider nicht.« Molnar hielt ein paar Faxzettel in die Höhe. »Ist vom dortigen Staatsanwalt. Man hat ihre Leiche vor elf Stunden gefunden. Wollen Sie ein Bild sehen?«

»Brauch ich nicht.«

»Mir wärs aber recht. Schließlich können Sie sie identifizieren.«

»Ach darum haben Sie mich hereingeholt. Ich soll für Sie klarstellen, dass es die richtige Leiche ist.«

»Wenns keine Umstände macht«, meinte Molnar in dem spezifischen Tonfall, der klarstellt, dass auch ›Umstände‹ keinen Unterschied machen würden.

»Also gut, geben Sie her«, schluckte ich meinen Ärger hinunter.

»Kommen Sie rüber«, sagte Molnar und machte eine einladende Kopfbewegung.

Ich stand auf und ging um den Schreibtisch. Molnar hatte ihr Mailprogramm offen, und ich schaute auf den kleinen Röhrenschirm. Ein Klick, und ein Bild füllte den Schirm aus. Ein paar weitere Klicks, und mehr Bilder waren zu sehen. Gesicht. Torso. Gesamter Körper. Auf dem Bett. Auf der Trage. Schmetterlingstattoo unter dem Bauchnabel. Alles tot. Kalt. Steril. Lebensfaden durchgeschnitten.

»Es ist Kaede«, sagte ich tonlos.

Das graue Büro mit den kleinen Fenstern, vor denen sich staubbeladene Akten stapelten, und in dem ein Ventilator asthmatisch keuchte, drehte sich um mich. Ich setzte mich und öffnete meine Aktentasche. Nahm einen Schluck aus der Siggflasche, dann noch einen.

»Schnaps?«, bot mir Molnar an.

»Nein danke.«

»Kaffee hol ich Ihnen keinen.«

»Schon gut«, antwortete ich. »Todesursache?« Verwundungen waren mir keine aufgefallen.

»Tabletten.«

»Was für welche?«

»Rohypnol.«

»Hm.«

»Hatte Frau Yoshikawa ein Problem damit?«

»Rohypnol?«, fragte ich.

»Genau. Oder andere Schmerzmittel oder Schlafmittel oder Antidepressiva?«

»Kaede hatte mit nichts ein Problem, soweit ich weiß. Damals sicher nicht. In den letzten Wochen wäre mir nichts aufgefallen.«

»Wie können Sie so sicher sein?«

»Wenn man jemanden wirklich gut kennt, dann merkt man das sofort. Gerade, wenn man sich länger nicht gesehen hat. Da war nichts.«

»Also passt das nicht zu ihr?«

»Nein, nein. So meine ich das nicht. Kaede war für alles zu haben, und ich bin mir sicher, dass sie in ihrem Toilettentäschchen Rohypnol hatte. Und was weiß ich nicht noch alles.«

»Sie war ein Junkie?«

»Blödsinn.«

»Aber sie nahm schwere Medikamente ohne medizinische Indikation?«

»Sie nahm schwere Medikamente ohne medizinische Notwendigkeit. Ja. Von Zeit zu Zeit. Sie war halt lebenslustig.«

»*Lebenslustig* nennen Sie das!«

»Chemical enhanced reality.« So hatte das Kaede immer genannt.

»Linder, mir ist nicht klar, wie Sie das meinen. Noch mal von vorne.«

»Ich meine, dass Kaede montags zwei Gläser Champagner zum Frühstück trinken konnte und dann den ganzen Tag nichts mehr. Oder mittwochs zwei Demerol und drei Stolichnaya zum Mittagessen. Oder sonntags einen Joint zum Fernsehen. Aber nie exzessiv, nie übertrieben. Sie war kein Junkie.«

»Soso. Also meinen Sie, dass ein Selbstmord mit Schlaftablettenüberdosis zu ihr passt?«

»Ja.«

»So bestimmt? Ein ganz klares ›Ja‹? Kein wenn, kein aber, keine Verklausulierungen?«

»Wenn Selbstmord, dann so. Und ganz sicher Selbstmord, bevor es ein anderer tun hätte können.«

Molnar sah mich stumm an. Sie hirnte.

»Woher wissen Sie das eigentlich alles?«, fragte ich nach.

»Wenn ich weiß, dass eine Person vom Flughafen Wien weggeflogen ist, dann braucht es 15 Minuten Telefonat und eine Millisekunde Rechnerzeit, um herauszufinden, wohin sie geflogen ist. Dort kann ich dann mit derselben Prozedur und vielleicht 20 Minuten Telefonat herausfinden, wohin die Reise weitergegangen ist. Wenn Sie wollen, kann ich Ihnen die Online-Reservierungen der Flüge von Frau Yoshikawa zeigen. Endstation Singapur.«

»Woher wussten Sie aber das Weitere? Das ist doch unmöglich herauszufinden, in welchem Hotel jemand absteigt.«

»In Singapur nicht. In einer Stadt, in der das Auf-den-Boden-Spucken 20 Dollar Strafe nach sich zieht, findet man auch Hotelreservierungen. Glauben Sie mir. Außerdem ist nicht nur das Verbrechen gut vernetzt.«

»Jetzt weiß ich nicht, was mir mehr Angst macht.«

»Wir sind die Guten, Linder. Wir sind die Guten.«

Zehn Minuten später trat ich ins gleißende Mittagslicht hinaus. Der Verkehr summte träge wie eine Bienenkolonie auf Psychopax. Selbst die große Stadt schläft, wenn alle im Urlaub sind. Die Luft über dem schwarzen Asphalt flimmerte, als ich zur U-Bahn-Station Schottenring hinaufging. Ins Büro oder in den Fünfzehnten. Das war die

Frage. Schlussendlich entschied ich mich für die alte Wohnung. Reminiszenzen, aber auch Ungestörtheit.

20 Minuten später saß ich in meiner alten Wohnung in dem zerfledderten Lehnstuhl und trank Tee. Mein erster Grüner damals mit Kaede im Tenmaya. Sie hatte mir gezeigt, wie viel mehr im Leben zu holen war, als bloß Bücher zu lesen. Meine erste richtige Liebe, die erste Frau in meinem Leben. Damals war ich zu grün gewesen, um sie zu erfahren. Der Bub hatte sich verliebt, und die Frau hatte mit ihm gespielt. Katze-Maus-Drama. Schließlich hatte sie mich reingelegt und war abgehauen. Ich konnte es ihr nicht verdenken. Zehn Jahre später war sie zurückgekommen. Da war ich zwar ein Mann, aber schon verheiratet. Es war zu spät. Jetzt war sie tot. Es war nie die richtige Zeit für uns gewesen. Ich legte STS auf. Das tue ich nur zu besonderen Gelegenheiten. »I hob di leben g'sehn‹. Hammersong. Liveversion, nur die Akustikgitarren. Viel Feeling. Zum Reintauchen. Die große Kanne war zur Hälfte leer, das G-C-D-Eröffnungsriff kam zum zwölften Mal, und es klopfte an der Tür.

Fuck. Hausmeisterin. Erlagschein. Mietvorschreibung. Warum können mich nicht einfach alle in Ruhe lassen? Ich öffnete. 30 Sekunden später lag ich noch immer würgend auf dem Boden. Ein schwarzer Schlagstock war in meiner Magengrube gelandet und hatte den Sencha rausgepresst. Wenigstens hatte ich heute noch nichts gegessen. Drei Typen waren über mich hinweg in die Wohnung gestiegen und schauten mich bedrohlich an. Das einzig Positive an der Situation war, dass ich nun mit Sicherheit wusste, dass ich kein Magengeschwür hatte. Das wäre nach dem Schlag geplatzt. Mit Sicherheit. Ich hielt mir den Magen und versuchte, hochzukommen. Ein strenger Schlag in den Rücken.

»Bleib unt'«, ertönte eine strenge Männerstimme. Wiener Tonfall. Schlägertyp.

Ich tat, wie mir geheißen. Gehorsam ist nur dann meine Natur, wenn ich keine andere Wahl habe. Ich biss mir auf die Zunge, um nicht zu betteln. Es hatte überhaupt keinen Sinn, jetzt Fragen zu stellen. Die Typen würden sowieso mit mir anstellen, was sie wollten. Ich konnte nur die Zähne zusammenbeißen, so viel Schmerz wegstecken wie möglich und hoffen, dass ich das Ganze überlebte. Es wurden schon Leute zu Tode geprügelt. Auch in Wien.

»Heast, Oida. Was is mit den Pupperl?«

Ich schwieg und tat, als krümmte ich mich vor Schmerz.

»Host kane Ohren, Depperter?«, wurde nachgefragt.

Diesmal von einer anderen Stimme. Es war aber der gleiche Typ Mensch. So einer, der Spaß dran hat, Menschen, die auf dem Boden liegen, zu prügeln. Oder sie mit Zahnbürsten die Trottoirs säubern zu lassen. Wenn die ideologische Umgebung passt.

»Was hast mit ihr gmacht? Was hats da gsagt? Wo is hin?«

Jede dieser harmlosen Fragen wurde von einem nicht so harmlosen Tritt begleitet. Dorthin, wo der Schmerz wohnt. Ich schmeckte Galle im Mund.

»Kaede?«, krächzte ich.

»Genau, was hats gsagt, die Oide mit die Querschlitz?«

Zu einer Antwort kam ich nicht, weil mich ein neuerlicher Tritt traf, bevor das Würgen vorbei war. Diesmal nur in den Rücken. Spätestens jetzt hörte ich auf zu simulieren und litt wirklich. Der Tritt kam von dem dritten Typen. Der hatte bis jetzt geschwiegen, aber treten konnte er gut. Reden ist Silber, Gewalt ist Gold.

»Oisdann.«

Der erste Typ packte mich an den Haaren und zog meinen Kopf hoch. Ich konnte die Augen nicht mehr ohne

Weiteres fokussieren. Alles tat so weh. Ich nahm nur ein verschwommenes Gesicht wahr. Mit einem breiten höhnischen Grinsen.

»Was hast kriagt von eara? Warum hast sie gfahrn?«, wurde ich gefragt. Die Atemluft meines Gegenübers schlug mir ins Gesicht. »Hats die Wundn aufgmacht für di?«

Damit war die Frage nach Geschlechtsverkehr als Bezahlung für die Autofahrt gemeint.

Ich verneinte mittels Kehllaut.

»Warum bist' gfahrn?«

»Ich hab sie von früher gekannt«, krächzte ich, noch immer an den Haaren gepackt.

Ich hatte sie mir für Laura ein wenig länger wachsen lassen. Ihr gefiel das.

»Von früher. Ficki ficki?«

Ich entwürdigte mich total und gab wieder einen Kehllaut von mir. Diesmal einen zustimmenden.

»Burschnä, schauts eich um«, meinte der dritte, der bis jetzt geschwiegen hatte.

Der kam nicht aus Wien, sondern aus dem Burgenland. Eisenstadt oder Umgebung. Dort, wo man den Endkonsonanten gern ein verschämtes ›ä‹ anhängt.

Mein Kopf wurde losgelassen und schlug unsanft auf dem harten Kunststoffparkett auf. Ich hatte keine Kraft mehr, um irgendwas zu unternehmen. Ich wollte nur mehr, dass es aufhörte. Ich war am Ende.

Um mich herum wurde alles auf den Kopf gestellt, was zwar nicht viel war, aber das dafür gründlich.

»Und? Nix?«, fragte der Chef.

»Nix«, war die Antwort.

»Schauts euch um, es gibt sicher ein Kellerabteil.« Und zu mir: »Welche Nummer?«

»6-8«, war meine Antwort.

Einer ging los, um nachzuschauen, ein anderer durchsuchte meine Taschen. Der dritte, der Kopf der Bande aus dem Burgenland, blieb einfach nur stehen.

»Ausweis, Schlüsselbund. Zehn Euro in Scheinen, sonst nur ein paar Cent. In der Taschn ein paar Bücher.«

»Uninteressant«, meinte der Chef, ohne nachzufragen, um welche Bücher es sich handelte.

Eines davon war mein Notizbuch. Da hätte was drinstehen können. Aber daran dachten die Typen überhaupt nicht. Barbaren.

»Handy?«

»Samsung, Smartphone.«

»Check die SMS, die Kontakte.«

»Nix, is neu. Fünf Nummern. ›Laura‹. ›Furie‹. Einmal die Yoshikawa-Nummer, eine, die i net kenn, und die Mailbox.«

»Hast a ka Leben, du Weh«, meinte der Kopf der Typen.

Mittlerweile ging es mir wieder besser und ich konnte nicht umhin, die Ironie zu bemerken, dass der Kopf aus dem Burgenland kam.

In dem Moment kam der Kerl aus dem Keller zurück.

»Und?«

»Leer.«

»Nachg'schaut?«

»Sicher, kane lockern Stana oder so, komplett empty, Oida.«

»Gut.«

»Der waß nix, gemma wieder, bevor die Hö kummt«, meinte der Typ aus dem Keller.

»Eh«, meinte der andere. »Halt die Pappn, oder mir kumman zruck«, zischte er mir ins Ohr.

»Reiß ma o«, sagte der Chef.

Die anderen zuerst, er als Letzter. Ich lag am Boden und

schaute ihm nach. Als er bei der Tür war, etwa zwei Schritte von mir entfernt, machte ich: »He.«

Er drehte sich um. Ich schaute ihm in die Augen. Was von unten recht schwer ist.

»Steirisch-Kongo«, rief ich ihm zu.

Das traf den Burgenländer wie ein Schlag. Dann kam er auf mich zu und setzte mir den Stiefel an die Schläfe.

»Wenn i jetz zudrück, dann wars das für di.«

In seiner Stimme schwang nun echter Hass mit.

»Lass eahm«, meinte einer beiden anderen.

Mir kam es so vor, als ob sie ihn an den Armen zurückzogen. Mit der Stiefelsohle im Gesicht, lässt sich so was schwer feststelllen.

»Gemma, Oida. Gemma. Ka Leich, hat der Chef gsagt, nur fragn. Nur fragn.«

Sie zogen ihn zurück, sie gingen. Ich blieb allein zurück. Bei mir war nur der Schmerz. Der blieb noch ein bisschen.

II

Mit zerbeulten Knochen schleppte ich mich die Treppe runter. Das Alter ist eine schlimme Sache. Vor zehn Jahren noch hätten mich solche Prügel genauso getroffen. Aber damit wäre auch schon das Schlimmste überstanden gewesen. Jetzt, da ich schon mit einem Bein im besten Alter stand, war mir klar, dass die wirkliche Tortur erst morgen kommen würde. In der Jugend ist das Heute schlimm. Aber das vergeht. Im Alter ist es das Morgen, das einen mit den Zähnen klappern lässt. Wenn man noch welche hat. Denn auch mit denen wird es nicht besser.

Diese tiefschürfenden Gedanken hinter mir lassend, quälte ich mich die Treppe hinunter. Ich wollte nur raus aus der Wohnung, raus aus dem Haus, raus aus dem Fünfzehnten. Raus aus dem letzten Rest meines alten Lebens. Ich wollte hinauf zum Schafberg, in die Utopiagasse. Dort war ich jetzt zu Hause. Ein lauwarmes Bad einlassen, einen Tee schlürfen, hoffen, dass Laura nicht merkte, wie zerbeult ich war. Glück im Unglück. Im Gesicht hatte ich nichts abbekommen. Solange ich mit Hemd schlafen ginge, sollte meine Süße nichts merken. Ich schleppte mich den Gang zur Haustür hin, meine Prügel schleppend wie ein Holzkreuz, und nahm mir vor, an all den langweiligen Sonntagen, die vor mir lagen mit Rasenmähen, Nachbarn und Spießbürgerromantik, diesen Moment nie zu vergessen. Besser Langeweile als Prügel. Ich bläute mir den Satz immer wieder ein, als ich hinaustrat in den hellen Sonnenschein der Felberstraße. Staubig, abgasreich, unansehnlich. Doch vor der Tür traf ich auf die alte polnische Hausbesorgerin. Sie schleppte einen Weidenkorb mit Einkäufen, und ich hielt ihr die Tür auf. Sie hatte mir jahrelang die Hemden gewaschen, und wir verstanden uns prächtig. Was wahrscheinlich daran lag, dass ich noch weniger Polnisch sprach als sie Deutsch. Umso erstaunter war ich, als die alte Dame einen Finger hob und gestikulierte. Ich nahm ihr den Korb ab und folgte ihr in die Wohnung. Sie kramte ein wenig auf der Kredenz, die rechts neben ihrer Eingangstür die Wand bedeckte. Dann hielt sie mir was hin. Es war ein Umschlag. Gelb. Poststempel unbekannt. Luftpost. Mir schwindelte. Sie hielt mir einen Zettel hin, auf dem sie in Lautschrift vermerkt hatte, wahrscheinlich auf Diktat der Enkeltochter hin: Brief von Radbote gebracht. Sie waren nicht da. Darum habe ich übernommen. Während ich las, lächelte mich die alte Frau an. Ich lächelte zurück. Bedankte mich vielmals und ging wieder hinaus auf den Gang. Im Halbdunkel riss ich das Papier auf. Es war dünn und glatt. Drinnen fand sich nur ein Zettel. Genauer gesagt ein Abriss. Auf dem stand:

I have my freedom but I don't have much time
Faith has been broken tears must be cried
Let's do some living after we die

Keine Anrede, keine Unterschrift, kein Hinweis auf einen Absender oder sonstwas. Und doch der intimste Brief, den ich je erhalten hatte. Kaede hatte mir damals ein Lied vorgespielt. Damals, als ich jung war und keine Ahnung hatte. Damals hörte ich Schönberg und rümpfte meine Nase über die Popkultur. Dann traf ich Kaede, und sie spielte mir ihre Lieblingsband vor. Die Rolling Stones. Ich hatte damals weniger Ahnung vom Blues als vom Oralverkehr. Keine Ahnung, was das Wort Rock 'n' Roll bedeutete noch was es im Jargon der 20er in New Orleans geheißen hatte. Überhaupt war ich recht ahnungslos gewesen. Dann hatte mich das Open-E-Riff von Brown Sugar getroffen, und nichts war mehr so gewesen wie früher. Als Sticky Fingers bei Wild Horses angelangt war, lagen Kaede und ich verschmolzen auf einem Bett mit Seidenlaken, und mit einem Mal wusste ich, was Oralverkehr, Rock 'n' Roll und Liebe war. Noch wichtiger aber: Ich wusste, was der Blues ist. Seit diesem Moment hatte ich Kaede immer die Worte »graceless lady« ins Ohr geflüstert, wenn ein ganz spezieller Augenblick kam.

Unter diesen Gedanken kam ich oben in meine alte Wohnung, von der ich eigentlich weg gewollt hatte. Ich stellte den Lehnstuhl auf, machte die Musik an und schenkte mir eine der letzten Tassen Sencha ein. Die Wüstlinge hatten wenigstens Respekt vor meinem Tee gezeigt. Immerhin etwas. Ich nahm mir vor, ihnen das anzurechnen, wenn wir uns wiedersehen würden.

Es braucht kaum erwähnt zu werden, dass ich in diesem Moment den Stones die Ehre gab und Sticky Fingers auflegte. Obwohl auch die Neufassung von Wild Horses auf der »Stripped« ganz nett ist. Ehre dem Original. Keith schlug den G-Akkord an, wechselte hinüber auf ein a-Moll, nahm den verqueren Rhythmus auf, den nur der Anfänger oder der alte Bluesmeister beherrscht, Mick Taylor glitt federleicht in das kleine Solo, und bevor ich es merkte, waren die alten Stones dort, wo alle Gefühle herkommen. Mick Jagger sang

»Graceless lady you know who I am
You know I can't let you slide through my hands«,

während ich Sencha trank und in alter, verflossener Liebe schwelgte. Ehe ich mich's versah, war alles vorbei. Ich stellte die Teetasse ab und ging ins Bad. Das eigentlich die Küche war. Ich öffnete den Schrank über der Spüle und suchte im Durcheinander meinen alten Elektrorasierer, mit dem ich mir früher immer die Haare selber geschnitten hatte. Ich fuhr mir mit der Hand durch die Locken und betrachtete mein Selbst im Spiegel. Ich war älter geworden, um den Mund hatten sich erste Falten eingegraben. Ich hatte einen Dreitagebart, und meine Haare gingen mir bis über den Hemdkragen. Früher hatte ich immer kurze Haare getragen, aber Laura meinte, dass sie mir ein wenig länger besser stünden. Damit war jetzt Schluss. Der eine Schläger hatte mich an den Haaren gepackt. Das wäre mir früher nie passiert. Kein Bart, kurzes Haar. Das war die Vorschrift in der Legion gewesen. Der Gegner sollte einen nicht im Kampf am Bart ziehen können. Während meine Haare ins Waschbecken fielen und der Rasierer brummte, dachte ich an die alten Römer. Die waren auch des Öfteren schlimm verprügelt worden. Aber sie hatten nie aufgegeben. Niemals. Auch nicht nach Cannae. Und die Typen, die mich verprügelt hatten, konnten nicht mal Kriegselefanten vorweisen. Was für Weicheier.

Ich strich mir über die drei Zentimeter kurzen Haare, und aus dem Spiegel blickte mir ein dunkeläugiger, schlanker Kriegstribun ins Gesicht. Vielleicht noch ein bisschen bärtig im Gesicht, aber auch das war in einem Moment Geschichte. Ich legte den Rasierer weg, wischte mir Gesicht und Kopf mit einem nassen Handtuch ab und ging hinaus. Es gab einiges zu tun. Kaedes Brief hatte ich dabei und ich war motiviert.

Nach einem ersten Aktivitätsanfall aufgrund massiver Adrenalinüberdosierung kam mir zu Bewusstsein, dass ich gar keinen Anhaltspunkt hatte, um tätig zu werden. Alle Verbrecher in Wien zu erschießen und zu hoffen, dass schon die richtigen dabei wären, war zwar verlockend, aber auch naiv. Außerdem schwer durchzuführen. Zuerst musste ich also herausfinden, wer überhaupt hinter der ganzen Sache steckte. Die Frage, ob es der Trouble in Wien war, der Kaede so weit gebracht hatte, beschloss ich erst einmal nach hinten zu verschieben. Es galt also herauszufinden, wer verantwortlich war.

Im öffentlichen Leben ist das einfach. Ein schlecht informierter Journalist schreibt in gebrochenem Deutsch eine Anklage, und derjenige Politiker, der zuerst mit dem Finger auf andere zeigt, der wars. Bei mir lag die Sache ein wenig anders. Aber nicht viel. Derjenige, der zuerst mit der Faust auf einen anderen einschlägt, der hat in der Regel Dreck am Stecken. Eingeschlagen hatten sie auf mich. Ich wusste nur nicht so recht, wer das gewesen war. Dieser Ast der Ermittlung war recht simpel. Molnar wusste sicher, welcher Boss in Wien drei österreichische Schläger in petto hatte, von denen einer aus dem Burgenland, Eisenstadt-Umgebung kam. Die Typen hatten sicher alle massig Vorstrafen. Allerdings war der Preis für diese Information recht hoch. Polizeiliche Ermittlungen laufen nicht so ab, dass Privatpersonen eingebunden werden. Außerdem hatten mich die Typen deswegen verhauen, weil mich Molnar als Lockvogel missbraucht hatte. Diesem Vorgehen war nicht viel Erfolg beschieden gewesen. Entweder hatte Molnar etwas falsch gemacht, oder sie hatte den Fall nach dem Tod Kaedes zu den Akten gelegt. So oder so schien sie mir nicht die richtige Anlaufstelle zu sein. Wenn alle Stricke reißen würden, war es aber nett, eine letzte Art von Rückversicherung zu haben.

Unter diesen Gedanken war ich mittlerweile bis zum Rathaus gewandert. Die Sonne brannte erbarmungslos herunter, die Straßen waren menschenleer, und auf den Blättern der Bäume lag der Staub. Meine Kehle war ausgedörrt, mein T-Shirt durchgeschwitzt, und mit einem Schlag kam mir zu Bewusstsein, dass ich nach Tee gierte wie Dracula nach Blut. Netter Gedanke übrigens, Tee aus dem Hals einer Jungfrau zu schlürfen. Musste ich im Hinterkopf behalten. Also auf in mein Büro. Dort gab es Wasser, Tee, eine Kanne und viel Schatten. Denn was auch immer man für schlechte Dinge über die Wiener Hauptuni sagen kann: Die Mauern sind dick und lassen es drinnen auch im Sommer nicht allzu heiß werden.

Die letzten Meter waren eine Qual. Mein Gaumen kribbelte, das Zahnfleisch brannte, außerdem setzte massiver Kopfschmerz ein. Eine Mischung aus den Prügeln und dem Teinentzug. Ich kämpfte mich die Philosophenstiege hoch und ins Institut. Dann in mein Büro. In der Kanne fand sich noch ein letzter Rest. Den trank ich gleich aus der Kanne, indem ich am Schnabel saugte wie ein Baby an Mamas Brust. Schon wieder so eine Idee. Brüste mit Tee gefüllt. Ziemlich abgefahren. Die Typen mussten mich doch ordentlich am Kopf erwischt haben. Egal.

Ich machte mir neuen Tee und begann, die Sache im Kopf zu ordnen. Mein einziger Anhaltspunkt war Kaedes Abschiedsbrief. Die geschriebene Nachricht war der Songtext von ›Wild Horses‹. Der war gegenüber dem Original auf Platte unverändert. Hatte ich schon nachgeprüft. Da war also nichts zu finden. Der restliche Songtext lieferte mir auch überhaupt keinen Hinweis. Also begann ich mir das Papier genauer anzuschauen, auf dem Kaede das alles geschrieben hatte. Fünf mal acht Zentimeter maß das Ding, die Schrift in Kaedes zierlichen Buchstaben nahm fast den gesamten Raum der Seite ein. Zwei der vier Seiten waren ausgefranst, offensichtlich von einem größeren Blatt abgerissen. Auf der Vorderseite fand sich sonst nicht viel. Das Papier allerdings war recht dick, so wie man es für Sachen verwendet, die ein bisschen robuster sein sollten. Die Rückseite war farbig. Eine Art verschwommenes Grauschwarz. Was den Verdacht nahelegte, dass es sich dabei um die eigentliche Vorderseite handelte. Das Ding konnte durchaus ein Plakat sein. So oder so, es war unwahrscheinlich, dass Kaede das Papier auf dem Weg von Wien nach Singapur aufgelesen hatte. Auf Flughäfen hängen nicht so viele Plakate, und in Singapur konnte sie nicht viel mehr Zeit gehabt haben, um vom Flughafen zum Hotel zu fahren und dort zu sterben. Also war es wahrscheinlich, dass sie es schon in Wien gehabt hatte und es ihr so viel bedeutete, dass sie es mitgenommen hatte. Also vielleicht doch ein Hinweis. Bloß einer, der mir nicht viel nutzen würde. Denn in Wien gibt es Druckereien wie Sand am Meer. Auch die allergrößten davon abzugrasen, würde Tage in Anspruch nehmen. Ich hatte zwar die Zeit, mit ein bisschen Glück wusste ich aber auch schon eine Abkürzung.

Kaede hatte Geschmack. Gehabt. Das stand fest. Sie mochte Dinge, die schön waren. Sie mochte auch Dinge, die teuer waren, aber sie war eine von denen, die auch Dinge liebte, die schön und billig waren. Die meisten Menschen beurteilen Schönheit nach der Anzahl der Stellen im Kaufpreis. Nicht, dass das was Schlechtes ist, die Wirtschaft könnte sonst nicht überleben. Aber bei Kaede war das nicht der Fall. Wenn ich Glück hatte, dann wusste ich genau den Richtigen, um ihm Fragen zu stellen.

III

Im Ersten Bezirk gibt es in der Bäckerstraße ein Antiquariat. Inhaber Nodequai. Staubige Scheiben, ausgesuchte Stücke im Schaufenster, alles mit einer gewissen Patina überzogen. Dort kann man Geschmack kaufen. Wenn man sich ihn leisten kann.

Plakate landen auf dem Müll oder bei Kennern. Und der junge Nodequai, so genannt, obwohl er mittlerweile schon die 40 überschritten hatte, war so einer. Gewissermaßen stellte er das Gegenstück zu Kaede dar. Während sie Schönheit auch ohne Preisschild erkannte, wusste Nodequai bei Schönheit den Preis. Bis auf die letzte Kommastelle. Das war ein Erbteil seiner Familie, der generationenlangen intensiven Beschäftigung mit schönen Dingen geschuldet. Die kleinen Nodequais wuchsen schon in einer Atmosphäre auf, die dermaßen mit profitabler Ästhetik geschwängert war, dass sie unweigerlich zu Kennerschaft führen musste. So wie die Kellermeister in der Cognac-Region alle Leberzirrhose haben, auch wenn sie nie einen Schluck trinken, so hatten die Nodequais Kunstverstand. Profitablen, versteht sich. Da sich keine Menschenseele in Wien mehr an Nodequais Mutter erinnern kann und auch überhaupt keine Aufzeichnungen über die Frauen der Nodequais in Archiven auftauchen, stellen sich manche Leute die Frage, wie sich die Sippe eigentlich vermehrt. Obwohl, vermehren tut sie sich gar nicht. Es gibt halt bloß immer einen Nodequai. Und alle 50 Jahre taucht ein Sohn auf. Man spekuliert auf asexuelle Patinaknospung. Oder Sporen. Oder beides. Ehrlich gesagt, niemand hat eine Ahnung. Mit ihnen ist es ein bisschen wie mit der Luft. Es gibt sie, und das ist gut so.

Ich stand vor dem Laden und starrte durch die dunklen Scheiben. Gut gekleidete Passanten schlenderten schweißfleckig an mir vorbei und starrten mich an. Ich ließ mich aber nicht stören. Im Laden war niemand. Vorsichtshalber klopfte ich, aber niemand machte auf. Das war nicht verwunderlich, schließlich hatten wir Sonntag. Also rauf ins Dachgeschoss, wo die Wohnung der Nodequais ist. Dort wohnt der junge Nodequai unter der Dachschräge auf 40 Quadratmetern, die vollgestopft mit verhängten Möbeln sind. Obwohl ihm das ganze Haus gehört.

Oben angekommen schnaufte ich. Der dritte Stock hört sich nicht nach viel an. Aber da es einen Mezzanin und zwei Zwischenstöcke gibt und außerdem die Raumhöhe gute vier Meter beträgt, wird die Luft oben schon recht dünn. Sauerstoffmasken sind da schon fast Pflicht, sonst sieht man Yetis.

Ich stand oben vor einer alten papierdünnen Tür aus Sperrholz und klingelte, während ich nach Atem rang und mich mit der Rechten am Türstock festhielt. Ich klingelte nochmals, aber wieder kam niemand. Ich war verwirrt. Wo mochte der Nodequai stecken, wenn nicht im Geschäft oder in der Wohnung? Fürs Abendessen wars noch zu früh, sonst hätte ich rübergeschaut in die Kurkonditorei Oberlaa. Und Mittwoch war auch nicht, sonst hätte er bei Tvanic tarockiert. Ich hirnte. Da schoss es mir ein. Nodequai war im Keller. Also den ganzen Weg wieder runter. Unten stand ich dann vor einem kunstvoll geschmiedeten Abschluss in Jugendstil. Die Tür war verschlossen. Ich rief einmal, aber niemand antwortete auf mein Rufen. Also zog ich mein Etui aus der Tasche und holte den Minenbleistieft heraus. Der ist recht dünn und stabil. Das Ding steckte ich ins Schloss. Das war gemacht für einen der Schlüssel, die ein halbes Kilo wiegen und deren Bart so kunstvoll gezackt ist, dass man ehrfürchtig vor dem Schlosserhandwerk erschauert. Alles Bullshit. Diese Dinger kann man im Notfall sogar mit den bloßen Fingern knacken. Ich bohrte ein wenig herum, und offen war das Ding. Dem Schlüsselbart zum Trotz gab es überhaupt nur einen Riegel, den man runterdrücken musste. Ich trat ein und machte hinter mir wieder zu. Kaum war ich hinter der Tür, umfing mich feuchtkalte Kellerluft.

Ich tapste im Dunkeln vorsichtig vorwärts. Nach etwa sieben Stufen kam ich unten an. Der Boden bestand aus Erde. Ich ging weiter. Es war stockdunkel, und ich hörte nichts. An Riesenspinnen denkend ging ich weiter. Dann ein dumpfer Knall. Ein Schmerzenslaut. Ein Fluch. Ich hatte gegen eine Tür getreten, die mir den Weg versperrte. Ich war mit dem Fluchen noch nicht halb durch, als sich die Tür öffnete und mir elektrisches Licht entgegenstrahlte.

»Wer sind Sie?«, fragte mich eine zitternde Stimme. Ihr Besitzer hielt eine altertümliche Pistole in der Hand. »Ich bin bewaffnet.«

»Das seh ich«, antwortete ich und nahm ihm den Schießprügel aus der Hand. »Das nächste Mal solltest du einen Feuerstein reinstecken, wenn du mit so einer Landknechtspistole ernsthaft auf wen zielst. Sonst nimmt der dir den Versuch nicht als ernst gemeint ab.«

Ich betrachtete den Pistol, um im Jargon der Zeit zu bleiben, genauer.

»Mann, Wahnsinn. Was hat denn das Ding für ein Kaliber?«

»Keine Ahnung, Arno«, antwortete Nodequai. »Damals hat man seine Kugeln selbst gegossen und dann mit Wachspapier den richtigen Durchmesser fein justiert. Eineinhalb Zentimeter Kugeldurchmesser sicher.«

»Unheimliche Wumme. Da bleibt nicht mehr viel von dem Typen übrig, den man trifft. Heutzutage wäre das schon eine amtliche Kanone.«

»Gibst du sie mir wieder zurück? Sonst steckst du sie noch versehentlich ein und nimmst sie mit. Das wär schade.«

Er hielt mir die offene Hand hin. Ich gab sie ihm zurück.

»Ich wollte dich nie beklauen.«

»Soso. Seitdem damals meine Silberlöffel verschwunden sind, bin ich misstrauisch. Vor allem Arno Linders gegenüber.«

»Schon gut. Soll ich meine Taschen ausleeren?«

»Ach geh. Wie kommst du überhaupt rein, die Tür war doch zu?«

»Das Schloss ist monströs, aber taugt nicht viel. Solltest mal was machen damit. Sonst klaut dir noch mal wer deine Schätze.«

»Du sprichst von dir?«

»Ach was, ich bin jetzt ehrbar.«

»Und ich Altwarenhändler.« Nodequai grinste. »Also was willst? Brauchst Ezzes?«

»Kann man sagen. Du hast noch Plakate?«

»Ein paar liegen rum.«

Untertreibung des Jahrhunderts.

»Sagt dir das was?«

Ich hielt Nodequai Kaedes Brief hin. Die Rückseite davon.

»Ah, hmm.«

Nodequai betatschte das kartonartige Papier wie manch einer die Brüste einer Frau.

»Hm«, machte er abschließend.

»Also sagts dir was?«

»Kann sein, dass ich das da hab. Hier herunten ist es so klamm und kühl, da fühlen sich die Sachen gleich ganz anders an.«

»Aber du kennst es?«

»Ja. Ich glaub, das ist ein Plakat vom Theater Kosmos. Die verwenden meist solche Papiertypen. Hm. Die Sachen von denen waren eigentlich früher immer toll, letzthin haben sie aber ein bisschen nachgelassen, kann sein, dass ich das doch nicht da hab. Das Papier ist noch nicht so alt.«

»Letztens?«, fragte ich alarmiert.

Das waren keine guten Nachrichten. Kaede bewahrte keinen Schrott auf, und wenn das Ding älter war, dann bestand durchaus die Möglichkeit, dass es keine Verbindung zu meinem Fall gab.

»Im Verlauf der letzten drei, vier Jahre.«

»Aha«, machte ich enttäuscht.

»Ich glaube, der Künstler hat ein wenig nachgelassen, ich tippe auf Alkohol oder sonst welche Drogen.«

»Du kannst ...«, fing ich an und verstummte.

»... aus den Plakaten sagen, dass der Künstler säuft?«, hatte ich fragen wollen. Aber das ließ ich stecken. Nodequai konnte. Der Mann hat Hausverbot im Dorotheum und darf nicht mit Leuten über deren Kataloge sprechen. Das ist Teil eines Gentleman's Agreements, dafür berät der die alte Tant' Dorothee und die geben ihm großzügig Kommission. Es heißt, dass drei Leute auf diesem Planeten von Sotheby's ständig beobachtet werden. Dabei handelt sich um einen der Neffen der Honda-Dynastie, einen Koksbaron aus Kolumbien, den öffentlich namentlich zu nennen zu gefährlich wäre, und ein mausähnliches, etwa 40-jähriges Individuum aus Wien. Wohnhaft Bäckerstraße, 1010. Die anderen zwei stehen erst seit ein paar Jahren auf der Liste. Aber das Individuum aus Wien, das haben schon die Gründer von Pinkerton beschattet. In einer anderen Inkarnation selbstverständlich.

»Du kannst mir also nicht sagen, von welchem Stück das Plakat war, dessen Reste du gerade anschaust?«

»Nein. Theater interessiert mich nicht so, und seitdem der Typ nachgelassen hat, werden die Sachen auch nie mehr was wert sein. Der Typ interessiert dich nicht.«

»Nein, ich glaube, es geht nur um das Theater.«

»Okay.«

Nodequai hatte die Rückseite des Plakats, mithin also die Vorderseite des Briefs entdeckt.

»Ahaa! Schau her, Arno, da steht was!«

»Ich weiß.«

»Kryptisch. Scheint Englisch zu sein. Ein Fragment eines Gedichts. Handschriftlich. Sehr nette Handschrift. Klar und rein. Eine Dame. Hm. Kalligrafisch gebildet, scheint mir. Teure Feder. Der war der Text was wert, Arno. Hat ihn rein und elegant gesetzt. Mit gutem Strich. Das scheint mir eine vielversprechendere Spur zu sein, als irgendeinem Plakat nachzujagen. Wenn du rauskriegen könntest, von welchem Dichter …«

»Mick Jagger. Das hat mir eine Freundin geschrieben.«

»Du hast einen guten Geschmack, Arno. Wer ist dieser Jagger, wird der mal berühmt werden?«

»Ach, der ist das schon. Rockmusik.«

»Ach, Rockmusik.«

Nodequai verlor das Interesse. Er war Antiquitätenhändler. Antiquitäten stammen aus der Zeit von vor dem Ersten Weltkrieg. Er gab mir das Papierstück zurück.

»Sonst noch was?«, fragte Nodequai. »Ich muss weitermachen.«

»Das Plakat hast du nicht da … Weißt du, wie ich dann herausfinden kann, von welchem Stück das Ding ist?«

»Arno, ich hab dir das Theater genannt, reicht das nicht?«

»Bitte.«

»Du bist stinkend faul. Also gut, die lassen eigentlich immer bei Digital Laut in der Ziegelofen drucken. Frag dort mal nach.«

»Danke.«

»Bitte. Und jetzt geh. Und mach die Tür hinter dir zu.«

Er hatte sich schon umgedreht und ging zurück zu den alten mit Stahlbändern eingefassten Eichenholztruhen im Hintergrund. Wenn man Freunde so einfach ausrauben könnte, dann würd ich mir mal die Truhen holen. Denn bei Nodequai gibt es drei Level. Verkaufsraum, da steht der Ramsch für die Kunden. Oben in der Wohnung ist das schöne Zeugs, und unten im Keller, da weiß keiner, was da ist. Könnte die Bundeslade sein, oder das Pyramidion von Djedefres Pyramide, oder der Elfenbeindildo der

Hohepriesterin von Atlantis. Oder aber auch der Schnurrbarthalter von Hitler. Original Führerpopel inklusive.

IV

Ich ging zum Stephansplatz, erstickte dort fast in Touristen, quälte mich in die U3 und fuhr zur Haltestelle Neubaugasse. Dort stieg ich bei der Haltestelle beim Café Ritter in den 13A und fuhr über den Wienfluss hinüber in den Fünften. Nach Margareten. Die Haltestelle nach dem Margaretenplatz ist die Ziegelofengasse. Dort, irgendeine der ungeraden Nummern knapp unter oder über 30, ist Digital Laut. Ein weißes Schild mit den zwei großen roten Anfangsbuchstaben ist weithin sichtbar. Durch eine Einfahrt gehts in den schattigen Hof, Efeu wächst an den Wänden, und durch eine Glastür kommt man hinein zum Empfang. Wenn nicht gerade Sonntag ist. Dann haben die geschlossen.

Ich drückte die Nase an das Glas und spähte hinein. Da drinnen war es dunkel. Niemand da. Ich klopfte, vergebens hoffend, an die Tür. Scheiß Arbeitswoche, fluchte ich.

»Was machen Sie da?«, fragte mich eine Stimme von über dem Hof her.

Ich drehte mich um. Da war niemand.

»Hier oben.«

Ich linste rauf in den ersten Stock.

»Ah, guten Tag.«

Eine nett und bieder aussehende Dame, Mitte 40, mit blonden Locken und leicht geschminkt, schaute aus dem Fenster.

»Muss ich die Polizei verständigen?«, fragte sie. Ihr war langweilig, nahm ich an.

»Nein. Ich hab nur ein privates Problem. Und da hofft man manchmal entgegen aller Wahrscheinlichkeit«, flunkerte ich.

Wenn man mit den Menschen redet, findet man Zeug heraus, von dem man nie wissen kann, wozu man es braucht. Vielleicht bat sie mich ja rein. Und es gab einen geheimen Eingang zu Digital Laut. So oder ähnlich fantasierte ich in meiner Not.

»Soso. Heute ist Sonntag. Sind Sie sicher, dass ich nicht die Polizei rufen soll?«

»Ganz sicher. Es ist nur, ach …«

Ich hob seufzend die Achseln und ließ die Luft dramatisch entweichen. Auf Polizei hatte ich so gar keine Lust. Da wartete ich lieber noch bis Montag. So schwer mir das auch fallen würde.

»Privates Problem. Finanzieller Natur, nehme ich an.«

»Ach, überhaupt nicht.«

»Was dann? Es geht doch immer ums Geld.«

Die Dame war offensichtlich eine vom Leben leicht enttäuschte Romantikerin. Ich wettete meinen kleinen Finger darauf, dass sie ›Pretty Woman‹, ›Titanic‹ und ›Schlaflos in Seattle‹ im DVD-Regal stehen hatte. Und ›Jenseits von Afrika‹.

»Nicht immer. Ich habe ein Liebesproblem. Beziehungskrise, vielmehr.«

»Soso, was denn?«

»Meine Freundin sammelt Theaterplakate, und wir hatten Streit.«

»Weswegen denn?«

»Ich war eifersüchtig. Ich dachte, sie geht mit einem andern Mann ins Kino.«

»Und was hat das mit Digital Laut zu tun?«

»Na, ich hab ein paar Plakate zerschnipselt …«

»Das hätten Sie nicht tun sollen«, wurde ich gerügt.

»Weiß ich, außerdem wars eh umsonst. Sie war mit einer Freundin dort.«

»So?«

»Ja, die heißt halt Tommy.«

»Woher wussten Sie das?«

»Ich war indiskret.«

»Sehen Sie, was da rauskommt. Das war falsch. Das sollten Sie nicht machen.«

»Ich weiß eh«, gab ich den Zerknirschten.

»Und jetzt?«

»Na jetzt bin ich verzweifelt auf der Suche nach wem, von dem ich erfahren kann, welches Plakat ich da zerschnipselt habe!«

»Na das werden Sie doch selber am besten wissen müssen!«

»Ach, ich war sauer, und das ging furchtbar schnell. Und dann bin ich auf meinen Fehler draufgekommen und dann, na dann war Daggi schon zu Hause.«

Da war ich stolz. Namen stellen sofort Gefühle her.

»Soso. Und fragen können Sie sie nicht! Das steht fest. Wie kommen Sie überhaupt auf Digital?«

»Na, weil das Plakat vom Kosmostheater war. Da hab ich schon nachgefragt, die bewahren das nicht auf, zumindest nicht am Sonntag.«

»Wir drucken nicht für das Kosmostheater.«

»So?«

Mit einem Mal wurde ich unsicher. Meine ganze Story

war dahin. Nodequai hatte sich geirrt. Scheiße, alles noch mal von vorn.

»Aber ich war mir ganz sicher ...«, begann ich so wie früher in der Schule, wenn ich die Hausaufgaben vergessen hatte.

»Wir drucken für das Theater Kosmos, das ist was anderes. Das eine ist im Siebten, Siebensterngasse, das andere in der Bregenzerstraße 29, Mariahilf.«

»Ah so!«, schnaufte ich durch.

»Kein Problem, das verwechseln viele.«

»Auf jeden Fall, die wollten mir heute nicht helfen, Sonntag und so.«

»Das ist aber ärgerlich. Sie hätten Ihrer Freundin vertrauen sollen. Dann wär das alles nicht g'schehn.«

»Ja leider. Ich bin so ein Depp.«

»Haben Sie denn sonst einen Anhaltspunkt?«

»Ja, einen Schnipsel hab ich. Ich kann halt nicht in ihre Sammlung schaun, weil sonst fällt das auf.«

»Sicher, sicher. Warten Sie, ich komm gleich runter.«

Damit war sie verschwunden. Die nächsten fünf Minuten war ich gespannt wie zu Weihnachten, wenn Opa ins Zimmer ging und nachschaute, ob das Christkind schon da gewesen war. Ich trat von einem Bein auf das andere. Endlich ging die Tür unten auf, und die Dame von oben stand, mit einem dicken Schlüsselbund bewaffnet, vor mir.

»Na gemma nachschaun«, sagte sie zu mir.

»Einfach so?« Ich war baff.

»Ich bin die Empfangsdame dort.«

»Ah so.«

Lügen macht sich eben doch bezahlt! Gelobet sei der Herr. Ich folgte ihr. Sie sperrte auf, und wir gingen am Empfangstisch vorbei, bogen rechts ab, sie hob einen Teil eines Verkaufstisches hoch, wir gingen durch, dann weiter nach hinten.

»Da ist die Ablage. Lassen Sie mal schauen.«

Ich hielt ihr das Plakatstück hin. Hoffte, dass sie es nicht umdrehen würde.

»Mal schaun«, meinte sie. »Wenns nicht älter ist als ein Jahr, dann hammas da irgendwo rumliegen.«

Sie stand vor einem Regal mit jeder Menge Ablagefächern, die mit einem seltsamen Buchstabencode versehen waren. Bei einem der Ablagefächer machte sie halt und begann zu suchen. C94x13 war der Name des Fachs, das brannte sich mir ein, weil ich keine Ahnung hatte, warum da nicht einfach Theater Kosmos stand.

Ich war mit dem Wundern noch nicht fertig, als ich schon ein Plakat vor die Nase gehalten bekam. Ein unregelmäßig gemalter grauschwarzer Hintergrund, auf dem ein weißer Stuhl zu sehen war, über dem eine weiße Deckenlampe hing. Die Deckenlampe war eines der Dinger, die einem von übelwollenden Staatsorganen ins Gesicht gehalten werden, wenn man befragt wird. Der Stuhl stand so einsam da, dass ich mich zwangsläufig an meine unangenehmen Begegnungen mit der Ordnungsmacht erinnert fühlte. Daneben stand in schnörkelloser, massiver Schrift: Das Verhör. Rechts unten war es signiert. Andreas Variol stand dort, ganz klein, nahezu unlesbar. Feine Sache. Ich hatte, was ich suchte. Nun galt es nur mehr, meine Sache gut zu Ende zu spielen.

»Wissen Sie vielleicht auch noch, wo ich ein solches Plakat kaufen kann? Ich meine, irgendwie muss ich es doch schließlich ersetzen.«

»Kaufen müssen Sie gar nichts. Ich schenk' Ihnen das Exemplar.«

»Das ist aber nett.«

»Aber nur unter der Bedingung, dass S' Ihrer Freundin in Zukunft verzeihen. Und nie mehr etwas von ihr zerstören. Hammsmi?«

»Ja danke. Werd ich mir merken.«

V

So ein Smartphone ist eine feine Sache. Das Ding, das mir Laura geschenkt hatte, konnte ins Internet. Also ging ich aus dem Hof raus, die Ziegelofengasse runter und setzte mich zum Brunnen am Margaretenplatz. Der Verkehr floss sommerlich träge, die Leute stürmten die Eisdiele, und ich saß am kühlenden Nass und suchte nach dem Stück, dem Theater und was sonst noch so von Interesse war.

Zuerst kam ich an ein paar Rezensionen, was insofern wichtig war, als ich herausfinden wollte, um was es in dem Stück ging, von dem Kaede mir das Plakat geschickt hatte. Das Stück selbst war ein Zwei-Personen-Zweiakter. Im Zuge der ersten Entnazifizierungswelle wird ein Wehrmachtsdeserteur von einer französischen Soldatin verhört. Was zuerst nach einer Frage um Schuld und Unschuld in der Kriegszeit aussieht, beginnt sich immer mehr um das persönlich erlebte und nicht verarbeitbare Grauen der beiden Personen zu drehen. Ich fand, das klang richtig interessant. Die Kritik war zumeist sehr positiv, ja fast euphorisch zu lesen. Vielleicht wieder einmal Zeit, ins Theater zu gehen. Normalerweise gehe ich nur in der Kaiserstraße ins Theater Spielraum, wenn dort griechische Tragödien gegeben werden. Die werden immer so dramaturgisch und textsicher dargeboten, dass einen die nahezu klaustrophobe Wirkung packt wie beim Lesen. Moderne Aspekte, die auch dort zum Tragen kommen, wirken richtig cool. Etwa wenn Ödipus' Mutter Stilettos zum eng anliegenden Minirock trägt. Oder Sturzkampfbombergeheul den Wahnsinn Antigones zur Darstellung bringt. Außerdem wird dort zu ebener Erde gespielt, keine zwei Schritte von den ersten Stuhlreihen, die die ›Bühne‹ auf alle Seiten hin umschließen. Sehr intensive Erlebnisse sind garantiert.

Mit Schaudern erinnerte ich mich an den Hamlet, der an der Burg gegeben wurde. Der Hauptdarsteller sprach seinen Text wie ein Achtjähriger, der Homer vorliest. Er hatte schlicht keine Ahnung, was er denn da sagte. Mit den anderen Schauspielern wars nicht viel besser. Die Inszenierung war ein Graus. Und wie man hört, hat sich das in den letzten Jahren nicht unbedingt gebessert. Der letzte Geniestreich war eine Aufführung der Ilias. Was man da aufführen will, bleibt mir schleierhaft, es soll aber eine Szene geben, in der etwa 20 Minuten lang Papierschiffchen gefaltet werden. Na bumm!

Aber so ein Blödsinn schien das Stück im Theater Kosmos nicht zu sein. Klang so weit alles nach gekonntem Aufbau von Konflikt und Emotion. Nur Hinweis auf Kaedes Abschiedsbrief war keiner zu finden. Dazu müsste ich wohl ein paar Leute aushorchen, die bei dem Stück mitspielten. Laura hatte mir zwar das Smartphone nicht geschenkt, um damit Leute auszuspionieren, aber so lang sie das nicht wusste, war alles okay. Unter der Woche wäre ich einfach ins Theater marschiert, hätte mir das Stück reingezogen und dann den Regisseur oder die Schauspieler abgepasst, mit ein bisschen Honig um den Bart wären die sicher anfällig gewesen, etwas auszuplaudern. Aber am Sonntag ging das nicht. Ich versuchte, Adressen herauszufinden, aber da kam nichts dabei raus. Ich überlegte schon, ob ich nicht irgendwen beim Meldeamt kennen würde, der mir helfen könnte, als ich eher per Zufall einen Veranstaltungskalender durchsah und dort stand:

Stadtbibliothek Penzing, 1140, Hütteldorfer Straße 81A. Lesung: Hubert Dragovic.

Bingo. Das war der Regisseur von ›Das Verhör‹.

Veranstalter: Andy Schleif. Beginn: 19.00 Uhr.

Ha, was für ein Glück, dass Wien die coolsten Stadtbibliotheken der bewohnten Welt vorzuweisen hat. Hackeln sogar am Sonntag. In einer Welt, deren Kultur zerbricht und unterzugehen droht, halten sie die Fahnen des geschriebenen Wortes hoch. 19.00 Uhr passte mir auch sonst noch perfekt in den Plan, da konnte ich vorher noch heim, was essen, mich umziehen und dann wieder runter in die Stadt. War nicht mehr so heiß um die Zeit.

Eine Stunde später, so gegen halb fünf, hatte ich die Stadt mit einem Taxi durchquert. Früher wäre ich mit den Öffis gefahren, aber jetzt war ich ordentlicher Professor und konnte es mir leisten, die Umwelt zu verpesten. Das schlechte Gewissen war zwar noch da, aber nicht mehr so ausgeprägt wie noch vor einem halben Jahr. Ich dachte immer wieder darüber nach, mir ein Fahrrad zu kaufen. Aber dazu muss man die Czartoryskigasse rauf. Und die schaut aus, als ob sie locker zehn Prozent Steigung hätte. Alpe d'Huez, der mystische Berg der Tour der France, hat acht Prozent zum Vergleich. Mit einem Wort: Ich hatte die Hosen gestrichen voll.

Egal, ob mit Taxi oder Bus, ich war oben am Schafberg, ging den Utopiaweg entlang und sperrte mein Gartentor auf. Eine der besten Sachen an der Adresse ist die Umgebung. Da fühle ich mich richtig wohl. Ich meine nicht die Leute, sondern die Straßen. Da gibts den Tichyweg, die Molnargasse, die Max-Brod-Gasse, einfach herrlich, im richtigen Viertel zu wohnen. Ich geb's ja zu, ich bin ein Snob.

Durch die Gartentür, ins Haus. Ich versuchte dabei, die Länge des Rasens zu ignorieren, und wollte gerade raus auf die Veranda, als ich Stimmen hörte. Ich schluckte, nahm allen Mut zusammen und trat hinaus. Draußen saß meine

Süße mit Glanicic-Werffel. Ausgerechnet mir musste das passieren. Mir, der ich immer die Leute ausgelacht hatte, die unter dem Telefonnummereintrag ›Favoriten‹ ihrer Handys die Arbeit stehen hatten. Ausgerechnet meine Chefin war die beste Freundin meiner Frau. Da bleibt einem nichts übrig, als zu grinsen, Hände zu schütteln und zu grinsen. Einmal aus Höflichkeit und einmal aus Verachtung vor dem grausamen Schicksal.

»Hi, Arno, setz dich her zu uns«, meinte Laura.

Die beiden saßen ganz entspannt vor zwei Sommerspritzern. Meine Chefin einen mit Weißwein, Laura einen mit Grüntee und Limone.

»Geht nicht, ich will duschen und dann muss ich wieder runter«, meinte ich nett.

»Ach schade, wir wollen ins Kino. Ich dachte, vielleicht kommst du mit?«

Das war eines der Dinge, die ich erst im Laufe der Jahre herausgefunden habe. So eine Frage ist pure Höflichkeit. Da will gar niemand, dass man mitgeht. Zu Anfang hätte ich da geknickt Ja gesagt, nur um den beiden und mir den Abend zu verderben. Das ist so ähnlich, wie wenn man seine Freundin fragt: Eh kein Problem, wenn ich mit den Jungs ein Bier trinken gehe? Und die sagt: Nein, überhaupt nicht. Als Frischling bin ich wohl hundertmal in diese Falle getappt. Die Angebetete war dann immer sauer. Und etwa hundertmal habe ich mich gewundert, wieso. Bis mir dann einmal ein lang verheirateter Mann das Geheimnis verriet: »Wenn du fragen musst, dann mag sie es nicht. Glaub mir, ich bin schon so lang verheiratet, ich weiß nicht mehr, warum.« Seitdem war ich eine wesentliche Weisheit weiter. Schade, dass sie einem das nicht im Kindergarten beibringen.

»Das wäre nett gewesen«, meinte ich. »Aber ich wollte mir eine Lesung geben. Bücherei Penzing.«

Feine Sache, wenn man nicht lügen muss und trotzdem kriegt, was man will.

»Ja schade«, meinte Laura. »War's anstrengend?«

»Es geht.«

»Arno war wegen einer Studentin unten. Doktorandin, nicht?«

»Ja«, meinte ich, darauf hoffend, dass Glanicic-Werffel nicht wusste, dass die einzige Doktorandin, die ich momentan betreute, gerade auf ausgedehnter Studienreise durch die Bars von Leningrad war. Weiße Nächte und so was.

»Willst du dich nicht zu uns setzen?«, fragte mich Laura.

Ich schüttelte den Kopf und trank nur schnell Lauras Eistee aus. Dann setzte ich das Glas ab, griff unter den Tisch, holte den Glaskrug raus und schenkte nach. Pur, ohne irgendwelchen Schnickschnack. Wie Mineral oder Limone. Den puren Stoff. Ins Glas passte ein halber Liter. Der war schnell weg. »Pfiat di Gott, Lackerl«, sagt Ostbahn-Kurti in so einer Situation.

»Aaah«, machte ich und stellte ab.

»Du sollst nicht so viel Tee trinken, Arno. Denk dran, was der Doktor gesagt hat. Du bist nicht mehr 20. Außerdem hast du sicher unten im Büro wieder eine Kanne getrunken.«

»Na ja«, stammelte ich, Glas und Kanne noch in der Hand.

Mit fiel keine Erwiderung ein, also trank ich noch schnell ein Glas.

»He, jetzt reicht's aber!«, meinte Laura und nahm mir beides ab. »Du wirst noch Herzrasen kriegen und Panikattacken und solche Sachen.«

»Blödsinn, doch nicht von ein bisschen Tee.«

»Arno!«, meinte Laura und mir war klar, dass ich nun brav sein musste.

»Wenn er so weitermacht, dann wird er mir noch zusammenklappen, bevor unser Kind fünf ist.«

»Also im Büro, da hat er so eine Riesenkanne. Da passen locker drei Liter rein«, verpetzte mich Glanicic-Werffel ungerührt.

»Arno, da ist die Riesenkanne aus deiner alten Wohnung also hinverschwunden. Ich hab mich schon gewundert!«, klagte Laura. »Es ist unglaublich mit ihm. Da sagt ihm der Arzt, dass er leiser treten muss, und ich verweigere ihm, dass er das Monstrum mit zu mir nimmt. Und dann so was.«

»Also so schlimm, wie das sich anhört, ist das nicht«, meinte ich.

»Nicht schlimm? Linder, Sie trinken heimlich!«, meinte Glanicic-Werffel. »Das ist ein ausgeprägtes Suchtverhalten!«

»Hallo? Bitte? Wir reden hier von Tee. T. E. E. Das ist doch keine Droge!«

»Arno, du klingst jetzt genauso wie die Säufer. Wein ist ein Kulturgut und keine Droge«, äffte Laura die wertvollen Rotweintrinker nach, die erst nach der zweiten Flasche runterkommen können.

»Ach geh«, meinte ich.

»Außerdem trinkt er da harten Schwarztee im Büro«, versetzte mir Glanicic-Werffel den Todesstoß.

Ich schaute sie an wie weiland Cäsar den Brutus.

»Tu quoque …«, schleuderte ich ihr entgegen.

Sie grinste und nippte am Sommerspritzer. Bevor die Situation völlig aus dem Ruder lief, unterbrach ich den Fluss.

»Was schaut ihr euch denn an?«

»Only Lovers Left Alive.«

»Kitschfilm?«, fragte ich.

»Blödsinn. Echte Kunst.«

»Soso. Worum gehts denn?«

»Ein Vampirehepaar.«

»Ah so«, machte ich. »Von wem?«

»Jim Jarmusch.«

»Ah.«

Die alten Sachen von dem sind echt super. Coffee and Cigarettes. Der macht jetzt Vampirfilme, da schau her. Blitzschneller Gedankenwechsel.

»Sagt mal, woran denkt ihr bei ›Wild Horses‹?«, fragte ich die beiden.

Mal schauen, was da für Assoziationen kämen. Drei Hirne denken besser als keins.

»U2.«

»Hm. Bono ist süß.«

»Damals.«

»Ja, damals.«

»Heute ist er aufgedunsen.«

»Ja, nicht alle Männer altern gut«, meinte Laura, und die beiden schauten mich an.

»Ich alter überhaupt nicht!«, protestierte ich.

»Apropos: Was ist mit deinen Haaren passiert?«, fragte Laura geradezu schockiert.

Mist. Das hatte ich total vergessen.

»Genau«, hieb Glanicic-Werffel in dieselbe Kerbe. »Pass auf, Laura, jetzt kauft er sich noch einen Porsche und dann hat er die Midlife-Crisis.«

»Also wenn er die hat, kriegt er die Krise von mir. Mit Garantie.« Laura klang gar nicht mehr nett.

»Mir war einfach heiß. Mit Krise hat das überhaupt nichts zu tun«, meinte ich stramm.

»Arno, du hattest so schöne Locken.«

Ja, aber jetzt war die Lockenzeit vorbei. Ich war Legionär.

»Im Winter wieder«, beruhigte ich Laura und kam zum Thema zurück. »Nein, ich mein den Song von den Stones.«

»Ah den.«

»Weiß nicht?«

»Der ist auf Sticky Fingers, nicht?«

»Ja genau«, sagte ich.

»Andy Warhol«, meinte Glanicic-Werffel. »Das ist doch das obszöne Album mit der engen Hose und der Hand, nicht? Das hat Andy Warhol gemacht.«

»Okay, danke«, meinte ich. »Ich geh jetzt duschen.«

Viel hatte mir das nicht gebracht. Den beiden war auch nichts eingefallen, was ich nicht schon bedacht gehabt hätte. Mehr als ich wussten sie also auch nicht. Damit ließ ich die beiden draußen sitzen und ging rauf. Ich zog mich aus und trat unter das kalte Wasser. Mittlerweile konnte ich an den Rippen schon ein paar Stellen sehen, die sich zu verfärben begannen. Dazu kam, dass ich schon recht steif wurde. Als mir das Handtuch runterfiel, brauchte ich etwa zehn Minuten, um es wieder aufzunehmen. Feiner Vorgeschmack auf morgen in der Früh. Ich hatte das Badezimmerfenster offen und hörte die beiden unten auf der Terrasse miteinander sprechen. Über Babys, Italien und, daran anschließend, die Frage, ob der Molin-Pradel am Schwedenplatz oder der Bortolotti in der Mariahilferstraße oder doch der Zanoni am Lugeck der bessere Eissalon war. Zuerst amüsierte ich mich ein bisschen über die Gesprächsthemen, aber dann kam mir doch zu Bewusstsein, dass an einem schönen Sommerspätnachmittag Bambini, Italia und Gelati Gesprächsthemen darstellen, die das All menschlicher Existenz umfassen.

VI

Unter den Sommerlinden an der Hütteldorfer Straße hielt sich noch ein schöner Rest Tageshitze, als ich gegen 19 Uhr an der Ecke Leyserstraße aus dem 49er ausstieg. Von da waren es nur ein paar Meter bis zur Bibliothek, und so spazierte ich vergnügt die Straße entlang. Die Gehsteige waren lebhaft bevölkert von griesgrämigen Wienern, vergnügten Migranten, reizvollen Miniröcken und beeindruckenden Oberkörpern auf winzigen Beinchen. Ein paar der Typen sahen tatsächlich so aus wie die Athleten-Legionäre bei Asterix. Nur halt nicht gezeichnet.

In der Bücherei war schon ordentlich was los. Etwa 60 Leute, quer durch die Generationen und Milieus, saßen auf Stühlen oder standen im Raum herum. Man unterhielt sich gedämpft, jedoch vergnügt. Menschen, die von so vielen guten Büchern umgeben sind, können gar nicht anders. Ich sicherte mir einen der letzten Plätze ganz hinten. Zum Pult vor konnte ich fast gar nicht sehen, aber es war ja auch eine Lesung, und hören würde schon gehen.

Alles begann mit ein paar Worten des Organisators Andreas Schleif, dem Leiter der Zweigstelle, der sich für das zahlreiche Kommen bedankte und sich gleichzeitig für den ungewöhnlichen Termin entschuldigte. Aber da der geschätzte Vortragende zugleich Intendant eines Theaters sei und auch selbst Schauspieler und Regisseur, sei ein anderer Termin nicht zur Verfügung gestanden. Sehr gute Ansprache. Kurz und prägnant. Die Leute applaudierten, und es ging los.

Gelesen wurde ein Text eines zeitgenössischen Wiener Krimiautors. Der Mann hatte eine blühende Fantasie, aber mit der Wirklichkeit nahm er es nicht so genau. Sein Ermittler arbeitete an der Uni. Also, wenn es den wirklich gäbe, hätte ich schon von ihm gehört. Ansonsten wars ganz nett und recht bald vorbei. Der Uhr nach hatte es eine Dreiviertelstunde gedauert, in Wirklichkeit aber keine 15 Minuten. Die Veranstaltung würde ich mir merken müssen, die war die umständliche Anfahrt allemal wert.

Danach wurde höflich applaudiert und alles kam der netten Einladung des Veranstalters zu einem Glas Wein und einem belegten Brot nach. Den Leuten schmeckte der Rebensaft, die Brote gingen weg wie warme Semmeln, und ich hielt mich im Hintergrund, darauf lauernd, Herrn Hubert Dragovic unter vier Augen sprechen zu können.

Endlich war es so weit, die letzte Verehrerin hatte sich vertschüsst, und Dragovic stärkte sich mit einem ordentlichen Schluck aus dem Rotweinglas. Blaufränkischer aus dem Burgenland.

»Guten Tag«, grüßte ich. »Darf ich nachschenken?«, fragte ich und hielt die Flasche hoch.

Er blickte mich missmutig an.

»Sicher.«

Ich füllte nach. Er war recht groß, mit leicht welligem dunklem Haar und dem ausdrucksstarken Gesicht des Charakterdarstellers. Die Stimme war voll und männlich. Er sprach hochdeutsch, war kein Wiener, aber auch kein Deutscher.

»Sie haben doch auch das ›Verhör‹ gemacht?«, stellte ich mehr fest, als dass ich fragte.

Er nickte und nippte am Wein.

»Schönes Stück. Hat mir gut gefallen. Wie sind Sie darauf gekommen, wenn ich fragen darf?«

»Ich kenne den Autor persönlich.«

Hm. Tonfall und Färbung deuteten auf den äußersten Westen Österreichs hin. Entweder kam er von dort oder hatte doch zumindest sehr lange dort gelebt.

»Ja?«

»Ist auch Vorarlberger. Wir kennen uns schon seit Jahren.«

»Lebt er auch in Wien?«, fragte ich hoffnungsvoll.

»Nur im Winter. Sonst ist er draußen. Er hat einen Weinberg. Vor allem der Weiße ist ein Hammer.«

»Draußen, Sie meinen Vorarlberg?«

»'s Ländle«, meinte Dragovic mit viel Gefühl.

»Hat der Autor sonst noch Stücke geschrieben? Ist mir jedenfalls nichts bekannt.«

»Schon eines, ist aber ein paar Jahre her. Sonst hat er einen Krimi geschrieben, aber hauptsächlich schreibt er Drehbücher für Filme.«

»Ah.«

»Ja, nur bei der Förderlandschaft in Österreich ist es schwer, was Eigenständiges auf die Beine zu stellen.«

»In Österreich ist alles schwer.«

»Vor allem in Wien.«

Da vor allem. Ich schenkte ihm nach. Danach mir und schlussendlich war die Flasche leer und wir tief in ein gutes Gespräch vertieft.

»Nicht nur Wien, es ist auch die Krise.«

»Ja. Die Krise.«

»Ist es nicht erstaunlich, dass, sobald wir aus einer heraußen sind, schon alle wieder gespannt auf die nächste warten? So wie bei einem Horrorfilm auf das nächste tödliche Auftreten des Typs mit der Eishockeymaske.«

»Ja. Mich erinnert es auch an das lustvolle Starren der Spätantike in den Norden, wann die nächste Barbarentruppe auftauchen würde, um das Imperium zu verwüsten.«

Wir gingen hinüber zum Buffet und fragten höflich nach einer neuen Flasche. Die wurde uns mit so viel Gastfreundschaft ans Herz gelegt, dass man fast von einer liebevollen

Aufdrängung sprechen könnte. Außerdem nutzte ich die Gelegenheit, um mir noch ein belegtes Brötchen zu greifen. Früher, als noch Schmalhans Küchenmeister im Hause Linder war, da hätte ich das öfter nötig gehabt. Selber schuld, dachte ich mir, wenn ich damals die Nase so hoch getragen hatte. Das Beste verpasst man immer aus Eigendünkel.

Mit der Flasche zogen wir uns zurück in ein Eck zwischen fremdsprachige Literatur und Bildbände. Ich fragte nebenher nach Geldgebern, Gönnern und Gaunern, die möglicherweise im Umfeld der Produktion verborgen geblieben sein könnten. Um mich mal selbst so richtig loben zu können: Ich machte das richtig geschickt. Ich gab immer nur ein gewisses Interesse vor, und Dragovic plauderte aus dem Nähkästchen. Selten hatte ich so unverdächtig so viele Dinge in Erfahrung gebracht. Nur half mir das alles nichts. Nichts, aber auch schon gar nichts. Kein Hinweis auch nur auf die kleinste Ungereimtheit. Bis wir im weiteren Umfeld der Frage nach der bei einem Theaterstück verwendeten Technik ankamen.

»Also ist die Beleuchtung ein eigener Posten oder mit dem Ton verknüpft?«

»Genau. Das sind die Schlimmschta von allen.«

Ein wenig drang der alemannische Westen durch, kein Wunder nach ein bisschen Wein.

»Was jetzt?«

»Na bei uns macht beides der Gliech'.«

»Und die Tontypen sind die schlimmsten?«

»Sicher. Sauteuer, immer bekifft und all weg, wemma's brucht.«

»Wer macht das bei euch?«

»Der Chilie.«

Ich musste mich ordentlich zusammenreißen, dass ich nicht zuckte. Den kannte ich von früher.

»Was heißt Chilie?«, versuchte ich, den Unwissenden zu geben.

»Christoph Lichtsteiner«, sagte Dragovic, während ich es gleichzeitig im Geiste mitsprach.

»Ah, das ist sein Name«, tat ich erstaunt.

Lichtsteiner war einer der Typen gewesen, die im kurzfristigen Pornoboom der mittleren 90er massig Geld mit Synchronisation verdient hatten. Als dann das Internet dem Ganzen das Wasser abgegraben hatte, war die Branche so schnell zusammengebrochen, wie sie entstanden war, und die Ratten hatten das sinkende Schiff verlassen. Jedenfalls waren Pornos damals noch Filme. Wenn auch auf Video. Zum Filmen braucht man Geld, und das ist bei Pornos meist schmutzig. Also hatten die Chefs auch da ihre Hand drinnen. Sogar Bender hatte kurzfristig mitgemacht, war dann aber sehr früh ausgestiegen. Damals hatte ich Chilie kennengelernt. Windhundartiger Typ, immer der Nase nach auf der Suche nach dem schnellen Geld. Aber ein Supergehör, das musste man ihm lassen. Wenn irgendwas an der Produktion nicht ganz koscher war, dann würde er das wissen.

»Oh, ich habe ganz die Zeit vergessen«, brach ich das Gespräch ab und entschuldigte mich zugleich für die Unhöflichkeit, Dragovic so lange in ein Gespräch verwickelt zu haben.

Ich stellte mein leeres Weinglas auf eines der dafür vorgesehenen Tabletts und ging. Wie es schien, als einer der Ersten. Die anderen standen zu lockeren Grüppchen geordnet im Raum oder auf der Terrasse. Die Sonne war zwar schon verschwunden, es war aber noch ausreichend hell. Mediterrane Wärme sorgte für eine kommunikative Atmosphäre. Unter anderen Umständen wäre ich noch gerne länger geblieben, aber so interessierte mich Chilie zu sehr, um noch eine nette Unterhaltung genießen zu können. Ich nahm mir aber auf jeden Fall vor, den Veranstaltungskalender der Büchereien Wien im Auge zu behalten und mit Laura wiederzukommen.

Ich machte mich ohne Umschweife zu einem Lokal auf, das damals die Stammbastion von Chilie gewesen war. Siebenstern-/Ecke Zollergasse. Wenn Chilie nicht persönlich dort war, dann sicher wer, der ihn kannte. Im schlimmsten Fall musste ich mit dem Typen hinter der Bar reden. Der wusste ziemlich sicher, wie viele Biere Chilie in seinem Kühlschrank hätte, von allem anderen ganz zu schweigen. Ich schwang mich in den 49er und fuhr Richtung stadteinwärts. Mit der Bim ist man gut und gerne eine viertel Stunde unterwegs. Dafür hat man dann auch die Gelegenheit, eine Alkoholpsychose aus nächster Nähe zu bewundern. Leider bleibt dann die Bim stehen, und Bullen steigen ein. Dann muss man zu Fuß weiter. Aber immerhin. Öffis sind, wenn man trotzdem ankommt.

Es war schon richtig dunkel, als ich an der Kirchengasse ausstieg und die paar Meter zum Voodoo zurückging. Das Haus war in ein Gerüst gehüllt und wurde renoviert. Am Lokal hatte sich wenig geändert. Draußen standen Radboten in Cargoshorts und Campagnolo-Kapperln und rauchten Joints. Drinnen hingen Plakate von Jimmy Hendrix und Jethro Tull an der Wand. Es wurde geraucht, als wäre man noch in einer Zeit, als Nichtraucherschutz so exotisch klang wie Gender Studies und Gleichberechtigung etwas mit Hautfarbe und nicht mit sexueller Orientierung zu tun hatte. Außerdem spielten die drinnen tatsächlich Hardrock. Mit Betonung auf Hard und Rock. Zur Begrüßung küsste mich Jon Bonhams Bassdrum auf den Solarplexus. Ansonsten war es diffus schummrig, verqualmt und richtig gemütlich. Alles trank Bier aus der Flasche. Bis auf die Endvierzigerin im Businesskostüm an der Theke. Sie trank einen Weißwein und wartete auf die große Liebe für eine

Nacht. Dabei wippte sie mit den Heels im Takt zu Black Dog. Der Rest ihres Körpers wippte mit. Was weniger auf die Musik als vielmehr auf den Alkohol zurückzuführen war. Und zwar nicht nur den von heute.

Ich blickte mich um und erkannte ein paar nebulös vertraute Gesichter, aber Chilie war nicht darunter. Ich holte mir an der Theke eine Flasche Ottakringer und setzte mich an den letzten leeren Platz. Das Bier war kalt, Black Dog war laut und alles ungeheuer authentisch. Fast so, als ob es die letzten 20 Jahre nicht gegeben hätte. Ich beschloss, noch ein wenig die Atmosphäre zu genießen, bevor ich herumzufragen beginnen würde.

Es ging nicht allzu lange und die massive Eisentür im Hintergrund des Cafés ging auf. Heraus kam Chilie. Er ging zielstrebig auf die betrunkene Dame am Tresen zu. Mir fiel erst jetzt auf, dass zwei Gläser vor ihr standen. Ich war ziemlich eingerostet. Dinge zu übersehen, hilft einem nicht. Chilie kam an mir vorbei, ging zu der Frau und setzte sich. Ziemlich inniger Augenkontakt. Die beiden würden sicher nicht mehr lange dasitzen. Also stürzte ich den Großteil meines Biers runter und gesellte mich zu ihnen.

»Hi, Chilie.«

Chilie fuhr herum. Sein Gesichtsausdruck war der eines Raubtiers, das einen Konkurrenten erspäht hat und nun versucht, sein Revier abzustecken. Als er mich voll ins Auge fasste, war er zum Sprung gespannt. Dann erkannte er mich. Damit hatte sich das mit der Spannung, er atmete aus, nahm einen Schluck aus seinem Bier und zündete sich eine Zigarette an.

»Hi, Arno. Long time no see.«

»Ja, schade eigentlich. Kannst du mir helfen?«, fragte ich vorsichtig.

Ich wollte auf keinen Fall irgendwie Small Talk machen

und mehr über ihn herausfinden, als mir die letzten Minuten ohnedies verraten hatten. Zu tief in das Leben anderer hineinzuschauen, tut manchmal richtig weh.

»Kommt drauf an. Was springt für mich raus?«

»Hm. Wenn du mir schnell hilfst, lass ich dich auch schnell wieder in Ruhe.«

Chilie drehte sich kurz zu seiner Begleitung um.

»Also Fluchtversuch ist da heute keiner mehr drin«, grinste er mich an. Die Dame starrte träge in ihr Weinglas. »Musst dich nicht beeilen«, meinte er.

»Dann kann ich dir nicht viel Weiteres anbieten«, antwortete ich.

»Ja, wenn das so ist …«, meinte er und wendete sich von mir ab.

Ich ging ganz kurz die Möglichkeiten durch. Geld hatte ich ein bisschen auf dem Konto, nur: War es mir das wert? Ich müsste nach seinen Regeln spielen, und mein Stolz lässt das gewöhnlich nicht zu. Aber andererseits war es schon spät, ich wollte ins Bett kommen.

»200«, meinte ich, mich selbst aus Bequemlichkeit erniedrigend.

»Klingt gut.«

»Aber?«

»Nicht gut genug. Geld hab ich selber.«

»Soso«, meinte ich skeptisch.

Der Chilie, den ich kannte, hatte ein Loch im Hosensack, so groß wie der Neusiedlersee.

»Bin auf Rosen gebettet.«

»Ah ja. Schön für dich. Wie kommts?«

Chilie nickte mit dem Kopf zu seiner Begleitung. Die starrte inzwischen in ein neues Weinglas.

»Meine Liebste hat ein Vermögen. Das von mir verwaltet wird. Sie ist dafür normalerweise zu beschäftigt.«

»Kann ich mir denken. Also was willst du?«

»Fahr uns heim. Greta hat keinen Führerschein, und ich bin auch nicht mehr so ganz nüchtern. Dienstleistungen sind super«, meinte Chilie und nahm einen langen Zug von seinem Bier.

»Euch heimfahren. Wohin denn?«

»Herbeckstraße.«

»Eher unten oder oben?«, versuchte ich, gelangweilt zu klingen.

Das war keine Viertelstunde von mir zu Hause entfernt. Manchmal hat man Glück.

»Unten, bei der Gersthofer.«

»Ich haab da eine Villa«, murmelte Greta mir entgegen. »Riiiesengroß.«

Beim Versuch, mit den Händen zu zeigen, wie groß das Haus war, rutschte sie beinahe vom Stuhl. Chilie half ihr und hielt sie fest. Dafür wurde er mit einem feuchten Bussi belohnt.

»Na gut«, meinte ich. »Gemma.«

»Brauchst di net so beeilen«, meinte Chilie und gab dem Barmann ein Zeichen. »Wenn i nimmer fahren muss, dann geht noch was!«

Kurz darauf standen sechs kleine Wassereimer mit einer grüngelben öligen Flüssigkeit vor Chilie. Greta wendete den Blick von ihrem Weinglas ab und schob ihre Hand auf dem Tresen langsam hin. Chilie nahm sein Glas eleganter, aber kaum weniger geübt in die Hand. Er stieß den Rand seines Glases mit einem leichten Klick gegen den ihres Glases. Dann ging alles ganz schnell. Die sechs Dinger waren im Nu verschwunden.

»Los, Schatzi. Trink aus. Wir gehn«, meinte Chilie.

»Willnoochnichheim«, lallte Greta schlaff. Sie war nicht mehr imstande, großen Widerstand zu leisten.

»Ach geh, sicher doch.«

Chilie warf ein paar Geldscheine auf den Tresen, der Barmann nickte, und wir gingen hinaus. Greta auf Chilie gestützt. Ich zwei Schritt dahinter. Zu unserem Abgang ließen AC/DC die Riffs sprechen. ›Gone shootin‹ war der Song, und Bon Scott sang: »She never made it past the bedroom door. What was she aiming for? Gone. Gone. Gone.«

Der Wagen parkte in der Mondscheingasse und stellte sich als Lexus heraus. Chilie schob Greta hinten hinein und setzte sich selbst auf den Beifahrersitz.

»Ahh«, machte er. »Willst net bei mir anheuern, als Fahrer?«

»Danke nein. Heute ist eine Ausnahme.«

»Na, ich geb dir meine Karte. Kannst's dir ja überlegen.«

Er suchte ein bisschen in seiner Geldtasche, bis er ein schon leicht angeknittertes Kartonstück fand.

»Da.«

Ich nahm sie ohne hinzuschauen und steckte sie ein. Wir fuhren raus auf den Gürtel, folgten dem hügelauf, hügelab, am AKH vorbei bis zur Währinger Straße. Die gings dann stadtauswärts, und es dauerte nicht lange, bis wir in der Herbeckstraße waren. Nach ein paar Häusern meinte Chilie: »Da isses. Wart, ich drück den Knopf.«

Ein automatisches Tor öffnete sich, ich fuhr hinein, eine Garage ging auf, und auch in die fuhr ich hinein.

»Perfekt«, urteilte Chilie. »Also als Chauffeur wärst ein Ass.«

So richtig hörte ich ihm aber nicht zu. Es war noch keine drei Jahre her, da war ich schon einmal in diesem Haus gewesen. Damals hatte ich allerdings nur den Ehemann der Dame kennengelernt, die hinten auf der Rückbank saß. Sie selbst nicht. Ich fühlte mich, als ob mich ein Geist gestreift hätte. Mir war richtiggehend unwohl.

»Also ihr seids da. Sag mir, was ich wissen will.«

»Komm mit rein, wir heizen eine Bong, und ich sag dir alles, wenn ichs kann.«

»Ich weiß nicht. Können wir nicht schnell im Auto reden?«

»Waashabt ihr denn?«, nuschelte es von hinten. Greta hatte sich zwischen den Sitzen vorgebeugt. »S'laangweilig imauto.«

»Wart, Süße, gleich«, meinte Chilie.

»Nix gleich. Ichbindurstig und ich will nicht, willnicht, im Autositzn«, meinte sie mit so viel Nachdruck, wie sie gerade noch aufbringen konnte.

»Siehst. Komm mit rein. So geht das nicht«, meinte Chilie.

Ich wäre so gern früh heim und ins Bett. Mir tat alles weh, ich war müde und zu viel getrunken hatte ich auch schon. Ich hatte keine Lust, im Morgengrauen halb bewusstlos nach Hause zu taumeln. Also ermahnte ich mich, machte den Sicherheitsgurt los und stieg aus. Dabei hatte ich dieses Haus nie wieder betreten wollen und versucht, so gut es eben ging, es zu verdrängen. Aber die Vergangenheit holt einen eben immer wieder unerbittlich ein. Vor allem die dunklen Seiten. Das Gute bleibt gewöhnlich auf ewig vergessen.

Ein paar Minuten später saßen wir im Wohnzimmer. Es war noch so, wie ich es von meinem letzten Besuch in Erinnerung hatte. Kleinbürgerliche 50er Jahre trafen geschmacklose 80er. Aber es war nicht mehr stickig, und die Türen zwischen den Zimmern standen nun offen. Es war ein wenig heimeliger geworden. Aber nicht viel.

Wir setzten uns auf eine Couch an einem Glastisch. Ein Plattenspieler spielte verwaschenen Swing von einer Platte, die schon so oft gespielt worden war, dass sie nahezu keine Rille mehr hatte. Vor uns auf dem Tisch standen ein paar leere Flaschen, ein paar volle, ein Bong und eine ziemliche Menge an Zubehör. Der Bong hatte die Gestalt eines dicken chinesischen Buddhas, aus dessen rundem Kopf das Mundstück herausragte. Sein Bauchnabel war das Zugloch, und die gesamte gewölbte Rundung seines Bauches stellte die Rauchkammer dar. Der Bong war eine raumbeherrschende Monstrosität. Mir schauderte.

Als wir saßen, begann Chilie sofort mit den Vorbereitungen für das Kiffen. Ich saß daneben und wartete. Greta wartete ebenfalls. Chilie brauchte aber nur etwa eine Minute, um herauszufinden, worauf. Dann sprang er auf, richtete ein Glas für sie und schenkte ihr ein. Sie lächelte ihm zu und stürzte das Glas hinunter. Er schenkte nach und setzte sich wieder. Bevor er sich mir zuwendete, huschte ein verliebter Blick zwischen den beiden hin und her. Ich hatte ihn wohl bemerkt.

»Also«, atmete Chilie eine riesige Rauchschwade aus, »was willst wissen?«

»Beim Kosmos, ist dir da was aufgefallen bei der Produktion?«

Chilie war schon wieder über seinen Bong gebeugt und inhalierte tief. Lisa schaute ihm interessiert zu und wartete offenbar schon darauf, selbst an die Reihe zu kommen.

»Was soll mir aufg'fallen sein?«, fragte Chilie in der tonlosen Stimme eines Menschen, dessen Lunge mit Rauch gefüllt ist und der ihn unter keinen Umständen ausatmen will.

»Na irgendein Blödsinn? Schmierige Typen? Irgendwas, das nach leichter Schräglage riecht?«

»Hm«, machte Chilie, schaute mir schon ein wenig eingetrübt in die Augen und reichte den Bong Greta.

Chilie nahm mir die Sicht, allerdings konnte ich den Bong durch den verwaschenen Swing hindurch blubbern hören.

»Also, ich hab dich gefahren.«

»War nett von dir.«

»Komm schon.«

»Ich denk ja nach.«

»Kommt aber nicht viel raus dabei.«

Derweilen ging hinter seinem Rücken das Blubbern munter weiter. Die Dame hatte offensichtlich das Lungenvolumen eines Apnoetauchers. Und die Gier eines kalifornischen Hippies. Chilie überlegte oder war einfach in eine Art Wachkoma gefallen.

»He, wirds noch was?«, versuchte ich ihn verbal wachzurütteln.

Er schaute mich trübe an.

»Hm.«

Er begann wieder ein bisschen in sich zu versinken. Währenddessen blubberte es hinter ihm immer noch synchron mit dem Swing.

»Daredevil!«, fluchte Chilie, und alle Trägheit war verschwunden.

Er drehte sich blitzschnell um, und ich bekam einen Blick auf Lisa. Die war mittlerweile, den Mund auf den Bong gepresst, ohnmächtig geworden. So was hatte ich noch nie gesehen. Chilie hielt sie leicht an den Schultern, zog den Mund ab, zog ihren Finger aus dem Luftloch und lehnte sie behutsam zurück. Anschließend stellte er den Bong auf den Tisch und atmete durch. Dann wendete er seine Aufmerksamkeit wieder seiner Lebensgefährtin zu. Die war komplett bewusstlos in sich zusammengesackt wie ein Hefeteig, den man zu lange gehen hat lassen. Chilie legte sie quer, drehte sie auf die Seite, achtete darauf, dass sie ein Kissen unter dem Kopf hatte, und deckte sie zu. Mir kam der Vergleich mit einer besorgten Mutter, die ihr krankes Kind versorgt. Fast war es so, als hätte ich so eine Szene schon einmal bei Dickens gelesen. Nur eben nicht in einer Villa in der Herbeckstraße, sondern in einem Armutsquartier in London.

Chilie nahm den Bong, gab sich Feuer und blubberte drauflos. Ich schaute ihm zu. Irgendwie hatte ich überhaupt keine Lust, mitzurauchen, und war mir auch sicher, dass Chilie es mir auch gar nicht anbieten würde.

»Musst sie auch verstehen«, begann er nach dem Hit, »ihr Mann is in Häfn, ihre Brüder auch, is alles Oarsch, verstehst?«

»Sicher«, meinte ich. Ich verstand nur zu gut. »Wie ist es jetzt mit dem Stück. Gibts irgend was?«

»Ah geh, da is nix. Bledsinn. Nix Dirty Deeds Done Dirt Cheap. De hackln alle für an Hungerlohn, alles Kunstidealisten, da is nix.«

»Warum arbeitest du eigentlich noch dort, wenn doch die Lisa so viel Kohle hat?«

»Ach geh, de Trutschn is genauso pleite wie alle andern a. Da war a Testament, aber kriegt hats net viel, des is für die Schuldn von ihrn Mann draufgangan, und die Bank steigt uns auf d' Fiaß wegen der Hittn«, meinte Chilie und beugte sich wieder über den Bong und vergaß die Welt um sich herum.

Ich stand auf und schaltete den Plattenspieler ab. Die Nadel kratzte schon eine halbe Minute, aber niemandem fiel das auf. Auf leisen Sohlen ging ich zur Tür und verschwand. Das Letzte, was ich hörte, war das Blubbern des Bongs, drinnen in der seltsamen Villa an der Herbeckstraße.

VII

Am nächsten Morgen gings mir dreckig. Ich war zwar noch zu einer vernünftigen Zeit ins Bett gekommen, aber das half nichts. Mein Brustkorb schmerzte bei jedem Atemzug, mir tat der Kopf weh, ich fühlte mich innerlich zerschlagen und einen kleinen Kater hatte ich auch noch. Drei Gläser Wein und ein Bier waren für mich mittlerweile schon zu viel. Traurig.

Das Schlimmste aber am Aufstehen war etwas vollkommen anderes. Früher hätte ich mir zwei Espressi reingeknallt, dann noch einen und mit einem Liter Assam abgerundet. Wenn das alles unten geblieben wäre, hätte ich einen Joint geraucht, zehn Seiten Hemingway gelesen und dem Tag ins Auge geblickt. Aber heute war das anders. Ich durfte nur noch einen Espresso zum Frühstück haben, und da war ich mir sicher, dass ich einen verdünnten kriegte. Außerdem war Hemingway bei uns verboten, weil Machos braucht die Welt nicht mehr, und zuletzt durfte ich zu Hause auch keinen Assam mehr machen. Von Joints ganz zu schweigen. In den letzten Wochen hatte ich wirklich versucht, trocken zu werden. Das hieß: keinen Assam vor drei Uhr. Allerdings war ich sicher, dass ich das heute niemals schaffen würde. Aber dafür müsste ich ins Büro. Um aber ins Büro zu kommen, brauchte ich Treibstoff. Ein Espresso war da zu wenig.

Ich quälte mich runter zum Frühstückstisch. Laura frühstückt im Sommer gerne draußen. Also, ich brauch das nicht. Ihre nackten Beine in der Morgensonne, wenn der Tau noch auf den Gräsern glänzt, das ist schon super, aber draußen esse ich nicht gerne. Ich bin da mehr der Typus des Menschen, der sich den Sonnenaufgang gern auf einem schönen Gemälde in einem Museum hinter meterdicken

Steinwänden anschaut. Mehr Wände sind besser. Bei Sex, Musik und Nahrungsaufnahme. Aber was solls, ich bin verheiratet.

Also saß ich am Frühstückstisch und starrte den winzigen Espresso vor mir an. Es war zum Weinen. Das war vielleicht ein Fingerhut, und ich wusste, wo der herkam, da gabs nichts mehr. In mir heulte die ohnmächtige Wut, und ich stürzte das Lackerl runter. Gut war er, aber wenig. Laura las im *Standard*. Sie liest immer die Politik, ich den Kulturteil mit den Kommentaren. Das funktioniert prächtig.

»Arno, weißt du, ich hab nachgedacht wegen gestern.«

»Jaja, ich weiß, ich werd weniger trinken.«

»Ah so, das hab ich eigentlich gar nicht gemeint. Aber gut, wenn du dir den Vorsatz gibst. Du tust es ja nicht nur für mich und unser Kind, sondern auch für die selbst.«

»Sicher. Du musst nur auch verstehen, wie schwer mir das fällt.«

»Ach komm schon. Das ist doch nur Tee. Kein Heroin.«

»Laura, was weiß so ein Doktor von meinem Leben? Und ich blieb am Leben, sag' ich dir, und das machte der Tee. Der war für mich Essen und Trinken, und wir waren wie Mann und Frau. Und wenn ich nicht meinen Tee haben soll, dann bin ich ein armseliges altes Wrack an einer Leeküste – und mein Blut kommt über dich, Laura, und über den Schwätzer da, den Doktor!«

Laura kicherte und beugte sich zu mir, um mich zu küssen.

»Was denn?«, wehrte ich sie unsanft ab.

»Ach geh, komm schon, du bist so süß.«

»Ich bin nicht süß!«

»Doch, bist du. Vor allem, wenn du Bücher zitierst.«

»Ich habe nichts zitiert.«

»Doch, das war aus der Schatzinsel. Billy Bones hat das

gesagt. Nur sprach der von Rum und nicht von Tee. Also, mein süßer Seeräuber, lass dich küssen.«

Widerwillig ließ ich ihre Liebkosung über mich ergehen. Was soll man gegen eine Frau machen, die alle Vorteile hat, die Gott einem geben kann, und die man liebt.

»Aber Espresso kriegst du trotzdem keinen zweiten, und im Büro wirst du teinfreien trinken.«

»Sicher«, murmelte ich und zog mich in meine Welt der *Standard*-Kommentare zurück.

Immer wieder wanderte mein Blick allerdings zu der braunen dickwandigen Tasse, in der Lauras Espresso langsam erkaltete. Es war richtig traurig. Noch war er heiß und frisch und vollmundig. In ein paar Minuten war er alt, kalt und lätschert. Der Espresso kam mir vor wie eine Metapher auf mein eigenes Leben. Während ich so vor mich hingrübelte, überflog ich den Kommentar. Es ging darin um einen Skandal in der Beratung der Arbeiterkammer. Einer Frau war geraten worden, bei der Bewerbung die Existenz ihres behinderten Sohnes zu verschweigen. Die Frau hatte den Job bekommen, aber über die Beraterin brach nun der Sturm der Entrüstung der Feministinnen herein. Innerlich schnalzte ich mit der Zunge. Denn das war der Stoff, aus dem die Träume sind. Laura vertritt, neben der Tätigkeit für die Kanzlei, in einer Sozialpraxis immer wieder Frauen vor Gericht. Alleinerzieherinnen, Migrantinnen, Analphabetinnen, kurz gesagt all die, die sich ohne eigenes Verschulden selbst nur schlecht helfen können. Laura hängt das nicht an die große Glocke, ich hab eineinhalb Jahre gebraucht, um das rauszufinden.

»Hast du das schon gelesen?«, fragte ich betont naiv.

»Was denn?«

Laura streckte den weißen Arm aus und nahm die Zeitung. Ihre mitternachtsblauen Augen huschten über die Zeilen. Ihr Gesicht wechselte mehrfach die Farbe und schlussendlich platzte sie raus: »Diese Bonzenbitches! Die hab ich g'fressen! Im Elfenbeinturm sitzen und auf die anderen schimpfen. Boahhh.«

Sie warf die Zeitung auf den Tisch. Mittlerweile hatte ich meine Tasse ganz knapp an ihre noch immer volle heranbewegt.

»Weißt du, wie schwer es ist, der Frau zu helfen? Natürlich kann man klagen, aber das bringt doch nix. Bis die Klage dann durch ist, hat die Frau schon Depressionen, Minderwertigkeitsgefühle und daraus resultierend einen miesen Mann, dem sie nicht auskommt, weil er was verdient … argh.« Laura nahm wieder die Zeitung weg. »Schau dir das an, wo die arbeitet!« Laura wies mit einem Finger auf die Personenangaben zur Verfasserin des Kommentars. Es handelte sich um eine halbstaatliche Stelle. »Die sitzt da, reinbetoniert mit der Frauenquote, und verdient für nix das Doppelte wie die Frau, die jetzt einen Job hat. Und dafür 40 Stunden buckeln muss und bei der nächsten Krise gekündigt wird. Ich könnt heulen vor Wut.«

Laura verdrehte die Augen. Ich vertauschte die Tassen. Blitzschnell. Es klappte.

»Warum muss der Kampf denn immer auf dem Rücken der Ärmsten ausgetragen werden? Ach Arno, die Welt ist so ungerecht.« Laura atmete tief durch. »Ich muss mich abregen.«

Sie schaute hinaus auf den Garten. Dahinter lag Wien.

»Du solltest mal den Rasen mähen«, sagte sie.

Ich schluckte schnell ihren Espresso runter und meinte: »Mach ich, Süße, mach ich.«

Dann hielt ich für etwa eine Minute die Luft an, auf ein Donnerwetter wartend. Aber es kam nicht. Laura stand auf, nahm ein bisschen Geschirr und trug es in die Küche. Ich nahm den Rest und ging ihr nach. Perfektes Verbrechen. Das Opfer hatte nichts bemerkt. Ich kam mir vor wie ein Genie.

»Ach ja, Arno, mir war ja noch was eingefallen.«

»Ja?«

»Du hast da ein Plakat rumliegen gehabt, von der Lesung glaub ich. ›Das Verhör‹.«

»Genau.« Stimmte zwar nicht ganz, war aber jetzt egal. »Was ist damit?«

»Na, die Koinzidenz ist witzig.«

»Welche?«

»Aufwachen, Doktorchen, aufwachen! Der Maler von dem Plakat heißt Andreas Variol.«

»Und?«

»Mein Gott, Arno, gestern hast du nach Sticky Fingers gefragt.«

Auf der Leitung sitzen macht richtig Spaß. Ich muss das wissen. Ich hatte auf meiner einen Betonbunker Marke ›Wolfschanze‹ errichtet.

»Hm?«

Ich stellte das Geschirr in die Abwasch. Gleich neben mein Gehirn.

»Na, das hat Andy Warhol gemalt. Ist das nicht seltsam, wie ähnlich die Namen sind?«

Variol, Warhol. Unpackbar. Das hatte ich übersehen. Laura ist der Wahnsinn. Schon ihr kleiner Zeh hat mehr Hirn als mein ganzer Kopf. Und ist auch noch viel schöner. Manchmal hat der einen roten Nagel. Der kleine Zeh, meine ich. Das ist dann immer ein ganz besonderer Tag.

»Ach so, das. Jajaja«, machte ich und gab vor, der Sache nicht viel Bedeutung beizumessen.

Innerlich aber leuchtete ich voll Freude. Das hatte mir Kaede also sagen wollen.

3. KAPITEL

I

Nachdem Laura zur Arbeit verschwunden war, während ich vorgegeben hatte, mich in mein Arbeitszimmer zurückzuziehen, düste ich los. Schnurstracks in die Innere Stadt, Bäckerstraße, zu Nodequai. Das Antiquariat macht zwar erst gegen zehn Uhr auf, aber wenn man an die Scheiben klopft, lässt sich schon was machen. Nodequai ist immer schon ab acht im Laden. Da streicht er dann mit den feinfühligen Fingern über Oberflächen, schmeckt Jahreszahlen nach und treibt alles Mögliche, was an solchem Unfug noch mehr ist.

Ich stand da also, klopfte, und mir wurde aufgetan.

»Hi, Arno. Warum störst du?«

»Nur so. Sag mal, hast du die Adresse von dem Variol, Andreas, der die Plakate für das Theater Kosmos macht?«

»Warum, willst du ihn stalken?«

»Woher kennst du denn das Wort?«

»Ist das verboten?«

»Nein, überhaupt nicht, bin nur verwundert.«

»Ich frag mich halt, ob die Goethelocken, die ich hab, von einer Stalkerin stammen. Und ob das dann verwerflich ist, wenn ich die verkaufe.«

»Ich denke, das ist eine Frage des Preises.«

»Das ist es immer. Was glaubst du, kann ich verlangen, ohne rot zu werden?«

»Keine Ahnung. Was will denn die Person zahlen?«

»Alles.«

»Was heißt jetzt ›alles‹?«

»Na das, alles halt.«

»Ist das viel?«

»Mehr als wenig sicherlich.«

»Hm.«

»Eben. Das ist ein Problem.«

»Wie viele Goethelocken gibts denn?«

»In Privatbesitz drei echte. Der Rest ist pseudo.«

»Eine davon deine?«

»Nein, zwei.«

»Na dann verkauf ihr halt die, die nicht von der Stalkerin stammt.«

»Die kommt von einem Grabräuber. Und ist auch weniger eine Locke.«

»Du meinst, du hast den Goetheskalp bei dir rumliegen?«

»Naja. Ein bisschen martialisch ausgedrückt, aber den Sachverhalt treffend, würde ich meinen.«

»Und woher weißt du, dass die echt sind?«

»Lückenlose Besitzerliste, mit Belegen und Querverweisen. Vor allem aber genetische Untersuchungen.«

»Du bist ein bisserl grauslich, weißt du das?«

»Das sind Antiquitäten immer. Willst du einen Mumiasaft?«

»Nur, wenn mit einer Goethelocke garniert.«

Wir lachten beide. Wenn auch nicht aus den gleichen Gründen. Nodequai lachte, weil er glaubte, dass ich glaubte, dass er einen Witz machte. Ich lachte, weil ich wusste, dass es keiner war.

»Ernsthaft jetzt. Weißt du, wo Variol wohnt?«

»Warum willst du hin?«

»Na wegen des Plakats. Ich glaub, ich will ein paar Sachen von ihm wissen.«

»Worum gehts eigentlich?«

»Alte Liebe.«

»Schäm dich, du bist verheiratet.«

»Woher weißt du das?«

»Tut nichts zur Sache.«

»Na gut, dann halten wir uns halt beide bedeckt, und du sagst mir, wo Variol wohnt.«

»Da wirst du keine Freude haben, Arno.«

»Wieso nicht?«

»Weil ich dich kenne.«

»Und?«

»Na du wirst über die Donau müssen.«

Damit war alles gesagt. Ich war baff. Über die Donau hinüber. Nach Transdanubien. Dorthin, wo man ständig das Gefühl hat, über den Weltenrand runterzufallen, wenn man um die nächste Ecke biegt. Die kriegen ihr Wasser auch nicht aus der Hochquellleitung. Das ist nicht mehr Wien, das ist nicht mehr Österreich, das ist auch nicht mehr Europa. Das ist eine Anomalität. Todeszone. Tabugürtel. Ganz schlimm. Da will niemand hin, der noch ganz bei Verstand ist. Transdanubien. Das liegt hinter der Donauinsel. Ich war einmal dort gewesen. Das hatte sich angefühlt, als ob mir etwas an meinem Lebenssaft zu saugen begonnen hätte. Ich war immer schwächer geworden. So wie die Titanen, die, von Gaias Mutterbrust getrennt, ihre Stärke verloren. Ums Haar hätte ich es nicht mehr zurück in die Schnellbahn geschafft. Dabei war ich mit Laura gerade noch bis zum Arbeiterstrandbad gekommen. So wie Nodequai klang, würde ich noch wesentlich weiter raus müssen.

»Wohin denn?«, fragte ich zaghaft nach.

»Kagran.«

»Schmähohne jetzt.«

»Schmähohne. Obstgartenweg 19.«

»Meine Güte.«

Ich musste mich an einem steinernen Löwen festhalten. Mir schwindelte.

»Geh Arno, so schlimm ist das auch nicht.«

»Kagran«, stammelte ich und wusste, wie sich Dracula fühlte, als sie ihm einen Pfahl durchs Herz getrieben, den Kopf abgeschnitten und Knoblauch in die Mundhöhle gesteckt hatten.

Obwohl, Knoblauch. Mhmmm. Olivenöl. Parmesan. Ich war hungrig.

»Brauchst du einen Schnaps?«

»Nicht von dir«, meinte ich ernst.

»Ach geh, Mumia kriegst eh nicht.«

»Na dann hast du sicher das Rumfass, in dem sie Nelson von Trafalgar heimtransportiert haben.«

»Das Fass haben die englischen Matrosen damals ausgetrunken. Sie meinten, das wäre der beste Rum gewesen, den sie je getrunken hätten. Davon gibts nichts mehr. Ich kann dir nur einen ganz normalen Obstler anbieten.«

Wenn ein Typ wie Nodequai von einem ganz normalen Obstler spricht, muss man neugierig werden.

»Na gut. Ein Stamperl.«

»Braver Bub«, meinte Nodequai, verzog sich hinter eine Stellage und kam mit einer Flasche zurück, die mit einem Korken verschlossen war. Alles war dick in Siegellack eingebettet.

»Schaut fein aus.«

»Ist es auch.«

Vier Schnäpse später war mir warm im Magen, der Angstschwindel hatte einer unbestimmten Euphorie Platz gemacht, und die Farben in Nodequais Antiquariat hatten begonnen, jenen ganz bestimmten Glanz anzunehmen, der Alkohol so gefährlich macht. Ich hielt mein Glas für einen Refill hin. Ich war bereit, der Gefahr ins Auge zu blicken. Volksdroge hin oder her.

»So, das reicht. Schluckspecht.«

»Ach geh.«

»Wenn du pumpzua drüben ankommst, was sollen denn die Wilden von uns denken? Hm? Ein lallender Depp als Bote der Zivilisation, was wäre denn das für ein Vorbild!«

»Ach geh, ich fahr doch nicht nach … na, du hast recht.«

Nodequai räumte die Flasche weg.

»So, jetzt bring die Zivilisation über die Donau und lass mich weitermachen.«

Damit warf mich Nodequai aus seinem Kontor.

II

Strahlender Sonnenschein erfüllte die Waggons der U1, als wir über die Reichsbrücke fuhren. Ich kam mir vor wie Marc Aurel, der die Zivilisation über die Donau bringen will. Im Geiste sah ich mich in einem Ruderboot, martialisch mit einer Fahne in der Hand im Bug, während meine Gefährten hart die Riemen schwingen. Da kam mir in den Sinn, dass das ein Sujet von George Washington aus dem amerikanischen Unabhängigkeitskrieg war. Egal, mit heroisch geschwellter Brust saß ich auf meinem Platz. Das ging so lange, bis ich aussteigen musste. Nach ein paar

Metern war ich so weit, dass ich mich am liebsten weinend in ein Eck gekauert hätte, um von Laura gerettet zu werden. Es bedurfte jeder Unze Muts, die ich finden konnte, um mannhaft weiterzugehen. Dass ich ziemlich einen sitzen hatte, half auch dabei.

Zuerst überquerte ich die Siebeckstraße und folgte der Wagramer Straße ein paar Hundert Meter stadteinwärts, überquerte sie dann, als keine Autos kamen, und suchte mir einen Weg die kleine Böschung hinunter. Der Obstgartenweg ist eine der kleinen Straßen einer schrebergartig anmutenden Sommerhäuschenkolonie, die ganzjährig bewohnt wird. Die Kolonie liegt auf einem Dreieck, das von Wagramer Straße, Erzherzog-Karl-Straße und Donaustadtstraße gebildet wird. Es riecht dort ein wenig nach den Abgasen der drei großen Straßen, dem Pommesfett der Badewaschl der Alten Donau und den Ölen alter Thujenhecken. Ein paar Hundstrümmerl liegen auch rum. Ich musste ein wenig durch die Irrgartenstraßen schlendern, bis ich den Obstgartenweg entdeckte. Überall wurde Rasen gemäht, alles war stark gebräunt, die Häuschen waren irgendwie süß. Eine Mischung aus heruntergekommen und doch gepflegt. Liebevoll vernachlässigt, würde ich sagen. Ein paar Autos standen rum, meistens eher alte, aber auch ein glänzend neuer Benz. Obwohl ich angespannt war wie ein Trapper in einem schlechten Indianerfilm, ständig auf der Hut vor einer Skalpierung, wirkte alles sehr friedlich und gemütlich. Aber ich wusste von der Lektüre der großen Entdecker, dass unzivilisierte Völker schon durch das kleinste Fehlverhalten zu grausamem Hass angestachelt werden können. Es kann unter Umständen schon reichen, einen hässlichen Götzen vom Altar zu stoßen, um dem wahren Gott Platz zu machen, und das Unheil bricht über einen herein. Oder ein kleiner Fauxpas mit einer Häuptlingstochter, und man wird gekocht. Ich nahm mir vor, derartigen Problemen aus dem Weg zu gehen.

Unter solchen Gedanken gelangte ich zu Nummer 17. Ein malerisches kleines Häuschen unter einem buschigen Laubbaum, den ich nicht bestimmen konnte. Blaue Fensterläden. Nur ganz wenig abgeblätterte Farbe, ein wenig unordentlich, aber sympathisch. Da ich jetzt selbst Rasenbesitzer war, stellte ich eine gewisse Ungeschnittenheit fest. Da hätte man schon vorletztes Wochenende mähen müssen. Auf mein Klingeln hin machte niemand auf. Ich überlegte schon, ob ich einfach über das himmelblau gestrichene Tor klettern sollte, als mich eine Stimme anrief.

»Herns, Sie, ja, Sie da, der was übern Zaun kraxeln will. Lassn S' des bleibn. I hab a Handy.«

»Und wollen Sie mich damit tottelefonieren?«, antwortete ich, schon ein Bein über dem Tor.

»Ah geh, aber die He kann i rufen«, wobei das Wort »He« mit einer Mischung aus »e« und »ö« gesprochen wurde.

Der Mann meinte damit die Polizei und verriet mir, dass er kein echter Wiener war. Obwohl er die Sprache ziemlich gut angenommen hatte. Und Raunzen konnte er auch nicht schlecht.

»Na gut. Vielleicht können Sie mir helfen. Ich such den Mann, der hier wohnt.«

»Den wern S' net finden. Der ist net z' Haus. Obwohl …«, der Mann ließ das Wort ausklingen. Er war schon ein paar Jahre über die 60 hinaus. Altersflecken, weiße Haare ein leichtes greisenhaftes Zittern in der Stimme. »… da, wo der jetzt is, is er eh mehr z' Haus als da«, meinte er kryptisch.

Ich tippte auf Altersvereinsamung, eine gesunde Abneigung gegen den Nachbarn und gesteigertes Mitteilungsbedürfnis. Da sollte doch was zu machen sein. Ich setzte meine Zuhörohren auf und machte ein nettes Gesicht. Fünf

Minuten später saß ich bei einer Tasse Kaffee im Garten und lauschte den ungefragten Ausführungen des alten Querulanten.

»Ham S' Ihna des g'lesen? Des mitn Feind?«

Der Fall Eugen Feind, ehemaliger US-Korrespondent des ORF, der nun für die SPÖ kandidierte, hatte vor ein paar Tagen medial die Runde gemacht. Nach dem Outing des ersten schwulen Profifußballers und vor dem Bild des Unterhöschens eines Popsternchens. Ich nickte. Mehr machte ich für die nächste halbe Stunde nicht.

»Sei Lebtag war der a Semischmarotzer in an Versorgungsposten in an Staatsbetrieb. Jetzt scheißt er sich in die Hosen vor der Pension. Drum geht er in die Politik, weil er net waß wie mit der ORF-Pension leben. Armes Hascherl.«

Ich nickte und nippte. Nippte und nickte.

»Da regn si alle auf, dass der Feind des mit dem Arbeiterdurchschnittsgehalt net g'wusst hat. Und der Bundeskanzler meint, dass eine kleine Wissenslücke in der Statistik net entscheidend sei. Solche Arschlöcher.«

»Warum denn?«, fragte ich nach, um das Gespräch nicht abreißen zu lassen.

»Warum denn?« Mein Kaffeespender lief rot im Gesicht an. Ich hatte schon Angst, dass er vom Schlag getroffen umsinken würde. »Warum denn? Weil der Trottl net waß, wie viel ein Arbeiter verdient. Und der will die *SPÖ* vertreten. Mei SPÖ. A Leben lang war i dabei, bin mitmarschiert bein 1. Mai. Und jetzt? Jetzt so was. Arschlöcher. Der Dollfuß lachert im Grab, wenn ers wissen tat. Heut miassat er nimma auf die Arbeiter schiaßn. Heit machen des die Sozi selber. I bin Sozialist, aber de Gfraster, des san Sozis.«

Er nahm einen Schluck von seinem Kaffee. Er hatte den mit Milch, Zucker und viel Kaffeepulver auf einer Elektroplatte aufgekocht. Häferlkaffee. Das Ergebnis war süß und enorm stark. Über die Schnäpse von Nodequai und deren Wirkung konnte ich auch nicht meckern. Ich war dicht, die Sonne schien, und ein Wiener jammerte. Herz, was willst du mehr. Aber mein Gesprächspartner machte schon weiter.

»Und dann wundern si si, wenns die Wahlen verlieren. Und das Einzige, was gegen die FPÖ aufbringen, is: Nazis und rechtsextrem. A so a Bledsinn.«

»Echt?«

»Sicher. Wenn die FPÖ rechtsextrem is, was war dann der Hitler? A Gartenzwerg, oder was? Außerdem, junger Mann, hamma Liechtenstein überfallen, wie die Blauen in der Regierung warn? Oder die KZ wieder aufgsperrt? Wie viel Zigeuner hamma daschossn? Oder Schwule? Oder Deppate kastriert? Ha? Kana. Nix is gscheng. Und wenn der Strache Bundeskanzler wird, wissen S', was passieren wird? Wissens des?«

»Nein. Aber Sie werden es mir sicher gleich sagen.«

»Drauf kennans Gift neman. Nix wird passieren. GAR NIX. So schauts aus.«

Er nahm einen Schluck aus seinem Häferl, gelbes Blech mit irgendwelchen Vögeln drauf. Dann sah er tief befriedigt auf seinen Garten. Klein, aber picobello aufgeräumt. Kein Gräschen zu lang. Nichts lag herum. Alles tadellos in Ordnung.

»Die da oben ham keine Ahnung, was eigentlich los is. Der Feind mant, dass die Arbeiter 3.000 brutto verdienen, und dann redens a no vom Mittelstand. Mittelstand. Der was a Villa hat im Wert von 500.000 Euro.«

Er schüttelte den Kopf. Das war im Zuge der Diskussion um die Reichensteuer aufgekommen. 500.000 war da ein Grenzwert in der Diskussion gewesen, von dem manche gemeint hatten, dass ein Mittelständler so viel Reichtum hat. Mein Gesprächspartner meinte das nicht.

»Des Meridianeinkommen in Österreich, wissen S', was des is?«

Ich nickte, ihm war das aber wurscht.

»Des is des Durchschnittseinkommen von alle, de was hackln.«

Stimmte zwar nicht ganz, war aber egal.

»Des liegt bei 1.100 Euro im Monat. Wissen S', wie lang man hackeln muss für 500.000 Euro?«

»So um die 40 Jahre.«

»Genau. Dann hat mas verdient, aber no net gespart. Wenns mit 500 Euro im Monat auskommst, dann muasst 80 Jahr hackeln für den Wohlstand. Des is der Mittelstand. Wissen S', wie lang der Mittelstand hackelt für 500.000 Euro?«

»Keine Ahnung. 80 Jahre?«

»Na, überhaupt net. De Arschlöcher sitzen in Washington und san Korrespondenten.«

Ich genoss unser kleines Gespräch. Er hatte Washington gesagt, und kein einziger Buchstabe war auch nur annähernd englisch ausgesprochen gewesen. Bei ihm klang der Name der amerikanischen Hauptstadt wie ein kleiner Ort am Leithagebirge an der Grenze zwischen Burgenland und Niederösterreich. Außerdem war der Bogen, den sein Gedankengang geschlagen hatte, wirklich gekonnt.

»Und Ihr Nachbar?«

»Der is Künstler.«

»Auch schön.«

»Früher schon. Heit nimma. I war in Museum. Da hams de Büdln hängen von de großen Meister. Breughel, Dürer, Rubens. Des war Kunst. In de Weiberleit von Rubens mächatst einibeissn. Heutzutag schmiern si si nur mehr Scheiße ins Gsicht und grunzen. Des haaßt Performance. Und der Staat fördert des. A Wahnsinn.«

»Jeder Zeit ihre Kunst, und der Kunst ihre Freiheit.«

»Genau. Freiheit von Förderungen. Des warat witzig.«

Er lachte meckernd. Ich war mir sicher, dass die gesammelten Leserbriefe, die mein Freund an die Kronen Zeitung geschrieben hatte, ein paar Bände füllten.

»San Sie am End a a so a Künstler?«

»Nein. Mit Kunst hab ich nix am Hut.«

»Guat. Sunst hätt i Sie aussegschmissen.«

Er dachte kurz nach.

»Was wolln Sie denn von eam?«

»Na, ich bin hier, um ein wenig Geld einzutreiben.«

»So. Also gfährlich schaun Sie ma net aus.«

»Sicher nicht. Wenn ich gefährlich ausschauen würde, würde mich niemand reinlassen.«

»Da hams recht. Sie san a patenter Kerl. Wie viel schuldet er denn Ihna?«

»Mir gar nichts. Ich bin im Interesse Dritter hier.«

»Wenn er net zahln kann, prackns eam ane von mir mit drauf?«

»Sicher. Für den Kaffee.«

»Fürs Kaffeetscherl a Tetscherl«, reimte er munter drauflos und grinste.

Irgendwie mochte ich den Kerl. Er hatte jede Menge von dem, was man gemeinhin goldenes Wiener Herz nennt.

»Also verraten Sie mir, wo ich ihn finden kann?«

»Ich würd nachschaun beim Würstelstand am Schärfplatz. Straße der Menschenrechte. Der steht da so lang, wis geht, und sauft. Am Abend is er dann in an Tschecherl an der Alten Donau.«

»Ah. Danke.«

»Kein Problem. Wenn S' wieder in der Gegend san, schaun S' eina. Seitdem die Frieda nimma is, bin i allan.«

»Das tut mir leid. Herzliches Beileid.«

»Beileid? Bledsinn, des kennan S' Ihna sparn. De Frieda is mitn Maier Hansi abboscht. Nach Ibiza. De alte Hur.«

»Da bin ich aber froh. Ist doch besser so.«

»Sicher. Schnackseln wird er die Alte eh nimma. Aber am Hals hat er sie. Doppelts Pech.«

Ich hob die Hand zum Gruß und machte des Gartentürl hinter mir zu. Straße der Menschenrechte, Würstelstand. An dem war ich vorbeigekommen, als ich aus der U-Bahn ausgestiegen war. Das Leben besteht halt zum allergrößten Teil aus Umwegen. Mittlerweile drückte die Mittagshitze schwer auf die Donaustadt, die Luft über dem Asphalt flimmerte, Menschen waren keine unterwegs, und Lufthauch gabs auch keinen. Im Winter pfeift der Wind, schneidet durch den Mantel ins Fleisch mit eisigen Klauen, aber im Sommer? Nix da. Wir sind in Wien. Da könnt ja jeder kommen. Beschwerden bitte in den roten Kasten. Der, der aussieht wie ein Mülleimer? Genau, der. Danke für die Mitarbeit.

III

15 schweißtreibende Minuten später näherte ich mich dem Würstelstand. Der einzige angenehme Moment war der Schatten unter der hochgeführten U1 gewesen. Aber dort hatte alles nach Hundepisse und Erbrochenem gestunken. Warum die Leute Hunde haben, leuchtet mir ja noch ein, aber Kinder? Zuerst scheißen sie in die Hosen und lassen einen nicht schlafen. Dann kommt die Trotzphase, dann die

Pubertät, damit einhergehend die schlechte Laune, Drogen, man macht sich Sorgen. Wenn sie endlich in ein Alter kommen, in dem man etwas mit ihnen anfangen kann, ziehen sie aus. Da fiel es mir siedend heiß ein. Unter der U1 in der Donaustadt. Ich würde Vater werden. So richtig real. Bis jetzt war das Kind mehr eine allgemeine Abstraktion aus Verantwortung, Zukunft und Besorgnis gewesen. Mit einem Schlag war das weggewischt, und ich hatte ganz konkrete Sorgen. Windelwechseln, in den Handbüchern überhaupt kein Problem, aber momentan komplett unvorstellbar, in den Exkrementen eines anderen Menschen herumzuwühlen. Auch die komplett egoistische Frage nach den Möglichkeiten der Selbstentfaltung und dem, was mit einem Kind davon übrig bleiben mochte, war ganz akut. In den Büchern standen so gute Sachen wie: »An der Herausforderung wachsen und als Persönlichkeit reifen.« Also, Bäume wachsen und Käse reift. Ich will Tee trinken, Bücher lesen und Musik hören. Ungestört. Mit einem Mal war mir nicht mehr so ganz klar, ob das der Schweiß auf meiner Stirn und unter meinen Achseln der sommerlichen Hitze geschuldet war oder der Angst. Worauf hatte ich mich da nur eingelassen? Mit Kaede wäre mir das nie passiert. Die wäre nicht schwanger geworden. Aber das war jetzt zu spät. Meine Liebe war vergeben und Kaede tot.

Ich musste daran denken, wie das damals gewesen war. Da gings um Stringtangas und nicht um Windeln. Aufstehen um vier Uhr nachmittags. Dann mal Frühstück holen. Dann ein bisschen Sex. Vielleicht ein Joint, vielleicht auch nicht. Dann ein Seminar auf der Uni. Dann Nachtleben. Buttercroissants, Sexualhormone, THC und griechische Dramen. Das war das wahre Leben. Kinder hatten darin nichts zu suchen. Fortpflanzen sollen sich ruhig die anderen. Mein Ding war das nicht.

Unter solchen Gedanken kam ich zum Würstelstand, und ein weiterer Baustein fügte sich in mein mitternachtsschwarzes Weltbild, das solide war wie eine gemauerte Festungsanlage. Die Typen am Würstelstand ließen mich einen Blick in die Zukunft machen, und Sorge um mein Kind krampfte mir den Magen zusammen. Okay, okay, ein bisschen Hunger war auch dabei. Aber trotzdem. Jeder der Typen da war einmal ein Kind gewesen, das mit Freude in Regenlacken getapst war, das sich über den Schnee gefreut hatte und das mit hellen Augen und einem Oh-Mund Geschichten gelauscht hatte. Jetzt waren es nur mehr in Alkohol aufgelöste Überbleibsel ehemaliger Individuen. Und meiner Verantwortung oblag es, meinem Kind eine andere Zukunft zu ermöglichen. Boah, das Würmchen hatte echt Pech gehabt.

Am Würstelstand waren die Sorgen mit dem Kind vergessen. Mein Zentralnervensystem wollte unbedingt eine Burenwurst. Mein Magen auch. Mein Cholesterinspiegel nicht, aber das war mir egal. Semmel, Senf, Silberzwieberln und eine Wurst. Schmeckt gut, macht satt und verkürzt das Leben. So soll das sein. Wenn mich dereinst ein Paläobiologe aus der Zukunft aufschlitzt, dann will ich ein Burenhäutl im Magen haben. Damit der auch einmal was Ordentliches auf den Tisch kriegt. Wahrscheinlich wird dann die nähere Umgebung zu einer Sperrzone erklärt, und alle müssen Schutzanzüge tragen. Ich fürchte, die kommenden Geschlechter werden ziemliche Weicheier werden. Solche Paradebeispiele rohen Lebens, wie da an dem Würstelstand um mich herumstanden, wirds dann nicht mehr geben. Da war zum einen der Wirt. Übergewichtig, glupschäugig, mit buschigem Schnauzer in fettglänzendem Schwarz. Zum anderen waren drei Kunden da. Alle drei hatten mehrere

Dosen vor sich stehen. Ein paar voll, ein paar leer. Einer auch ein paar grüne Jägermeisterflascherln. Die Situation hatte was von einem Wettrennen. Startlinie: Realität. Zielstrich: Blackout. Die Typen waren unterwegs, sie konnte nichts mehr aufhalten. So oder so.

Ich nahm meinen Pappteller und die Bierdose, um mich damit ein wenig zu den anderen zu stellen. Zuerst hörte ich nur zu und aß ein paar Bissen.

»I halafonier nimma. De NSA, de checkt alles mit. Des kann i net brauch'n«, meinte der Erste.

»Eh, hast a so viel wichtiges Zeug am Rennen«, meinte der Zweite.

Beide wampert mit Ruderleiberl, Goldketterl und beginnender Stirnglatze. Außerdem trugen sie ihre Sonnenbrände wie Tapferkeitsmedaillen.

»Sicher, hab i. Des geht kan was an.«

»Geh, außer Pornos is auf dein Handy eh nix drauf.«

»Glaubst du.«

Der Typ rülpste leicht und setzte die Bierdose wieder an. Daneben stand ein Dritter. Er war ein wenig hagerer als die anderen beiden, trug das schütter werdende Haar ein wenig länger und hatte lange Hosen an. Außerdem ein Leiberl mit Ärmel. Es war zwar nicht so ganz bügelfrisch, aber immerhin.

»Es kann ja sein, dass dem Mirko seine Pornos nix für die NSA san.«

»Genau«, meinte Mirko und nahm einen weiteren Schluck aus der Bierdose. »Datenschutz ist Menschenrecht. Wenns meine Pornos wolln, sollns zahlen dafür.«

»Aber du ladst sie gratis owa.«

»Woher willst denn du des wissen?«

»Weilst es immer sagst. Nach dem fünften Bier kummt immer deselbe Leier. I kanns scho auswendig.«

»Des is egal, Heri«, schaltete sich wieder der mit den längeren Haaren ein. »Jeder Mensch hat ein Recht auf Privatsphäre, und die Regierungen haben die Pflicht, das einzuhalten und zu garantieren.«

»Alle ham a Recht auf Privatsphäre. Nur de Webcamgirls net. Von denen will i die Fut seng.«

»Hansi, das war jetzt frauenfeindlich. Gelbe Karte.«

»Ah geh. Was is daran frauenfeindlich, wenn i auf die …«, er zögerte ein wenig, »… Fut, Futs, Futi steh?«

»Eh«, pflichtete ihm Mirko bei. »Frauenfeindlich san eh nur die Warmen.«

»Wie sagt ma eigentlich: Fut, Füter, Futs? Wie haßt denn des?«

Er rülpste. Ich hatte mittlerweile genug gehört und mischte mich ein. Die Wurst war fertig, und ich hatte meine Dose aufgemacht.

»Futen«, sagte ich laut.

»Ah«, meinte Mirko.

»Na«, stellte Hansi fest.

»Also, ich kann mir das nicht vorstellen«, meinte der Dritte.

»Ich bin Sprachwissenschaftler, ich weiß das.«

»Se san ka Sprachwissenschaftler, Se san a Sau«, meinte Mirko und hielt mir sein Bier hin.

Ich stieß an. Dann auch mit Heri. Schließlich auch mit dem Dritten.

Der sagte: »I bin der Andreas.«

Da war mir klar, dass bis jetzt alles richtig gut gelaufen war. Die Konversation am Würstelstand zog sich hin. So sehr ich auch versuchte, nicht mitzuhalten, hatte ich doch drei Bier intus, bevor wir weiterzogen, um an der alten Donau die Füße ins Wasser baumeln zu lassen. Und den Mädchen in den Bikinis nachzuglotzen. Vita contemplativa.

Irgendwann verzogen sich dann Mirko und Heri, sie hatten noch was vor. Da ich unter keinen Umständen wissen wollte, was, erfuhr ich es auch nicht. Man muss nicht hinter jedes Geheimnis kommen. Manchmal ist es das einfach nicht wert. Manchmal ist es auch einfach nur grauslich. Andreas und ich blieben noch auf der Bank sitzen. Wir saßen unter einem Baum, ein Billasackerl mit Bierdosen zwischen uns ausgebreitet, und es war Sommer. So wie schon lange nicht mehr Sommer gewesen war. Ein Sommer, der ewig dauern würde. Sommer wie in der Kindheit. Die Sonne stand schon im Westen Wiens, die Schatten begannen, ein klein wenig länger zu werden, und von überallher platschte und klatschte es aus dem Wasser herauf zu uns.

»Sie sind Maler«, stellte ich fest.

»War ich einmal.«

»So, jetzt nicht mehr?«

»Nein. Jetzt mach ich Plakate.«

»Hab ich ja gemeint. Die Plakate sind echt cool.«

»So?«

Aus seiner Stimme war sowohl Überraschung als auch Missfallen herauszuhören.

»Ich finde schon.«

»Dann bist ein Idiot wie die anderen auch.«

»Kann sein, trotzdem finde ich die Plakate gut.«

»Woher kennst die überhaupt?«

»Ein Freund von mir ist Antiquar und der sammelt alles, was einmal was wert sein wird.«

»A a Trottel.«

»Der lebt davon. Und davor lebten davon sein Vater und dessen Vater und so weiter und so weiter.«

»Auf dem Stammbaum wachsen a nur Idioten.«

»Die einen echten Riecher für Kunst haben.«

»Bledsinn. Des san Plakate.«

»Warum machst du dann nicht Kunst und scheißt auf die Plakate?«

»Weil von irgendwas muss man leben.«

»Dann mal doch nebenher.«

»Nebenher.« Er schluckte verächtlich sein Bier runter. »Des geht net.«

»Dann mach die Plakate nebenher, vielleicht geht das.«

»Verarsch mi net«, sagte er freundlich und trank wieder aus seiner Dose.

»Vertrau mir. Wenn ich dich verarschen wollte, würdest du das nicht merken.«

Er hob wieder seine Dose, und als er sie senkte, war sie leer. Er ballte sie zu einem Klumpen und ließ sie unter die Bank fallen. Dann machte er eine neue auf.

»Du hast keine Ahnung.«

»So?«

»Eh. Früher, ach was …«

Er nahm einen ersten Schluck aus der Dose. Das Kondenswasser folgte in kleinen Tropfen der Schwerkraft. Nach zwei Zügen dachte ich, er würde absetzen, aber dem war nicht so. Er trank weiter. Ich zählte mit. Bei sieben Zügen setzte er ab und rülpste. Er war schon ein bisschen betrunken. Also, betrunken war er sicher schon so um die fünf Jahre, durchgehend, aber langsam begann es an diesem Tag so weit zu kommen, dass ich es ihm anmerken konnte.

»Ich bin ein Schwerarbeiter«, sagte er unvermittelt.

»Der an einem Montagnachmittag auf der Bank in der Sonne sitzt. Harter Job.«

»Na, nicht jetzt. Jetzt bin ich Invalide.«

Er hob die Dose und prostete mir zu.

»Selbst indiziert?«, fragte ich nach.

»Arbeitsunfall.«

»So?«

War ihm der Pinsel auf die Hand gefallen, oder hatte er sich beim ständigen Heben der Stellage die Bandscheiben zermanscht oder die Handgelenke durchs Anrühren der Ölfarben ruiniert?

»Früher hab ich gmalt. Und dann hat mir einer gesagt, dass bis es so weit ist, dass ich davon leben kann, ob ich da nicht die Plakate machen mag.«

»Klingt doch gut.«

»Ja. Klingt gut. Nur für die Plakate muss man die Stücke lesen.«

»Und das kannst du nicht?«

»Lesen schon.«

»Aber?«, fragte ich nach.

»Nichts. Du verstehst des net.«

»Vielleicht erklärst dus mir.«

Er schaute wieder nach Westen, dorthin, wo irgendwo hinter der UNO-City Wien lag. Wir saßen hier, fast in Wurfweite des Paradieses, und doch so weit entfernt. Fast noch grausamer als hinten in Kagran selbst. Da sieht man wenigstens nicht, wo man nicht hin kann. Bei Dante heißt es, dass die Strafe der Hölle darin besteht, auf ewig von der Liebe Gottes ausgeschlossen zu sein. Etwas Schlimmeres lässt sich nicht denken. Früher hatte ich Dante belächelt. Holzsplitter in den Augen erschienen mir wesentlich ärger. Oder die Wasserfolter oder einfach Daumenschrauben. Aber jetzt wusste ich es besser. Die Alte Donau war der Limbus und Kagran die Hölle Transdanubiens. Die Donauinsel würde auf so einer theologischen Karte Wiens den Läuterungsberg darstellen.

»Was soll ich da erklären?«, meinte mein Gesprächspartner. »Du musst die Theaterstücke lesen, wenn du ein Plakat machen willst.«

»So lang sind die eh nicht.«

»Lang nicht. Aber vier- oder sechsmal im Jahr. Die ersten Stücke, die du liest, die machen nix. Überhaupt kein Problem. Du denkst, die sind Scheiße, aber okay. Du liest sie, du vergisst sie. Du machst die Plakate. Nema problema, alles paletti.«

Bierdosenschluck. Ahhh.

»Aber dann. So nach ein paar Jahren. Waßt, i mach den Schaaß scho guate fuffzehn Jahr, da setzt si des in Kopf fest. Du wirst es nimmer los. Zerst ganz leicht, ganz weit hinten. So fangts an. Du wachst auf und denkst: Bahh, Gott sei Dank, noch vier Monate, bis i wieder eins lesen muss.«

Bierdosenschluck. Die zusammengeknüllte Dose wanderte unter die Bank, eine neue wurde aufgerissen.

»Dann wirds immer schlimmer. Früher, da hab i so Stückln in an Aufwasch g'lesen. Heit brauch ich für ans a Wochn. Pro Seiten zwei Bier und an Jägermeister. Bahhhh.«

Er atmete aus. Seine Stimme war belegt und die Zunge schon ein wenig schwerer.

»Zerst liest den langweiligen Schaaß und vergisst eam wieda. Dann denkst ab un zu amal dran. So nebenher. Dann grausts da und blast die weg. Dann is wieder alles gut. Nur es wird immer schlimmer.«

Er lehnte den Kopf nach hinten, hielt sich die Dose in den Mund und versuchte in verzweifelter Anstrengung, die Qualen hinunterzuschlucken. Zu verdauen. Zu verarbeiten, um sie danach wieder ausscheiden zu können.

»Irgendwann kommt dann der Tag, da verlassen dich die Stücke nicht mehr. Du hast sie im Kopf. Wie wenns deine eigenen Erinnerungen wären. Der ganze Schaaß. Du wirst es nicht mehr los. I kann mi wegsprengen, so viel i will. Hilft nix. Die Stückln san imma da. Immer. Sie werden nie mehr gehn.«

»Und ›Das Fenster‹?«

»Ah geh, des war ganz in Ordnung. Na, des war ans von de besten. Mit Abstand. Aber des andere, des is a so a Schaaß, des glaubst net ...«

Er nahm das Plastiksackerl und stand auf.

»Ich brauch an Brandbeschleuniger.«

Ich stand auf und folgte ihm.

»Waaßt, die Leut, die den Schaaß schreibn, die kriagn a Förderung, machn des, okay. Die Schauspieler, de san des g'wohnt. Aber weißt du«, er beugte sich zu mir und schaute mir trüb in die Augen, »i bin sensibel. I pack des nimma. Wenn i net a so a Angst hätt vorn Sterbn, hätt i mi scho hamdraht.«

»Dann hör doch auf damit.«

»Zu spät. Wenns d' merkst, dass'd aufhören suitast, issas scho z'spät. Wenn die amal in dein Kopf drin san, kriagst sie nimma aussa. Die ganze Welt verändert sich. Alles, was früher schön war, wird hässlich, alles, was du einmal geliebt hast – du weißt, was Liebe ist? - das ist nur mehr graue Asche. Die nehmen dir deine Emotionen, deine Wahrheit, alles, was dir heilig ist, und dann lassen si di zruck ...«

Er war mittlerweile sehr laut geworden. In dem fleckigen T-Shirt, mit den Badeschlapfen, dem Bierdosensackerl und der lauten Stimme wurden die Leute um uns herum aufmerksam. Er wirkte wie einer dieser durchgeknallten Prediger, die den Untergang der Welt vorhersagen. Und bei denen man nie weiß, ob sie nicht vielleicht wirklich die Wahrheit sagen. Die Mütter nahmen ihre Kinder beiseite, wenn wir an ihnen vorbeikamen, die Männer schauten uns böse an. Andreas wankte schon ein wenig und stierte mit glasigen Augen aus dem hochroten Gesicht. Dabei lallte er lauthals Weltuntergangsparolen, die sich nur auf seine eigene bezogen. Da war die Apokalypse schon im Gange. Chemisch und psychisch. Wir kletterten die Böschung hinunter, nachdem uns fast ein Laster auf der Wagramer zermanscht hätte, weil Andreas auf so kleine Nebensächlichkeiten wie Kraftfahrzeuge keine Rücksicht mehr zu nehmen gewillt war.

Mittlerweile waren die Schatten schon ein gutes Stück gewachsen, die Thujenhecken beschatteten schon die gesamte Straßenbreite der Kolonie. Als wir bei Andreas in den Garten kamen, war es im Schatten schon angenehm kühl. Was sicher auch am leichten Sonnenfieber lag, das Leute wie mich gerne ereilt, wenn sie einen ganzen Tag draußen sind.

Andreas ließ sich in einen Stuhl fallen, der bedenklich knackte, und zog einen Kanister zu sich her. Zuerst dachte ich, dass er darin eine Flasche Schnaps oder so was kühl hielt. Es dauerte eine Weile, bis mir klar war, dass das Ding selbst die Flasche war. Variol trank aus einem Plastikkanister, auf dem ›Kosack Wodka‹ stand. Da passten sicher 20 Liter rein. Er hielt sie mir hin.

»Prophülagtisch?«, meinte er.

Ich lehnte ab.

Mittlerweile war nicht mehr viel mit ihm anzufangen. Auf der Bank war er noch leidlich luzide gewesen, aber das Aufstehen hatte seinen Kreislauf in Gang gebracht, was dem Alkohol in seiner Blutbahn zu einem klaren Sieg verhalf. Die letzten zehn Minuten hatte er nur mehr immer wieder das Gleiche gesagt. Jetzt setzte er den fast leeren Wodkakanister an und schluckte gierig. Drei, vier, fünf Mal. Dann begann er wieder mit seinem Sermon, und ein paar Minuten später trank er wieder aus der Flasche. Die war schlussendlich leer.

»I geh a Neiche huln«, verkündete er heroisch. »I geh a Neiche huln.«

Aber den Entschluss konnte er nicht mehr in die Tat umsetzen. Er lallte noch ein wenig herum und verlor dann einfach das Bewusstsein. Ich ließ ihn liegen, stand auf und ging ins Häuschen, um seine Sachen durchzusehen. Es gab eine Küche, ein Bad, ein Schlafzimmer und ein Zimmer, in dem er arbeitete. Überall standen leere Flaschen herum, auf den Ablageflächen lagen ungeöffnete Briefe zuhauf, volle Müllsackerln, aus denen es bedenklich roch. Und über das Bett breiten wir den Mantel des Schweigens.

Ich schaute mir alles an. Die Schränke über der Abwasch mit den seit Jahren ungebrauchten Tellern. Den Kleiderkasten mit den versifften Klamotten. Das kleine Zimmerchen unter der Dachschräge, wo sich ein paar Liebesbriefe aus den 80ern, zwei urkundliche Kunstauszeichnungen aus den 90ern und Leergut aus drei Dekaden fand.

In seinem Arbeitszimmer öffnete ich ein paar der Briefe der letzten Wochen, las in alten Notizbüchern und tat auch sonst noch alles, was mir einfiel, um irgendeine Spur zu entdecken, die auf Kaede hinwies. Ich suchte nach einem Keller und geheimen Verstecken. Aber ich fand nichts. Alles, was ich fand, war die Gewissheit, dass, wenn ich die Wohnung eines verwahrlosten Alkoholikers ohne Handschuhe durchsuchen konnte, ich mir dann wegen der Windeln meines Kindes keine Sorgen machen musste. Als ich zurück in den Garten ging, hätte ich genug Anschauungsmaterial gehabt, um eine Vorlesungsreihe ›Menschliche Ausscheidungen und die Stufen ihrer zeitlichen Einordenbarkeit‹ zu halten. Apropos, dachte ich und ging nachschauen, ob Andreas noch atmete. Er tat es. Schwer und angestrengt, aber immerhin. Endlich hatte ich die Schnauze voll und ging.

IV

Ich war noch keine zehn Meter gekommen, als ich umdrehte. Ich klopfte beim Querulanten. Auch wenn ich bei Andreas nichts gefunden hatte, gab es noch ein paar Knöpfe, an denen ich drehen konnte. Es war noch nicht aller Hoffnung Ende.

»Hi«, sagte ich, als mir der Querulant aufmachte.

»Schleichens eana. I hab Sie mit'n Variol hamkumman gseng. Sie san ka Kredithai.«

»Hab ja auch keine Kiemen. Solange es geht, bin ich freundlich.«

»Das ist das neue Jahrtausend. Sogar die Schläger sind gegen Gewalt. Also ich glaub, dass Gewalt eine Lösung ist. Und zwar eine ziemlich gute.«

»Da sind wir uns einig. Es ist nur so: Ich hab jetzt Variols Haus angeschaut, viel besser, als ich das gekonnt hätte, wenn ich Druck gemacht hätte. Da ist nichts. Gar nichts. Der Typ ist pleite.«

»Soll er halt das Hauserl verkaufen.«

Sapperlot. Das war eine Idee. Daran hatte ich nicht gedacht. Vielleicht war das ein guter Hinweis auf irgendwelche Unsauberkeiten. Jetzt nur schnell eine Ausrede gefunden.

»Geht nicht. Da sind mehr Hypotheken drauf, als es wert ist.«

»Ah da schau her. Woher wissen S' denn des so genau?«

»Ich hab mich einfach ein bisserl umgschaut. Da liegen die Bankforderungen ungeöffnet herum.«

»Jaja. Sonst was?«

Mittlerweile saßen wir wieder hinten im Garten. Mein Auskunftsbüro trank Wiener Kracherl, mir bot er keines an, was ich sehr unnett fand. Wiener Kracherl, vor allem das rote, das ist der Hammer. Das schmeckte so, wie man sich Küsse von Mädchen vorstellte, als man noch so klein war, dass man dachte, dass Mädchen aus Libellenflügeln gemacht sind. Ich hätte wirklich auch gerne eines gehabt. Ich hatte diesen säuerlich tauben Geschmack im Mund, den man bekommt, wenn der Alkoholspiegel sinkt. Ein Kracherl wäre da ein Wundermittel gewesen.

»Für mich gibts nichts?«, fragte ich höflich nach.

»Ich teil alles, aber nicht meine Kracherl. Ich hab nix dagegen, wenn man mir meine Frau wegnimmt oder meine Patente oder sonstwas, aber mein Kracherl ghört mir. Mit Verlaub: Gengan S' scheißn. Aber ein Glasl Wasser kann ich Ihnan anbieten.«

»Danke nein.«

Wir waren über der Donau. Da kam das Wasser nicht vom Semmering, sondern aus einer Kläranlage. Schlimme Sache, so was. Schon fast Dritte Welt.

»Egal. Sagen Sie, im letzten Jahr, war da irgendwer beim Variol zu Besuch?«

»Warum wollen S' denn das wissen?«

»Weil vielleicht irgendwer da war, der Geld hat. Vielleicht krieg ich da noch was. Vielleicht eine Frau?«

»Hm.«

Der alte Mann dachte nach und saugte sein rotes Kracherl unbarmherzig durch den Strohhalm. Er wusste nicht, wie nah ich dran war, ein grausames Gewaltverbrechen zu begehen. In dem Häuschen gab es sicher einen Kühlschrank. Voller Kracherl.

»Also, so richtig tatat mir da nix einfalln.«

»Auch nicht, wenns Prozente gäb?«, versuchte ich ihn zu ködern.

»I bin net käuflich.« Er grinste. »Oder ham S' irgendwo

den Namen Grasser an mein Hausschild gseng? Oder Maischberger?«

»Vielleicht heißen Sie ja auch nicht Grasser, sondern Strasser?«

Der alte Mann lachte lauthals auf. Dann wischte er sich die Tränen aus den Augenwinkeln.

»Herrje. A richtige Korruption, des is halt scho was Schens.« Dann grinste er noch ein paar Augenblicke vor sich hin. »Na. Tuat ma lad. Da war niemand da. Gar niemand. Ich kann mich ehrlich gsagt nicht mehr erinnern, wann den das letzte Mal jemand besucht hat.«

»Und war er mal weg, für einen oder zwei Tage oder länger?«

»Na. Überhaupt net. Er geht in der früh zu sein Würstelstand, dann kummt er pumpfett ham und sprengt si in Garten weg.«

»Jeden Tag?«

»Jeden Tag.«

»Nix für ungut. Aber wenn ich Ihnen meine Nummer dalasse, würden Sie mich anrufen, wenn irgendwer bei ihm auftaucht? Am besten in einem großen Auto?«

»Hmm«, machte er und saugte an seinem Strohhalm wie ein übergroßer vertrockneter Moskito. »Also gut. Gemsma ihr Karterl.«

Ich holte einen Stift aus meiner Jackentasche und einen von den kleinen unbedruckten Kartons, die ich immer dabei habe. Da kritzelte ich meine Nummer drauf. Dann gab ich sie ihm.

»Ah, da schau her, kein Name, keine Firma, kein Garnix.«

»Vorsicht ist die Mutter der Porzellankiste.«

»Genau. Sie san mir doch irgendwie sympathisch, junger Mann.«

Er hielt den weißen Karton mit der schwarzen Schrift darauf noch vor seine Augen, als ich schon lange beim Gartentürl draußen war.

Ich fischte mein Handy raus, ging ins Netz und checkte mir die Nummer vom Meldeamt Wien. Dann rief ich dort an. Was jetzt kommt, ist verboten, heißt Amtsanmaßung, und es wird davor gewarnt, es zu Hause nachzumachen. Aber es funktioniert immer prächtig.

»Meldeamt Wien, Oberinspektor Patzek?«

»Streichegger, Martin. Staatsanwaltschaft Feldkirch, 6800, Dienststelle 928. Ich rufe im Auftrag vom Leitenden Staatsanwalt Herrn Dr. Wilfried Stiegele an.«

»A Gsiberger, da schau her. Mir ham an Amtsweg, Herr Dr. Streichegger. Der gilt auch für Sie.«

»Herr Oberinspektor Patzek, es ist wirklich dringend. Wir haben in 15 Minuten den Verhandlungstermin. Das Schriftstück ist schon auf dem Weg, aber unser Neuer hat den Termin verschlampt. Bitte seien Sie so gut und machen Sie eine Ausnahme. Ich würde Sie nicht bemühen, wenn es nicht um einen wirklich wichtigen Fall ginge.«

»Soso, wirklich wichtig?«

»Sehr wichtig, wird morgen alles in der Zeitung stehen. Sie sind unsere letzte Hoffnung.«

»Na gut, machma a Ausnahme. Was wolln S' denn wissen?«

Innerlich schnaufte ich durch und bekam die Auskunft, die ich brauchte.

Dann ein zweiter Anruf. Diesmal beim Grundbuchamt Wien.

»Grundbuchamt Wien, Frau Semmelweiß am Apparat. Was kann ich für Sie tun?«

»Streichegger, Martin. Staatsanwaltschaft Feldkirch,

6800, Dienststelle 928. Ich rufe im Auftrag vom Leitenden Staatsanwalt Herrn Dr. Wilfried Stiegele an.«

»Was kann ich für Sie tun, Herr Dr. Streichegger?«

»Ich bräuchte eine Auskunft zum Grundstück Obstgartenweg 17, Wien 22, Donaustadt. Gemeldet ist dort ein gewisser Andreas Variol. Ist der auch Eigentümer der Liegenschaft?«

»Hammagleich. Sekunde.«

Nach etwa eineinhalb Minuten war die Frau Semmelweiß wieder dran.

»Herr Doktor?«

»Ja, bin noch dran.«

»Die Liegenschaft gehört dem Herrn Variol, Andreas, geboren 27.2.1972. Brauchen Sie sonst noch was?«

»Sind Hypotheken drauf?«

»Nein. Gar nichts.«

»Wem hat das denn früher gehört?«

»Einem Herrn Ernst Variol. Geboren 12.6.1944, gestorben 5.9.1999.«

»Herzlichen Dank für die schnelle Auskunft.«

»Kein Problem. Wir kooperieren immer gerne. Wiederhören.«

»Wiederhören.«

Ich legte auf. Scheiße. Schlag ins Wasser. Ich scrollte noch ein wenig auf der Internetseite rum und musste dann lachen. Da kann man einfach eingeben, was man wissen will, und kriegt eine Mail. Kostet 15 Euro, und man geht auf Nummer sicher. Und ich wieder mit aller Verve voll rein in die Rue de la Gac. Na gut, tröstete ich mich, bei der Mail hätte ich keine schweißnassen Finger gehabt, und schließlich ist ja der Kick die halbe Miete. Gut gegangen wars auch. Ärgerlich trotzdem. Ich bookmarkte die Page. Sicher ist sicher.

V

Als ich unter der Reichsbrücke die Donau überquerte, hatte sich der Alkohol so weit verflüchtigt, dass ich wieder ganz bei mir war. Alles hatte nichts gebracht. Ich hatte auch keine unmittelbare Idee mehr für Nachforschungen. Aber ich wollte Kaede partout nicht ruhen lassen. Irgendwas musste doch noch zu finden sein. Über dem Holpern der U-Bahn auf dem Schienenstrang, dem Warnpiepen der Türen in den Stationen und den elektronischen Ansagen kam ich ins Grübeln. Was für Anhaltspunkte hatte ich? Wild Horses, Stones, Sticky Fingers, Warhol, Variol. Die Kette war richtig gut. Entweder war sie Blödsinn, oder aber ich hatte was verpasst. Wenn die Kette Blödsinn war, dann musste ich ganz von vorne wieder anfangen. Wie Sisyphos. Dafür war aber morgen noch genug Zeit.

Heute beschloss ich, noch alles aus der ersten Spur der Sache rauszuholen. Was hatten Warhol und Variol gemeinsam? Das war die Kernfrage. Zum einen machten beide Plakate, der eine für Sticky Fingers, der andere für das Theater Kosmos. Ansonsten waren beide Künstler. Das war die letzte Verbindung, die mir einfiel. Viel wars nicht. Also zurück zu Nodequai. Vielleicht hatte der eine Ahnung.

Nodequai war weder in seiner Wohnung noch im Kontor noch im Keller. Da es weder Mittwoch noch Abend war, musste er in der Kurkonditorei Oberlaa am Neuen Markt abendessen. Mittwochabend wäre er bei Tvanic tarockieren gewesen.

Drehen wir die Zeit ein paar Jahre zurück. Als ich noch jung und hungrig war und Schlaf für eine Sache für Weicheier hielt, da hatte ich Nodequai kennengelernt. Es gäbe da eine Masse an Storys, aber dazu ein anderes Mal. Diesmal nur so viel: Ich hatte für Bender gearbeitet. Neben dem Spielkasino und den Anteilen an Frau Vernuschs Haus hatte Bender auch bei ein paar Schlüsseldiensten mitgeschnitten. Das war die Sorte von Schlüsseldiensten gewesen, bei der man in Vasen, Bildern, Perlenketten und Ähnlichem bezahlt. Natürlich nicht deshalb, weil man den Schlüssel vergessen hatte, sondern weil man vergessen hatte, ein gutes Schloss zu kaufen. Es liegt in der Natur der Sache, dass die Typen, die einem die Haustür aufmachen, wenn man den Schlüssel vergessen hat, dieselben sind, die einem die Schlösser verkaufen, die man braucht, weil man ausgeraubt wurde. Und die einen ausgeraubt haben.

Bender hatte früh erkannt, dass damit Geld zu verdienen war. Leicht und schnell. Neben dem Zeug, das er außer Landes schaffen ließ, um es irgendwo zu verhökern, gab es auch das Zeug, das er in Wien selbst verkaufte. Ein Teil davon ging über das Antiquariat Nodequai und fand so Eingang in private Sammlungen. Das war auch der Grund, warum Nodequai selbst nie Probleme mit der Sicherheit seiner Waren hatte. Alle wussten, dass Bender hinter ihm stand. Alle wussten, wer Bender war. Nur Nodequai nicht. Für den war Bender ein netter alter Herr, der interessante Objekte an der Hand hatte. Ich glaube, ihm war bis zum Schluss nicht so ganz klar, worum es da wirklich ging. Egal, das war damals. Jetzt ist jetzt. Ein guter Antiquar hat viele Quellen. Wenn der kleinste gemeinsame Nenner von Warhol und Variol die Kunst war und Kaede in irgendwas Illegales verstrickt gewesen war, dann war es nur natürlich, Nodequai mal nach illegaler Kunst zu fragen.

Nodequai saß an seinem Stammplatz in der Kurkonditorei Oberlaa am Neuen Markt. Direkt gegenüber seinem Antiquariat. Die Kurkonditorei hat sich den Charme der gutbürgerlichen 50er-Jahre bewahrt, macht die beste Schokomoussetorte der Welt und hat beschissenen Kaffee. Altrosa, stuckverzierte Decken, geschwungene Tischbeine und Serviererinnen in Schwarz. Nodequai sitzt immer oben, drinnen. Egal, ob es schneit oder ob die Sonne scheint. Dann trinkt er ein Glas Wasser und isst ein Gulasch. Ich setzte mich zu ihm.

»Servus, Arno. Was los?«, fragte er mich, nachdem er sich artig den Mund mit der Stoffserviette abgeputzt hatte.

»Hi. Hab nichts gefunden. Sag, Nodequai, ist da irgendwas in letzter Zeit mit Kunst gelaufen? Irgendwas, das nicht koscher war? Hast du was gehört?«

»Hm. Weiß nicht, wieso? Willst du mich nicht einweihen?«

»Lieber nicht.«

»Angst ums Geschäft?«

»Für mich gehts da nicht ums Geld. Aber solange niemand was weiß, kann auch niemandem was passieren.«

Nodequai schmunzelte.

»Was grinst so?«, fragte ich nach.

»Na, du sagst das so, als ob's um einen richtigen Coup gehen würd. Als wenn das Leben der Mitwisser in Gefahr wäre. Aber ich weiß doch, dass es nur darum geht, dass deine Frau nichts rauskriegt. Du hast Angst, dass, wenn ich was weiß, dass ich das dem Tvanic erzähl, der sagts der Eva, die dem Klaus und schließlich weiß es deine Laura. Weil der Squashpartner vom Klaus mit der Laura ihrer Freundin geht. Oder so. Hab ich recht?«, fragte er nach.

»Perfekt.«

Man soll die Leute nicht am Irrtum hindern. Mittlerweile war ich mir ziemlich sicher, dass es entweder um gar nichts oder um sehr viel ging. Aber wie immer im Leben muss man sagen, ob man mitmacht, bevor man das weiß.

Das Leben ist wie eine Luxuskreuzfahrt. Man weiß nie, ob man die Titanic kriegt.

»Also gut«, sagte Nodequai. »Illegale Kunst. Wieso meinst du, dass ich damit was zu tun haben sollt?«

»Na, nicht zu tun. Sondern halt einfach nur so. Ist dir irgendwas untergekommen? Irgendwas Seltsames. Im letzten halben Jahr oder so.«

Nodequai beugte sich über sein Gulasch, löffelte ein paar der eingebrockten Semmelstücke heraus und tat so, als ob er nachdenke. Ich hatte schon zu oft mit Leuten zu tun gehabt, um nicht zu bemerken, dass da irgendwas war. Er hatte mit etwas zu tun gehabt, das in die Kategorie passte, nach der ich gefragt hatte. Nun wusste er nicht, ob er darüber reden sollte oder nicht. Außerdem suchte er nach Worten. Jetzt nur schön stillhalten, ihn machen lassen. Die Leute wollen reden. Das ist nicht Dummheit, sondern das natürliche Mitteilungsbedürfnis.

»Also, vor ein paar Monaten, ich glaub so Ende April, kann aber auch im März gewesen sein. Da hat mir jemand was angeboten. Das war nicht koscher.«

»So? Was denn?«

»Goldsiegel.«

»Was für Goldsiegel?«

»Na Goldsiegel halt. Bist du manchmal langsam, Arno.«

»Wie kann dir wer Goldsiegel anbieten?«

»Woher soll ich das wissen? Ich weiß nur, dass es Goldsiegel waren.«

»Außerdem, was war daran illegal?«

»Gar nichts.«

»Warum erzählst du es mir dann?«

»Weils gar so kurios war.«

»Okay. Langsam jetzt. Ich hab noch nie gehört, dass jemand Goldsiegel verkauft, was sicher daran liegt, dass ich gar nicht genau weiß, was das sein soll. Aber kurios ist das nicht. Du willst Goethes Haarlocke verkaufen. Das ist kurios.«

»Manchmal vergesse ich, dass du kein Antiquar bist, Arno. Tut mir leid. Du kennst dich da halt einfach nicht aus. Also ich fang noch mal an.«

»Das wär lieb«, meinte ich.

Wenn jemand sagt, dass ich keine Ahnung hab, das hör ich nicht gern.

»Also da ist der zu mir gekommen. So ein kleiner Mann im grauen Mantel. Irgendwie mausähnlich. Er hat mir Goldsiegel angeboten und war enorm aufgeregt. Goldsiegel, das sind Siegel, die aus Gold bestehen.«

»Was, echt jetzt? Das hätt ich dem Namen nach aber nie vermutet.«

»Spar dir den Sarkasmus, Arno. Irgendwo muss ich ja anfangen. Also, du kennst doch die alten Urkunden. Die hatten doch so riesige Wachssiegel dran? Sieht man in jedem Film.«

»Ja. Hab ich sogar schon mal in echt gesehen.«

»Gut. Nun stell dir vor, es gibt solche Siegel nicht nur in Wachs, sondern auch in Gold.«

»Wirklich? Das ist mir noch nie untergekommen.«

»Warum wohl?«

»Keine Ahnung. Sag's mir.«

»Weil die Goldsiegel nur auf die wirklich wichtigen Dokumente gesetzt worden sind.«

»Aha.«

»Und die hast du noch nie im Original gesehen.«

»Und auf was für ›wirklich wichtige Dokumente' meinst du?«

»Auf so etwas wie auf die Goldene Bulle etwa.«

Langsam dämmerte mir, was Nodequai meinte.

»Du meinst, da hat dir ein Typ die echten Siegel der Vertragsgeschichte Europas angeboten? Das ist wirklich spektakulär.«

Ich war baff.

»Das ist noch gar nicht so speziell. Hast du eine Ahnung, was die Leute mir immer vorbeibringen. Erst letzte Woche hatte ich eine Frau, gute Gesellschaft, jetzt pleite, die wollte mir ihr Klitoris-Piercing aus dem Goldzahn von Josef Stalin verkaufen. Das ist ungewöhnlich. Goldsiegel dagegen nicht.«

»Was war also so spektakulär?«

»Na, dass es überhaupt keine Goldsiegel waren.«

»Du meinst, sie stammten nicht von den Dokumenten? Oder waren sie keine Siegel?«

»Nein, das hat schon alles gepasst, die waren bloß nicht aus Gold.«

VI

Eine Viertelstunde später. Das ist die Zeit, die man braucht, um noch schnell auszutrinken, zu zahlen und über den Graben in den Trattnerhof zu gehen. Dort gibts – ich weiß jetzt nicht, ob auf 2 oder 1 – einen Gemmenschneider. Der Mann heißt Tvanic, führt eine legendäre Tarockrunde und ist mit Nodequai engstens verbandelt.

Tvanic saß mit mir an einem Tisch in seiner Werkstatt. Er hatte ein Glas voll Rotwein vor sich stehen, ich trank Wasser. Die Werkstatt ist recht groß, sehr dunkel, eher grau und es riecht immer nach Fugenkitt. Ich wollte eh schon längst einmal bei ihm vorbeischauen, denn ich hatte nach langem Überlegen ein Geschenk für Laura gefunden. Tvanic sollte mir das machen. Es ging um ein kleines Medaillon. Jetstein in Silber. Da das Ganze jetzt nicht so zur Story gehört, kürze ich einfach ab. Tvanic war bereit, mir das Ding innerhalb von 14 Tagen zu machen. Er verlangte eine horrende Summe – schließlich waren wir Bekannte und er konnte das Freundschaftspreis nennen – und ich zahlte. So ist das im Leben. Die einen sind Freunde, die anderen zahlen. Schließlich kamen wir aber auch noch darauf zu sprechen, was mir eigentlich auf dem Herzen lag.

»Soso. Die Goldsiegel. Jajaja«, versuchte er den Erinnerungen nachzuschmecken. »Des war Feber, Anfang März. Da hat ma da Nodequai davon erzählt. So einer wollt ihm die Dinger verkaufen, aber was a echter Nodequai is, der kennt a Feinunzerl aus an Misthaufen.«

Tvanic sprach dieses ganz alte Wienerisch, bei dem einem mir bis heute unbekannten Gesetz zufolge manche Vokale überbetont werden. Das kommt dann völlig unerwartet und ich stutze immer für einen Moment. In diesem Fall das »i« im Misthaufen.

»A schener Depp.« Tvanic schüttelte den Kopf und nippte am Roten. »Was brauchst deswegen zu mir kumman, Arno?«

»Na, wissen Sie, Tvanic, mir macht da was Kopfzerbrechen.«

»Wassen?«

»Na, der Nodequai glaubt, dass ihn der Typ linken wollte.«

»Sicher glaubt er des. Das war auch so.«

»Was aber, wenn nicht?«

»Hm?«

»Na was, wenn der Typ den Nodequai nicht reinlegen wollte?«

»Wie jetzt?«

»Sagen wir einfach einmal, der Typ hatte nicht Nodequais Nase.«

»Du manst, der hat glaubt, die Dinger san echt?«

»Genau.«

»Und? Weiter?«

»Ich könnt mir vorstellen, dass der an die Dinger gekommen ist, sich ein zweites Loch in den Hintern gefreut hat und versucht hat, sie zu verkaufen.«

»Also wennst mi fragst, is des a Bledsinn. Wie soll der zu de Siegel kumman? Wenn er so gerissen is, dass er sie fladern kann, wird er a selber merken, dass sie net aus Gold san. Überhaupt, wo sollen denn falsche Siegel aufbewahrt werden? Nanana, da hat der Nodequai recht.«

»Na gut, rein hypothetisch, das waren keine Falschgoldsiegel, echte Siegel von echten Verträgen. Wie lange braucht man, um das zu fälschen, wie viel Arbeit ist das? Wie viele Leute? Was für Material, ist das schwierig?«

»Da fragst den Falschen, Arno. Ich bin Gemmenschneider und ka Grobschmied.«

»Goldschmied?«

»Grobschmied«, meinte Tvanic bestimmt und nippte am Roten.

»Aber ich kenne keinen Goldschmied, und Sie sind der Einzige den ich kenne, dem ich zutrauen würde, darüber was zu wissen.«

Schmeicheln ist immer wichtig.

»Also mit dem Schaaß kenn i mi net aus. Des hast net von mir, wenn di wer fragt, hastmi, Bursche?«

»Sicher, Sie werden nicht zitiert. Niemand wird je davon hören.«

»Gut. Also, du brauchst einen guten Abdruck, du brauchst eine gute Waage, zu brauchst jemanden, der imstand is zu wiegen, zu messen und genau zu arbeiten. An Druck abnehmen, des is net schwer. Aber trotzdem kennan des net viele. Für a guate Fälschung da brauchst wen, der des kann. Des Material kriegst überall, heutzutag kannst des in Internet bestellen. Oder du gehst, sagma, Ecke Kendler und Spallart zu dem Gschäft dort. Kennst eh.«

»Kenn ich.«

»Dort kriegst alles. Wichtig is nur, mit was den Abdruck machst.«

»So, warum denn?«

»Kummt drauf an, mit was du gießt. Da brauchst natürlich dann auch noch die Ausstattung, an klan Ofen, a paar Versuche, des ist net so schwer.«

»So ein Ofen, ist der schwer aufzutreiben?«

»Ah geh, in jeder Schule steht im Werkraum a so aner umma.«

»Also die Materialen für den Abdruck und den Guss?«, wollte ich noch mal darauf zurückkommen.

»Arno, ich kenn dich. Kann sein, dass d' wirklich die Theorie mit dem Unbekannten hast, aber kann auch sein, dass d' die Dinger selber fälschen willst.«

»Ich bin mittlerweile Professor und verheiratet, so was hab ich nicht nötig.«

»Was du nötig hast, is mir wurscht. Ich werd sicher keinen Vorschub leisten.«

»Kein Problem. Sie haben mir eh so schon genug geholfen. Eine Frage noch.«

»Sicher.«

»Wie lange braucht der Abdruck?«

»Hm, wenn man's ordentlich machen will, braucht des schon ein paar Stunden, bis das Material ordentlich härtet, damit alles rein und deutlich abgenommen ist.«

»Hm. Und wenn man die Stunden nicht hat?«

»Dann wird die Fälschung sicher net so gut. Außer natürlich …«

»Außer?«

»Arno, ich sag dir das nur unter dem Siegel der Verschwiegenheit und wehe, du machst da was!«

»Ehrenwort.«

»Wo ka Ehre, da ka Wort«, meinte Tvanic mokant.

»Egal, also was jetzt?«, bohrte ich weiter.

»Du kannst auch einen schnellen Druck machen, wenn du ein gutes Foto hast und einen Künstler, der dir das macht …«

»Ah. Okay. Also der dann dem Abdruck quasi nachhilft.«

»Genau.«

Wir redeten noch ein paar Minuten weiter, bevor ich mich verabschiedete und ging. Draußen im Stiegenhaus stieg ich in den Paternoster. Langsam und ächzend fuhr das Ding runter. Die Stockwerke zogen an mir vorbei. Die Sache war glasklar. Wenn der Typ, der die Siegel verkaufen wollte, sie selbst irgendwo aufgelesen hatte und bloß irgendwas gefälscht hatte, dann kam ich nicht weiter. Das konnte jeder daheim in der Küche machen. Das war ein totes Ende. Aber wenn der Typ vermeintlich echte Siegel geklaut hatte und sie verkaufen wollte, ohne zu wissen, dass das alles gefälscht war, dann hatte ich einen Anhaltspunkt. Da sonst kein anderer in Sichtweite war, nahm ich ihn. Wenn da nichts rauskäme, müsste ich sowieso wieder ganz von vorne anfangen. Aber immerhin, noch bestand die winzige Chance, dass ich recht hatte. Und es war gar nicht schwer, das herauszufinden. Ich raste wie ein Blöder durch den Ersten Bezirk Richtung Minoritenplatz. Wenn es echte gefälschte Siegel waren, dann stammten die von den alten Bullen. Die normalen Zeugnisse der Vergangenheit werden im Staatsarchiv in der Nottendorfer im Dritten aufbewahrt.

Aber das ehemalige Haus- und Hofarchiv befindet sich am Minoritenplatz. Dort steht das alte Zeug rum. Die welligen Pergamente mit den unebenen Handschriften, die großen Dokumente, die mit den Goldsiegeln. Wenn ich recht hatte, dann musste der Mann, der Nodequai die Siegel angeboten hatte, dort arbeiten. Das Ding hat montags nur bis 17 Uhr geöffnet. Ab halb sechs gehen die Typen, die dort arbeiten, heim. Ich hatte noch fünf Minuten.

Knapp vor dem Herzinfarkt und um Punkt halb sechs saß ich auf der alten Steinmauer der Minoritenkirche und blickte gelangweilt in die Gegend. Den Ausgang des Staatsarchivs hatte ich fest im Blick. Die Zeit verging, und langsam tröpfelten die Leute raus. Wohlgenährte Damen, korrekt gekleidete Herren, weiße Blusen, riesige Schnauzer, Stöckelschuhe und weiches Leder. Aber Maustyp war keiner dabei. Bis ganz zum Schluss. Es war zehn nach sechs. Da kam ein Typ raus, grauer Anzug, graue Tasche, er trug sogar einen grauen Hut. Das mitten im Sommer. Unter dem Arm hatte er eine Tageszeitung, und sein Schnurrbart und die spitze Nase ließen ihn mausartig wirken. Außerdem war er recht klein. Hauskatze konnte er keine halten, die hätte ihn gefressen. Ich wartete, bis er mir den Rücken kehrte. Er ging Richtung Metastasiogasse, die Schultern rund und mit einer Schulter das Gebäude streifend. Ich folgte ihm. Der Typ war ein Opfer. Mein Opfer. Er musste mich nur mehr zu sich nach Hause führen, dorthin, wo er sich sicher wähnte, damit ich ihn ordentlich überrumpeln konnte. Denn in der Arbeit haben die Leute generell mehr Selbstvertrauen. Zu Hause, wenn sie ganz sie selbst sind, geht so was leichter. Und in der Öffentlichkeit konnte ich ihn schlecht ansprechen, da er sicher um Hilfe rufen würde. Also musste er mich zu sich heimführen. Endlich kam ich Kaede einen Schritt näher. Da blieb er stehen. Ich drückte mich hinter einen Vorsprung der Gründerzeitfassade. Mister Maus holte einen Schlüssel raus. Es piepste. Ein Rücklicht blinkte. Er machte eine Tür auf, dann fuhr er davon.

Ich stand da und war fassungslos. Er war mir einfach davongefahren. Was für ein Arsch. In Wien benutzt man die Öffis, du Depp, wollte ich ihm nachrufen. Aber er war schon so weit weg, das hätte er nicht mehr gehört. Fuck. Fuck. Fuck.

4. KAPITEL

I

Wenn ich mies gelaunt bin, trinke ich zu viel. Seitdem ich alt bin, geht das nicht mehr so wie früher. Nach dem zweiten Liter Assam passt nichts mehr rein. Also bin ich dazu übergegangen, zu kochen. Frustrationsabbau durch Nahrungsaufnahme. Mein Gott, wie tief bin ich gesunken.

So sah mich der Fortgang der Story zu Hause, oben in der Utopiagasse, in der Küche hantieren. Laura war noch schnell eine Runde laufen gegangen, und ich sorgte fürs Abendessen. Ein knackiger grüner Salat mit Petersilie, hauchdünnen Radieschenscheiben, Knoblauch und Sesamöl stand schon da, bereit, angerichtet zu werden. Salz und Essig erst im letzten Moment.

Die Saltimbocca warteten bei knapp unter 50 Grad im Ofen, den Bratenrückstand hatte ich mit eiskalter Butter und einem Tropfen Weißwein auch schon fertig und das Brot war geschnitten. Eine Stange Wurzelbrot zum Kilopreis von fünf Euro. Solche Räuber. Es kommt noch der Tag, da werde ich mein eigenes Brot machen. Zum Kilopreis von 25 Cent. Aber noch bin ich nicht so tief gesunken. Obwohl, ich hab mir schon ein paar Rezepte rausgesucht. Gutes Mehl, gute Biga und lang gehen lassen. Noch ist nicht aller Tage Abend. Brot kann ich auch dann noch backen, wenn ich Vater bin.

Laura kam rein, nach Schweiß duftend, in hautengen Joggingsachen und hauchte mir einen Kuss auf die Wange. Mittlerweile bildete ich mir schon ein, eine Idee von Bauch zu ahnen. Aber vielleicht täuschte ich mich auch.

»Ahhh. Fressen!«, sagte sie.

Machte einen Klettverschluss auf und legte ihren Garmin-Joggingcomputer neben mir auf den Küchentisch. Das Ding arbeitet für Geschwindigkeit, Höhenmeter und solche Sachen mit GPS. Laura schaut sich immer ihre Strecken im Netz an. Mir wurde schwindlig. Ich stürzte eine Tasse Assam runter. Laura schaute mich missbilligend an. Ich zuckte mit den Schultern.

Wir aßen auf der Terrasse, wir redeten nett, wir gingen schlafen. Mit Klimaanlage kann man auch im Hochsommer kuscheln. Mir war das alles wurscht. Alles, an was ich denken konnte, war: Lauras Garmin lief mit GPS.

II

Das war die Nacht des langen Wartens. Ich stellte mich schlafend, hoffte, Laura nicht unnötig zu wecken, und konnte es gar nicht mehr erwarten, dass endlich die Sonne aufging. Frühstück, Zähneputzen, ein bisschen turteln und endlich war Laura draußen. Wohlverpflegt, motiviert und hoffentlich in totaler Unkenntnis meiner seelischen Verfassung. Denn wenn sie gewusst hätte, was ich vorhatte, sie hätte es nicht gutgeheißen. Das war jetzt sehr vorsichtig formuliert. Sie hätte mich ans Kreuz geschlagen, um es so human wie möglich auszudrücken.

Laura und ich hatten beide ein Arbeitszimmer. Meins war klein und schon ziemlich muffig. Ihres groß und hell. Lichtdurchflutet. Dort hatte ich strengstes Zutrittsverbot. Laura sperrte immer ab.

»Ich bin mir dir verheiratet, aber Privatsphäre brauch ich trotzdem!«, hörte ich Lauras Stimme in meinem Kopf.

Solange sie nichts mitkriegte, kein Problem. Ich wartete also, bis sie weg war, drehte dann noch sicherheitshalber zehn Minuten Däumchen, weil sie manchmal was vergisst und zurückkommt.

Zuerst richtete ich mir im Keller ein Holzstück mit Drahtschlinge. Dann kletterte ich aus dem westlichen Wohnzimmerfenster, stellte mich auf das Fensterbrett und machte einen langen Schritt. Beinahe wäre ich abgestürzt, aber es ging sich aus. Ich fand Halt auf dem Fensterbrett von Lauras Arbeitszimmer. Der Spagat war hodenzerreißend, aber alles hielt. Als ich wieder ruhig atmen konnte, dankte ich Gott und Laura für den großen Garten, denn so konnte niemand sehen, wie ich zwischen den Fenstern gehangen war. Aff am Schleifstein, hätte meine Oma gesagt. Schließlich führte ich die Drahtschlinge durch das gekippte Fenster, erwischte den Fenstergriff und zog an. Kinderspiel.

Als ich drinnen war, versuchte ich, mich nicht umzuschauen. Alles war Lauras Eigentum, privat, intim. Ich durfte nicht rumsuchen. Also ging ich nur zum Computer, weckte ihn auf, tippte Lauras Passwort rein – sie verwendet immer das gleiche. Ich darf aber nicht sagen, welches, da ist sie streng.

Da ich mich nie für Lauras Fitnessdinge interessiert hatte, wusste ich nicht, welche Homepage das war, die ich suchte.

Aber es gibt ja einen Verlauf. Den checkte ich. Laura war direkt auf der Seite des Herstellers ihres kleinen Trackers registriert. Garmin Connect hieß die, und praktischerweise waren Benutzername und Passwort gespeichert. Gott sei Dank, so ersparte ich mir die Qual, Lauras Account zu hacken. Ich besah mir das mal und nach ein paar Minuten war ich glücklich wie der Kaiser von Konstantinopel mit Pflaumenkuchen.

Lauras kleiner Joggingcomputer war fähig, den Verlauf seines GPS-Signals an die Garmin-Connect-Homepage zu transferieren. Dort wurde das gespeichert. Ich konnte also jeden Weg, den das kleine Ding zurücklegte, auf dem Computer einsehen. So weit, so gut. Aber es kam noch besser. Der Garmin besaß eine Funktion, die sich ›Live Tracking‹ nannte. Damit konnte ich in Echtzeit verfolgen, welche Route er nahm. Ich brauchte dazu nicht einmal einen Computer mitzunehmen. Es gab dazu passend eine Android App für mein Handy. Ich konnte das alles bequem von Lauras Computer aus in Gang setzten, mir selbst eine Einladung zur Live Session aufs Handy schicken, und dann konnte mir der Typ mit dem Auto nicht mehr davonfahren.

Mir entging die Ironie überhaupt nicht, dass mir Laura ein Smartphone geschenkt hatte, damit ich auch ja ständig erreichbar war. Jetzt hatte ich den Spieß umgedreht. Ich war wie James Bond, nur hieß mein Q L und war kein vertrockneter Wissenschaftler, sondern eine saftige Juristin.

Das Einzige, was mir Kopfzerbrechen bereitete, war die Frage, wie stark der Signalempfänger am Joggingcomputer war. Aber als ich das Ding in meiner Tasche unter Büchern begraben hatte und das Signal immer noch deutlich auf dem Computerschirm zu sehen war, fielen alle Zweifel von mir ab. Außerdem hielt der Akku mindestens acht Stunden. Die Sache war geritzt.

Also ging ich nach oben und holte eine ganze Nacht ohne Schlaf nach. Müde war ich ohnedies, die letzten Tage hatten ein Tempo gehabt, das ich nicht mehr gewohnt war. Physisch wie psychisch. Mein Kopf lag noch kaum auf dem Kissen, da war ich schon eingeschlafen. Ich erwachte so gegen drei Uhr nachmittags und bereitete alles vor. Um fünf war ich unten in der Stadt. Der Wagen, ein Toyota Hybrid, parkte wieder in der Metastasiogasse, am selben Fleck. Ich schaltete den Garmin ein, niemand war zu sehen, pickte ihn mit einem starken Klebeband unter die hintere Stoßstange und schaltete das Handy ein. Es dauerte ewig, bis die App hochstartete. Schließlich aber sah ich eine graue Landkarte mit einem roten Punkt. Eine Uhr links oben lief, und alles war paletti. Ich drehte mich um, niemand war da. Ganz normal schlenderte ich zum Burggarten, setzte mich dort in die Wiese und wartete. Genau wie gestern ging alles um zehn nach sechs los. Der Punkt begann zu blinken, Geschwindigkeit wurde angezeigt, und ich verfolgte den Weg auf der Karte. Big Arno is watching you.

Die Luft war klar, es roch nach Sommer, um mich herum saßen und flanierten etliche Pärchen. Der Rasen war wunderbar gepflegt, die Blumen blühten, der Verkehrslärm der großen Stadt, in deren Herzen ich saß, war kaum zu hören. Nicht lauter als ein paar Hummeln, die über die Blumenbeete summten. Es war herrlich. Entspannte Verfolgung. Solange Laura heute nicht außerplanmäßig laufen gehen wollte und ich nicht vergaß, meine Spuren zu beseitigen, war alles okay. Als mir der Typ gestern davongefahren war, hatte ich mich schon etappenweise seinen Weg verfolgen gesehen. Jeden Tag so lange, bis ich ihn aus den Augen verloren hätte. Immer in der Hoffnung, dass er jeden Tag denselben Weg nehmen würde. Aber das war mir erspart geblieben. Also saß ich im Burggarten und genoss das Leben. Ich hatte zwar keinen Tee dabei, aber ich war so glücklich, dass ich das gar nicht bemerkte.

Es dauerte etwa eine halbe Stunde, dann kam der rote Punkt zum Stillstand. Siebenbrunnenfeldgasse/Ecke Kohlgasse, im Fünften, ganz oben am Gürtel. Da waren Gemeindebauten. Ich hatte ja insgeheim auf ein Eigenheim gehofft, aber man kann nicht alles haben. Ich jagte mit der U4 zum Margaretengürtel, dann mit dem 12A rauf zum parkenden Auto. Etwa 40 Minuten später war ich dort. Ich fand den Toyota, entfernte schnell den Sender und beendete das Live Tracking. Die Sache war erledigt. Ich musste nur mehr morgen zurückkommen, so gegen halb sieben, und dann würde ich dem Typen einfach bis zu seiner Wohnung folgen. Ich wollte mich gerade auf den Weg zurück machen, als im Augenwinkel eine Maus aus dem Billa kam. Ich vergaß alles, was ich je gelernt hatte, und wurde stocksteif, aber er mühte sich so mit der schweren Einkaufstasche ab, dass er mich gar nicht wahrnahm. Mit ein paar Metern Abstand folgte ich ihm. Er ging zu einem der Gemeindebauten. So grau-gelb-rote Dinger, hässlich wie die Nacht. Zehn Stockwerke hoch, eng und ungemütlich. Wer dort nicht wohnen muss, der tut es nicht. Ein paar Migrantenkinder tobten auf der Straße herum, irgendwo hinten im Hof klopfte jemand einen Teppich aus. Mausmann sperrte mit einem Schlüssel die Haustür auf. Ich hielt gerade genug Abstand, dass er mich nicht bemerkte, und hielt dann die Fußspitze in die Tür. Er merkte nichts. Das Treppenhaus wirkte, als ob es eine Nummer zu klein für die Menschen wäre, die es benutzten. Der grau-weiß gesprenkelte Steinfußboden wirkte schmutzig, obwohl er sicher sauber war. Es roch nach Kohl und alten Socken. Die Gänge waren dunkel, ohne natürliches Licht, flackernde Neonlampen. Grauslich.

Mausmann nahm den Lift. Ich sprintete die Treppen hoch, immer darauf lauschend, wo der Lift stehen bleiben würde. Ich trug die Hoffnung im Herzen, dass er nicht bis rauf in den Zehnten fahren würde. Was er auch nicht tat. Im fünften Stock blieb der Lift stehen. Das alte Ding war so langsam, dass ich bremsen musste, um nicht gesehen zu werden. Durch das Geländer lugte ich hinauf und sah, wie Mausmann seine Schuhe auf einer braunen Kokosmatte abtrat, die speckig wirkende weiße Tür aufsperrte und eintrat. Auf dem Türschild stand Perkovic. Nummer 53. Das merkte ich mir. Dann ging ich langsam die Treppe hinunter, aus dem Gebäude raus und einmal drum herum. Hinten war ein Park, Fußballspielen verboten, und es war angenehm kühl. Die Hitze im Stiegenhaus war nur mehr als tropisch zu beschreiben gewesen. Nach ein paar Minuten war mein Herzschlag wieder ruhig, der Schweiß getrocknet, und ich stand vor der Haustür und klingelte. Die Gegensprechanlage summte.

»Ja«, brummte es raus.

»Moratti, Kriminalpolizei. Ich hätte Sie gerne gesprochen, Herr Perkovic.«

Die Gegensprechanlage summte und krächzte, aber zu hören war nichts. Dann ging die Tür mit einem Klicken auf. Ich betrat das Haus zum zweiten Mal und stieg in den Lift. Oben stand Perkovic schon in der Tür.

»Mein Gott, was ist denn los?«

»Das wollen wir doch lieber drinnen besprechen.«

»Treten Sie ein. Aber bitte seien Sie leise, meine Frau ist leidend.«

Ich schaute ihn streng an. Er zuckte zusammen.

»Seien Sie froh, Perkovic, dass ich Ihna nicht gleich mitnehm, aufn Kort«, herrschte ich ihn durch die Zähne an.

Er nickte bloß.

Wir standen in der Wohnung, Perkovic schloss die Tür. Es war dunkel und muffig. Aber alles ordentlich aufgeräumt. Die Schuhe standen Spalier, der Spiegel war blank geputzt. Auf dem Schränkchen darunter lagen die Schlüssel für Auto, Wohnung, Büro. Fein säuberlich in einer Metallschale, einem Erinnerungsstück an einen längst vergessenen Urlaub. Es gab ein paar Kleiderhaken, an dem leichte Jacken für die Übergangszeit hingen. Die Tapete war rührend geschmacklos. Perkovic bat mich in die Küche. Wir setzten uns an den Küchentisch. Der war mit Plastik überzogen, das Tischtuch darunter war geblümt und frisch gebügelt. Die Schränke waren alt und weiß. Die Abwasch sauber und die Armaturen so oft geputzt, dass sie nur mehr schwach glänzten. Die Wohnung war alt und abgenutzt. Schal wie verlebte Liebe. Ein abgestandenes Leben.

»Sie wissen, um was es geht, Herr Perkovic?«, fragte ich streng.

Er nickte.

»Sie haben Siegel zum Verkauf angeboten. Wollen Sie mir was darüber erzählen?«

»Meine Frau ist leidend …«

»Ausreden interessieren mich net. Ihr Gewissen ist mir wurscht. Erzählen Sie alles der Reihe nach.«

»Also des war so: Die alten Dokumente liegen unter Verschluss. Da gehen nicht viele hin. Die liegen eh nur rum. Niemand schaut da je hin. Also hab ich mir gedacht, das fallt vielleicht eh niemand auf …«

»Puppi, mit wem redst denn du da in der Kuchl?«, fragte eine bissige Stimme aus dem Wohnzimmer.

»Niemand, Schatzi.«

»Aber ich hör's doch, redest wieder schlecht über mich, ha?«

»Aber nein, aber nein. Es ist nur so einer aus dem Büro …«

»Es kommt doch nie wer aus dem Büro nach z'Haus. Du lügst mich doch wieder an, Puppi, ich kann's doch hören.«

»Schatzi, wirklich nicht. Wirklich nicht.«

Er sah mich mit großen Rehaugen an. Ich seufzte und nickte.

»Frau Perkovic, ich arbeite auch im Staatsarchiv, allerdings im Dritten, Nottendorfergasse. Ich bin nur hier, weil ich Ihren Mann ein paar Dinge fragen muss.«

»Kommen S' doch, lassen S' Ihna anschaun.«

Ich warf Perkovic einen Blick zu, der nickte. Wir gingen ins Wohnzimmer.

Das Wohnzimmer folgte in seiner Ästhetik den Designchoices der Diele. Lediglich war hier alles noch ein wenig durchkomponierter und beherrschter. Eine Bastion kleinbürgerlicher Weltangst. Einschließlich unsäglicher Tapete. Die Schüssel aus getriebenem Silber mit den uralten Bonbons drin jagt mich seitdem durch meine Angstträume. Ansonsten roch es nach Medizin. In einem Stuhl, extragroß, extrabreit, schon mehr ein Bett mit Lehne, lag ein Haufen dicker Fleecedecken. Unter dem Haufen kauerte Frau Perkovic. Klein, reptilienartig, gebrechlich und dominant. Sie verströmte einen Geruch nach Desinfektionsmitteln und wund gelegenen Stellen. Durch die Decken und die hochsommerliche Hitze stand ihr der Schweiß auf der Stirn. Sie leckte sich alle zehn Sekunden die dünnen Lippen.

»Was wolln S' denn vom Helmut wissen, was nicht bis morgen warten kann, weswegen Sie zu uns nach Hause kommen wolln?«

»Ich bin ein Freund …«

Sie ließ mich nicht ausreden.

»Der Helmut hat keine Freunde, nicht wahr, Puppi?«

»Sicher, Schatzi.«

»Wenn Sie mich ausreden lassen. Ich bin ein Freund vom Generaldirektor, Herrn Dr. Maderthaner. Dem Chef …«

»Mir müssen S' nicht sagen, wer der Chef ist vom Archiv. Das weiß ich schon. Und?«

»Na, der hat Geburtstag, und ich wollte den Herrn Perkovic um eine kleine Hilfe bitten, weil er vielleicht was arrangieren könnt …«

»Ah so …«, meinte sie, etwas beruhigt.

Die Unterhaltung zog sich dann noch ein paar Minuten hin. Schließlich kam irgendwas im Fernsehen, was sie mehr interessierte, und wir waren entlassen.

»Sie haben was gut bei mir, Herr Inspektor«, meinte Perkovic.

»Hams' Ihna net so.« Das Band durch die gemeinsame Erfahrung war nun viel mehr wert als der Druck, den ich durch irgendeine angemaßte Autorität ausüben konnte. »I bin aa verheiratet.«

Er nickte mir zu. Dann setzte er sich an den Tisch, der Kopf fiel auf die Plastikfolie und seine Schultern zitterten. Ich legte ihm die Hand auf die Schulter, nur ganz kurz. Anschließend setzte ich mich neben ihn und wartete, bis er sich beruhigt hatte.

»Also, niemand interessiert sich für die alten Dokumente.«

»Genau. Und da hab ich mir halt dacht, dass …«

»Ja?«

»Na Sie wissen schon.«

»Sagen Sie's mir.«

»Na, dass ich mir ein paar von den Goldsiegeln nehmen könnt, und niemand tät was merken, und …«

»Damit wollten Sie die Kur Ihrer Frau bezahlen?«, fragte ich streng nach.

Wie ein Direktor, der den schlimmen Schüler erwischt hat und ihm nun gnädig einen kleinen Ausweg bietet. Aber Perkovic, mit den Nerven total am Ende, begann wieder zu weinen. Stumm und traurig. Nur die Tränen flossen die Mauswangen hinunter.

»Na, abhauen wollt' ich«, presste er hervor und schaute zum Fenster hin.

Durch die weißen Gardinen wirkte der blaue Himmel draußen bleischwer und grau.

»Kann ich verstehn«, meinte ich begütigend.

»Verstehn? Verstehn? Sie verstehn gar nix«, fauchte mich Perkovic an.

Nun brach sich ein lange angestauter Frust den Weg, und ich bekam eine Lebensbeichte zu hören. Von früher Liebe, großen Hoffnungen und einem Leben, das unbarmherzig alles zertrampelt hatte, was einmal schön gewesen war. Von guten Jahren, die immer weniger geworden waren, von schlechten Jahren, die geblieben waren, von Einsamkeit und von einer Lähmung, aus der man sich nicht befreien konnte.

»Eine Zeit lang hofft man, dass es wieder besser wird. Aber irgendwann, dann hört man auf zu hoffen und wird ganz ruhig und es ist fast so, als ob man selbst gar nicht mehr da wäre, sondern nur mehr einem Fremden zuschaut. Verstehen Sie mich?«, fragte er.

Ich nickte.

»Weil, so ist es nicht schlimm, wenn es eh das Leben von einem anderen ist, nicht von einem selber.«

Ich nickte wieder.

»Herr Perkovic, hörn Sie zu. Seien Sie ehrlich: Wer war noch beteiligt?«

»Niemand, ich war das ganz allein. Zehn Jahre hab ich daran gedacht. Aber ich hab's nie getan. Und dann, dann hab ich's doch gemacht. Und wissen S' was?«

»Irgendjemand war Ihnen zuvorgekommen.«

»Genau. Die Siegel sind schon nicht mehr aus Gold gewesen. Seitdem is alles wurscht. Nehman S' mi jetzt mit?«

»Ach wo.« Ich winkte ab. »Es ist ja nix passiert. Aber sagen S' mir: Weiß sonst irgendwer davon?«

»Nein. Ich hab keine Freunde. Ich hab mit niemandem drüber geredet.«

»Seit zehn Jahren arbeiten Sie im Archiv?«

»Nein, seit zehn Jahren hab ich drüber nachdenkt. Arbeiten tu ich dort seit 23 Jahren.«

»Ah, und immer in derselben Position?«

»Ja, immer.«

»Wär's möglich, dass irgendwer seitdem die Siegel entwendet hat?«

»Nein. Ich komm seit damals immer als Erster, mach mir an Kaffee und geh als Letzter. Die alten Dokumente sind unter Verschluss. Da kommt niemand ohne Forschungsauftrag rein, und außer mir hat niemand einen Schlüssel. Alle fünf Jahr schaut einmal ein Professor rein. Aber das war's.«

»Wer arbeitet denn schon länger in der Behörde als Sie?«

»Keiner. Alle anderen sind schon in Pension gangan. Sonst sind nur mehr Neue.«

»Ja. Und sonst? Irgendwas Verdächtiges?«

»Nein, überhaupt nix. Der Herr Direktor sagt immer …«

»Der Direktor vom Haus- und Hofarchiv?«

»Genau, der dem Generaldirektor in der Nottendorfergasse untersteht …«

»Gut. Also Ihr persönlicher Vorgesetzter. Der Herr Dr. Stolz. Fahren S' fort.«

»Der sagt immer, dass ich all die Jahre der Zuverlässigste war, den er je ghabt hat.«

»Gut. Gut. Na dann. Vielleicht meld ich mich noch einmal bei Ihnen. Geben Sie mir Ihre Handynummer.«

»Ich hab keins.«

»Sie haben keins?«

»Nein, wen sollt ich denn anrufen? Wir ham ein Telefon im Wohnzimmer. Das reicht. Ruft eh nie wer an. Ich hab's nur für an Notfall mit der Frau.«

»Nummer?«

»01 654 541.«

Ich tippte die Nummer ins Handy.

»Wenn was ist, meld ich mich, sonst verhalten Sie sich ruhig. Seien Sie froh, dass das alles nicht geklappt hat.«

Er nickte. Ich ging hinaus, und als ich das Haus verlassen hatte, fiel eine tonnenschwere Last von meinen Schultern. Perkovic war so gebrochen, der zweifelte keine Sekunde an meinem Auftritt, und er hatte sicherlich auch nicht gelogen. Er hatte keinen Komplizen gehabt. Dafür war er überhaupt nicht der Typ. Außerdem, zwei zusammen können gar nicht so blöd sein, einen solchen Plan auszuhecken. Zur Draufgabe konnte ich mir einfach nicht vorstellen, wie Kaede in eine Sache verwickelt sein könnte, die ein Armutschkerl wie Perkovic als ausführendes Organ beinhaltete. Also gab's in den perkovic'schen Verwicklungen überhaupt keinen Platz für Kaede.

Eine allerletzte Chance hatte ich noch. Das war der Hinweis von Perkovic gewesen, dass niemand länger im Amt war als er. Bis auf seinen Chef. Wenn der Typ, der das Archiv um seine Siegel erleichtert hatte, nicht schon in Pension war, dann blieb nur mehr der Chef übrig. Der Fisch beginnt am Kopf zu stinken. Und das war nun eine distinkte Möglichkeit, dass Kaede sich den Herrn Doktor recht um den Finger gewickelt hatte. Das war schon eher ihre Kragenweite. Um herauszufinden, wo der Herr Direktor Dr. Stolz wohnte, brauchte ich mich nicht anzustrengen. Da war kein Trick vonnöten. Ich wählte einfach eine Nummer.

»Hi, Arno, was gibts?«

»Servus, Christoph, du sag mal, du kennst doch den Stolz vom Haus- und Hofarchiv.«

»Sicher.«

»Ich brauch den dringend. Sag, weißt du, wo der wohnt?«

»Ja, weiß ich, nur bin ich mir nicht ganz sicher.«

»Wie meinen?«

»Na, ob das der Rilkeplatz Nr. 17 ist oder die Wiedner Hauptstraße Nr. 17. Das mein ich. Musst nur hingehen, dort wo der Notar ist.«

»Ah so. Kein Problem, find ich schon. Danke.«

»Gern. Tschau.«

»Tschau.«

Ich legte auf. Christoph arbeitet am Institut für Österreichische Geschichtsforschung. Nachname nenne ich diesmal keinen. Sein Chef ist da etwas streng. Jedenfalls haben wir ein paarmal Proseminare und Seminare gemeinsam gehalten. Sein einziger Charakterfehler ist, dass er Mediävist ist und zu mittelalterlicher Modallogik forscht. Ansonsten ein prima Kerl und erstklassiger Gelehrter.

Das mit der Adresse war überhaupt kein Problem. Die Wiedner Hauptstraße führt am Rilkeplatz vorbei. Insofern ist es nur eine numerische Frage. Ich stieg in den 12A, fuhr zum 61er und so mit der Bim die Wiedner Hauptstraße hinunter. Der Tag ging seinem Ende zu, ich war schon ein wenig müde und durchgeschwitzt. Aber da ich das Meiste davon verschlafen hatte, war ich voller Elan.

III

Die Wiedner Hauptstraße Numero 17 ist ein richtig schönes Jugendstilgebäude. Mit Ornamenten, kunstvoll verzierten Glaselementen und alten Holzgeländern. Am Fußboden grüßt den Eintretenden eine griechische Botschaft: Chairete, Freu dich. Das tat ich auch. Oben im zweiten Stock, mit all dem Wiener Brimborium wird's wohl eher der vierte sein, klopfte ich an die Tür. Klingel gab's keine, dafür einen schönen, schweren Löwenkopf aus Bronze. Alsbald wurde mir aufgetan.

»Ja?«

Ein platinblondes Model, das in einem grauen Kostüm steckte, schaute mich von oben herab an. Einerseits war sie größer als ich, andererseits hochnäsig.

»Linder mein Name. Ich hätte gerne den Herrn Stolz gesprochen.«

»Der Herr Doktor ist momentan nicht zu sprechen.«

»Sagen Sie ihm, dass es um Goldsiegel geht. Sagen wir einmal von einer Urkunde Ludwig des Frommen um 816.«

Soweit ich weiß, dürfte das die älteste Urkunde sein, die sich im Haus- und Hofarchiv befindet. Egal, ob schuldig oder nicht, Stolz sollte anbeißen.

»Werd ich sicher nicht. Auf Wiedersehen«, meinte sie und versuchte, die Tür zuzuwerfen.

Aber alter Fuchs, der ich bin, überzuckerte ich alles rechtzeitig und drückte gegen die Tür. Die junge Dame war zwar schön, elegant und selbstsicher, aber sie war kein Rambo. Gegen mich die Tür zuzuhalten, war ihr nicht gegeben. Außerdem hielt sie ein silbernes Notebook unter dem rechten Arm. So was hilft im Falle einer körperlichen Auseinandersetzung auch nicht.

»Na hallo! Werden Sie wohl gehen!«, herrschte sie mich an.

»Später vielleicht«, meinte ich, schob sie zur Seite und ging ins Zimmer nach hinten.

Da waren drei Türen. Allesamt schwer, aus Eichenholz und mit Schnitzereien verziert. Eine öffnete sich.

»Was is denn da los?«, fragte eine nasale Stimme, die schon fast ein Schönbrunnerdeutsch sprach.

»Linder ist mein Name. Ich hätte Sie gern gesprochen.«

»Machen Sie mit meiner Assistentin einen Termin aus. Danke.«

Aber da war ich schon bei ihm. Seine Assistentin zog mich am Jackett zurück, ich hörte die Nähte knacken.

»Hab ich gerade. Sie sagte, jetzt wäre super«, meinte ich.

»Das stimmt überhaupt nicht. Der Prolet ist einfach so reinspaziert und …«

»Schon gut, Lisa, schon gut. Fügen wir uns dem Unvermeidlichen«, meinte er philosophisch und bat mich ins Zimmer.

Das Zimmer war länglich, zwei große Fenster erhellten es großzügig. An den Fenstern gab es schwere dunkelrote Vorhänge, der Parkettboden spiegelte, ein weicher Perserteppich lag im Zentrum des Raumes, und es gab eine Sitzgelegenheit. Grüner Samt, dunkles Holz, edel geschwungene Linien aus einem Zeitalter der Kultur und des Geschmacks, als Kunst durchaus noch Handwerk war. Außerdem gab es einen Bücherschrank mit Glas, eine Bar und etwas, das ich noch nie gesehen hatte: eine weiße Marmorsäule, die auf Brusthöhe eine Marmorbüste trug. Das markante Gesicht mit den klaren Zügen konnte durchaus Trajan sein. Ich war mir nicht ganz sicher, ob das nicht unter Umständen ein Original war.

»Herr Dr. Stolz. Ernst Stolz«, meinte er und bot mir die Hand.

Ich schüttelte sie.

»Linder, Arno.«

Stolz war etwa 1,50 groß, trug einen makellosen dunkelblauen Anzug, eine Seidenkrawatte und einen schönen Goldring am kleinen Finger. Die hellbraunen Schuhe kamen sicher vom Schuster, und sein grau meliertes Haar bekam alle Pflege, die es nötig hatte. Er trug Absätze, die fast so hoch waren wie die von Lisa, und er trug den Kopf so hoch, dass man ihm fast in die Nasenlöcher sehen konnte.

»Darf ich was zu trinken anbieten?«

»Gerne.«

»Scotch? Weinbrand? Grappa?«

Bei jemandem, der eine Trajanbüste rumstehen hat, interessiert es mich schon, was der unter Weinbrand versteht. Bist jetzt hatte ich einmal mit Weinbrand zu tun gehabt. Die Flasche hatte ein gelbes Etikett gehabt, drei Sterne, und der Typ, mit dem ich sie geteilt hatte, wohnte unter der A23 im Prater. Es war ein wunderbarer Abend gewesen.

»Weinbrand?«, fragte ich und setzte mich ungefragt.

Lisa blieb stehen und beäugte mich kritisch. Stolz schenkte zwei Gläser ein und kam zu mir. Eines hielt er mir hin. Das andere behielt er in der Hand, so als ob er es wärmen wollte. Raugeschliffenes Bleikristall. Die bernsteinfarbene Flüssigkeit leuchtete förmlich hinter dem opaken Glas. Ich schnüffelte. Es roch warm und ledrig und gar nicht mal schlecht. Ich steckte die Zunge rein. Scharf. Aber auch weich. Irgendwie buttrig, nussig, aromatisch. Das Zeug war nicht schlecht. Ich nahm mir vor, mich mal nach gutem Weinbrand zu erkundigen. Nicht für mich. Mir war Tee lieber. Aber für Laura. Wenn das mit der Schwangerschaft vorbei wäre und mit dem Abstillen. Dann könnte ich mir richtig gut vorstellen, dass Weinbrand ein super Aroma für einen wunderbaren Kuss wäre. Klirrkalte Jännernacht, eisige Lippen, warmer Mund, dieses Aroma. Ich musste mich zusammennehmen, dass die Gäule nicht mit mir durchgingen. Ich war bei Stolz, Ernst, Doktor.

»Also, was wollen Sie von mir?«

»Ich will wissen, seit wann die Siegel nicht mehr aus echtem Gold sind, und was Sie damit zu tun haben.«

»Sie halten ja nicht hinterm Berg mit Ihrer Meinung.«

»Nein.«

»Gut. Die Herzen der Leute sind ohnedies schon Mördergruben genug.«

»Also?«, unterbrach ich ihn ungeduldig.

»Also?«, fragte er zurück.

So als wolle er sagen: Na und? Nichts beschreibt Wien und die Wiener so gut wie ein alter Witz, den mein verstorbener Stiefvater, urallerechtester Wiener, ganz besonders liebte. Im Kino. Ein Mann beugt sich eine Reihe nach vorn und flüstert dem Herrn in der vorderen Reihe ins Ohr: »Geh hearn S'. Sie ham Eahna in d' Hosn gschissn.« Worauf der Angesprochene sagt: »Na und?«

Genau so sagte Stolz: »Also?« Genau so, wie ein Wiener den Weltuntergang aufnehmen würde. Jeder andere würde so etwas als Grund ansehen, in Panik zu geraten, rumzurennen, zu plärren und schlussendlich mit dem Kopf gegen die Wand zu knallen. In Wien sagt man einfach: »Na und?« Zum Weltuntergang, zum Budgetloch, zur Tatsache, dass die Siegel im Haus- und Hofarchiv gefälscht sind.

»Beunruhigt Sie das gar nicht?«, fragte ich naiv.

Dr. Ernst Stolz nippte am Weinbrand.

»Schaun Sie.« Er machte eine lange Pause. »Sie haben das herausgefunden, das ist schön für Sie, Sie dürfen gern austrinken, wir plaudern ein wenig, und dann gehen Sie wieder.«

»Das ist ein Skandal!«, platzte ich heraus.

»Ein Skandal ist, dass die Ringbim nur mehr in eine Richtung fährt.« Er nippte wieder. »Die Siegel sind eine Tatsache.«

»Sie haben das gewusst?«

Er nickte.

»Woher?«

»Wenn ich Ihnen das sage, werden Sie dann gehen?«

Ich nickte.

»Also, die Siegel sind in den 60er-Jahren schon einmal gestohlen worden.«

»Aha, seitdem sind sie gefälscht?«

»Nein, bloß damals hat man herausgefunden, dass es Blei war und nicht Gold.«

»Wer weiß davon?«

»Alle.«

»Auch der Minister?«

Stolz lacht auf.

»Herr Linder. Wir sind in Österreich. Politiker wissen nie was. Deswegen wählt man sie ja.«

»Aber Sie meinen, die wirklich wichtigen Leute wissen das.«

»Genau. Jeder im Ministerium ist eingeweiht.«

»Warum steht das dann nicht in der Zeitung?«

»Na geh. Was soll denn in der Zeitung stehen, was ohnedies schon jeder weiß.« Er wandte sich an die Platinblonde. »Lisalein, schenkst ma noch mal ein?«

Sie nahm sein Glas und füllte wieder ein paar Tropfen hinein. Das silberne Notebook behielt sie ständig unter dem Arm. Auffallend zwanghaft so was. Weiter dachte ich damals aber noch nicht.

»Also, in den 60ern wurden die Originale geklaut. Hat man Nachforschungen angestellt?«

Das hatte jetzt alles nichts mehr mit Kaede zu tun, aber ich war neugierig.

»Sicher, bei den Nachforschungen ist rausgekommen, dass es Aufzeichnungen gibt, aus der zweiten Hälfte des 19. Jahrhunderts, die streng vertraulich besagen, dass schon damals die Dokumente nicht mehr echt versiegelt waren.«

»Was haben die damals gemacht?«

»Na die billigen Fälschungen gegen bessere ausgetauscht. So wie man das in den 60ern auch gemacht hat.«

Ich war baff. Alles, was mir einfiel, war: »Und davor? Wie weit weiß man zurück?«

»Nur bis damals. Davor haben wir keine Aufzeichnungen. Aber es gab so viele Belagerungen, Kriege, Staatsbankrotte, Alchemisten und Ähnliches. Sehr schwer zu sagen.«

»Kann man da nicht nachforschen?«

»Also, allein wir im Haus- und Hofarchiv, wir haben auf 16.000 Laufmeter 130.000 Geschäftsbücher und Aktenkartons, 75.000 Urkunden, 15.000 Karten und Pläne und etwa 3.000 handschriftliche Dokumente. Das durchzusehen, bräuchte Jahrzehnte. So es überhaupt machbar wäre. Und dann besteht immer noch die Möglichkeit, dass es in der Nottendorfer ist oder irgendwo in den Prunkräumen der Nationalbibliothek in einem Buch steckt oder hinter einem Einband.« Er winkte ab. »So, Herr Linder, ich habe jetzt eine Verabredung zum Abendessen, wenn Sie mich entschuldigen. Lisa wird Sie rausbegleiten.«

»Danke«, sagte ich.

Dann ging ich raus. Lisa von oben herab. Ich ziemlich zermanscht. Den Trajan ließ ich links liegen. Wahrscheinlich aus Gips und auch nicht Trajan, sondern irgendein namenloser, computergenerierter Touristengag. Draußen auf der Straße fischte ich das Handy raus.

»Hi, Arno. Was los?«, fragte Christoph.

»Du, dass die Siegel im Haus- und Hofarchiv Fälschungen sind, das weißt du?«

»Sicher, weiß doch jeder. Die sind irgendwann in den 60ern draufgekommen. Aber die waren schon nimmer echt, als der Napoleon in Wien einmarschiert ist. Es gibt da ...«

Den Rest hörte ich gar nicht mehr, als ich den Gehsteig entlangging und mir vorkam wie einer, der überhaupt nie was mitkriegt. Armes Tschapperl, hätte meine Oma gesagt.

IV

Die Wiedner Hauptstraße geht an der TU vorbei zum Karlsplatz. Dorthin ging ich, es war Sommer, schon ein wenig abendlich, und dachte darüber nach, was ich meiner Frau zum Abendessen kochen sollte. Wenn ich sonst schon alles versemmelte, dann wollte ich wenigstens meine Ehe richtig führen. Laura würde sicher so gegen acht zu Hause sein. Bis dahin war noch ein wenig Zeit. Ich schwamm also in einer Welle des Selbstmitleids dahin, als ein Auto mit quietschenden Reifen vor mir abbremste. Quer über den Gehsteig.

»Schnell, spring Sie rein!«, rief mir wer durch eine geöffnete Autotür zu.

Das Auto war schwarz. So als ob es selbst lackiert worden wäre.

»Äh?«, fragte ich eloquent.

»Schnell, rein, die anderen, die kriegen sonst Sie.«

Den Kerl zur Stimme konnte ich nicht richtig wahrnehmen. Aber die Stimme klang schwer nach einem Russen.

»Warum denn?«

»Sehen Sie nicht? Da hinten!«

Ich drehte mich um. Tatsächlich. Das waren die Kerle, die mich in meiner Wohnung in der Felberstraße besucht hatten. Sie liefen auf mich zu, oder besser gesagt: Sie waren auf mich zugelaufen. Als der Wagen gehalten hatte und ich mich umdrehte, hatten sie blitzschnell versucht, sich in schlendernde Passanten zu verwandeln. Tarnung misslungen, konnte ich da nur sagen. Und stieg ein.

Die Tür knallte hinter mir zu, die Reifen quietschten, es roch nach Weihnachtsbaum. Warum ich eigentlich eingestiegen war, konnte ich nicht so einfach beantworten. Ein vernünftiger Mensch wäre einfach im Menschenmeer am Karlsplatz untergetaucht. Ein mutiger Mensch hätte die Schläger in der Öffentlichkeit zur Rede gestellt. Aber zu einem Unbekannten ins Auto zu steigen, das macht nur der Arno. Muss mal im Wörterbuch nachschauen. Ob unter dem Eintrag für Trottel mein Konterfei abgebildet ist.

Wir rasten rüber zur Kreuzung, bogen in die Lothringer ein, rasten bei Rot am Musikverein vorbei, wobei wir gerade noch vermieden, eine Busladung Ostasiaten zu zermanschen, und rasten auf den Schwarzenbergplatz zu. Ich schloss den Sicherheitsgurt, krallte mich im Sitz fest und hatte die Augen schreckensweit aufgerissen. Der Typ raste wie Jochen Rindt, und ich hatte keine saubere Unterwäsche an. So a Tschapperl, hätte meine Oma gesagt.

Jedenfalls gaben wir uns am Schwarzenbergplatz einen U-Turn und rasten die Lothringer zurück. Um uns herum hupten die Autos, die Fußgänger türmten, und der Würstelstandbesitzer ließ ein Burenhäutl fallen. Dann bremste mein Fahrer von 160 auf 25 runter und bog in die Canovagasse, raste an der Hinterseite des Musikvereins vorbei, in die Bösendorferstraße, die mit der Einbahn entlang rauf zum Ring. Dort schoss er über den Fußgänger- und Radfahrerstreifen und raste auf die Kärntner Straße zu. Ich hatte schon Angst, dass er dort durch die Fußgängerzone düsen würde, aber dem war nicht so. Er bog links ab, zwischen Staatsoper und Sacher, um dann wieder raus auf den Ring zu schwenken. Da schaltete mein überfordertes Bewusstsein ab, und ich hörte auf zu schreien.

»Super. Danke. Macht's nicht besser«, meinte er dankbar.

Mir fiel jetzt auf, dass sein russischer Akzent stark aufgetragen wirkte.

»Sie fahren wie der Henker.«

»KGB-Ausbildung. Ich war Soldat. Unteroffizier. Habe parallel studiert. Geschichte. Die Offiziersschule war vom KGB. Die haben mich dazu geleitet.«

»Sie meinen ›verleitet'?«

»Nein. Geleitet. Die haben mich geleitet. So heißt das.«

»Gut.«

»Hier.«

Er hielt mir ein arg zerfleddertes Diplom vor die Nase. Alles in Kyrillisch. Nur den Namen konnte ich lesen. Karaschin. Michail. Sonst nichts. Ich kann kein Russisch.

»Schön. Was wollen Sie von mir?«

»Ihnen helfen.«

»So? Das ist aber nett.«

Er überhörte meinen zynischen Unterton. Normalerweise will jeder immer was. Nur für umsonst macht niemand was.

»Und dann?«

»Was dann?«

»Wenn Sie mir geholfen haben, was dann? Werden Sie mich abmurksen?«

»Ich töte nicht mehr.« Pause. »Außer manchmal.«

»Das beruhigt mich aber.«

»Gut. Hören Sie zu.«

Die restliche Autofahrt hagelte es Daten, Namen und

Jahreszahlen. Ich gebe das nun in einer Auswahl zu Protokoll. Eines ist sehr wichtig: Nichts davon ist erfunden.

1983 startete Karaschins Ausbildung. Auf dem Territorium der Lehranstalt war eine Unterabteilung. Verwaltungskommunikation. Regierungskommunikation. Er zeigte mir noch mal das Diplom mit der Nummer 752987. Dann legte er seinen Militärausweis vor. Nummer 068834.

Karaschin war Ausbildner für Waffenkunde. Zugleich war er Student der Geschichte. In der Zeit wurde er unter Aufsicht des KGB gestellt. Das Geschichtsstudium wurde abgeschlossen. Er unterhielt dann enge Kontakte zur Medizinischen Fakultät. Dort studierten viele Polen. Er wurde vom KGB nach Polen geschickt, um unter dem Vorwand, diese Freunde zu besuchen, zu spionieren. Diese Freunde hatten eine Firma für Autoersatzteile. In Posen. Die Firma hieß Rodzam. 1999 wurde er dann wieder nach Kiew zurückgeschickt. In die KGB-Zentrale geladen. Adresse Wladimirskaya 35, Kiew. Karaschin meinte, die sitzen noch immer dort. Wenn also jemand mal mit dem KGB Kontakt aufnehmen will: einfach vorbeischaun, die freuen sich.

Dort in der KGB-Zentrale wurde dann Druck auf ihn gemacht. Es wurde ihm gedroht, seine Familie zu töten, falls er nicht kooperieren würde. Daraufhin ist er dann geflohen. Seitdem ist er auf der Flucht.

»Und wenn Sie nicht gerade flüchten, retten Sie Passanten?«

»Genau. Kennen Sie nicht die Serie Kung-Fu?«

»Doch. Die, in der Carradine durchs Land zieht und …«

»Genau!«, unterbrach er mich. »Genau so.«

»Cool«, meinte ich.

Ehrlich gesagt, ich war ziemlich baff. Nach ein paar Minuten Stille sprang mein Hirn wieder ein wenig an.

»Wie kommen Sie darauf, dass ich in Gefahr war?«

»Ich habe immer die Leute von Schneijder im Auge. Die sind hinter mir her.«

»Darum überwachen Sie die. Weil die hinter Ihnen her sind.«

»Genau.«

»So schließt sich der Kreis«, meinte ich trocken.

»Kreis, was für ein Kreis? Neinnein. Die wollen mich, wegen die Kopfgeld von dem KGB. Darum beobachte ich die. Muss immer wissen, was der Feind macht.«

»Das denke ich mir. Warum töten Sie nicht einfach alle, und dann ist niemand mehr hinter Ihnen her?«

»Ich töte nicht mehr.«

»Außer manchmal.«

»Außer manchmal.«

Es war echt beruhigend, im Auto eines KGB-Agenten zu sitzen und zu hören, dass der nicht mehr so oft Leute umbrachte. Außerdem sah der KGB-Agent aus wie ein Wiener Querulant mit Verfolgungswahn. Er hatte Basedowaugen. Tränensäcke. Hängende Wange. Mehr als nur einen Bauchansatz. Außerdem trug er über dem weißen T-Shirt einen Halfter. Die Knarre, die darin steckte, sah aus, als ob sie groß genug wäre, ein Flugzeug runterzuschießen.

»Sie sagten vorher was von Schneijder? Wer ist das?«

»Das ist der Mann, der hinter Ihnen her ist. Das waren seine Schläger, dort auf der Straße.«

»Was ist das für einer, der Schneijder?«, fragte ich neugierig.

»Kann ich Ihnen nicht sagen. Streng klassifiziert.«

»Klassifiziert?«

»Klassifizierte Information.«

Damit schwieg er. Mittlerweile fuhren wir ganz gemütlich. Die Reifen quietschten nicht mehr, und der alte Audi, in dem wir saßen, wirkte nicht mehr überfordert. Die Passanten sprangen auch nicht mehr in wilder Panik zur Seite, wenn sie unser ansichtig wurden.

»Sie retten mich also, sagen mir aber nicht, vor wem und warum?«

»Genau.«

»Super.«

Wir waren mittlerweile die Thaliastraße bis zu ihrem unschönen Ende entlanggefahren. Eigentlich wollte ich den Typen bitten, mich heimzufahren, aber irgendwie fühlte ich mich bei dem Gedanken, dass der Typ meine Adresse kannte, nicht ganz wohl. Irgendwie hatte ich ein ungutes Gefühl mit ihm, und wenn das noch nicht ausgereicht hätte, wusste ich genau, dass Laura so was nicht zu Hause haben wollte. Ganz sicher nicht. Also bat ich ihn, mich rauszulassen.

»Herr Karaschin, da ist die U-Bahn-Station, lassen Sie mich raus?«

»Sicher. Wir haben die abgehängt. Sicherheit für Sie.«

»Danke nochmals, und lassen Sie sich nicht erwischen.«

»Nix Problem.«

»Dann ist ja gut«, meinte ich, stieg aus, warf die Autotür zu, und weg raste der alte schwarze Audi, der aussah wie selbst lackiert.

Ich versuchte, mir die Nummerntafel zu merken, aber Karaschin machte wieder einen U-Turn und alles, was mir im Gedächtnis haften blieb, war das W und das Wiener Wappen. Dann war er auch schon weg. Ich ging noch schnell in den Billa, der sich dort befindet, kaufte was zum Abendessen und schaute mir ständig über die Schulter. Karaschin war nicht zu sehen und die Typen von Schneijder auch nicht.

Nach dem Einkauf schnappte ich mir ein Taxi und fuhr heim. Irgendwie kiefelte ich ständig an dem Schneijder herum. Aber mir fiel partout kein Weg ein, irgendwas über den herauszufinden, ohne die Polizei zu informieren. Die waren die einzigen, die mir da helfen konnten. Aber die Polizei zu fragen, hieß sie in meine Nachforschungen einzuweihen. Meine Nachforschungen waren jedoch privat, streng privat. Außerdem bedeutete die Polizei einzuweihen, dass Molnar von allem meinem Tun Wind kriegen würde. Das heißt, sie würde mit ins Boot steigen. Und ob ich Molnar mit im Boot haben wollte, war mir nicht klar. Die hatte sicher keine Lust auf Zivilisten, die Rächer der Geliebten spielen wollten.

Schneijder. Keine Adresse, kein Vorname. Da nützte mir die eingespeicherte Nummer vom Meldeamt auch nichts. All der Aufwand, und eigentlich hatte ich gar nichts. Aber auch schon so was von gar nichts. Bitter. Oma, Tschapperl und so.

V

Ein gutes Abendessen, einen netten Abend und eine schlaflose Nacht später saß ich mit Laura auf unserer Terrasse und frühstückte. Es roch nach Gras, kalter Nachtluft und nach Sommer. Es würde ein heißer Tag werden, das konnte man schon spüren, aber die Hitze war noch nicht da, und somit war die kalte Luft richtig angenehm. Laura trank Pink-Grapefruit-Saft und löffelte ihr weiches Ei mit Vergnügen. Die zwei Buttersemmeln waren den Weg alles Irdischen gegangen. Ebenso wie das Balisto, das ich ihr auf den Teller gelegt hatte.

»Mhm«, machte sie zufrieden. »Ich werde fett.«

»Blödsinn.«

»Woher willst du das wissen? Ich hab heute drei Röcke nicht mehr über die Hüften gekriegt!«

»Umso besser. Bist nicht mehr so zaundürr.«

»Zaundürr? Ich war schlank, jetzt werd ich fett.«

»Du warst zaundürr, jetzt wirds langsam fein.«

»Langsam fein? Da, ich krieg ein Doppelkinn«, meinte sie, eine Hautfalte unter ihrem Hals zwischen zwei Finger nehmend.

»Doppelkinn? Dass ich nicht lache. Das ist einfach nur Haut auf den Knochen.«

»Sag mal, Arno, hast du einen Feeding-Fetisch?«

»Was ist denn das?«

»Na, es gibt Männer, die fantasieren davon, ihre Frauen zu mästen.«

»Magst du noch eine Honigsemmel?«

»Arno!«

»Schon gut. Ernsthaft jetzt. Nein, ich habe keinen Feeding-Fetisch. Ich hab nur nachgelesen.«

»Was denn?«

»Na in den Schwangerschaftsbüchern.«

»Soso, in welchen denn?«

»Na Uni-Bibliothek. Da gibt's massenhaft.«

»Hätt ich dir gar nicht zugetraut.«

»Mein Mann ist Philologe«, imitierte ich Lauras Tonfall. »Wer hätte da gedacht, dass er ein Bücherwurm ist?«

»Genau. Also was sagen die Bücher?«

»Dass du einen Nährstoffverbrauch hast wie ein professioneller Ausdauersportler. Besser gesagt, ihr zwei habt einen Nährstoffverbrauch wie ein professioneller Ausdauersportler.«

»Und?«

»Na ich schau, dass du dir genug zuführst.«

»Arno, ich bin erwachsen. Hör auf, mich zu füttern!«

Das überhörte ich ein wenig. Ich war ganz woanders, fischte mein Smartphone raus und zeigte ihr was.

»Schau, das ist eine App, da kann ich eingeben, was du isst, und dann sehe ich, welche Nährstoffe du noch brauchst, und dann kann ich bei der Zusammenstellung der Menüs …«

»Arno!«

»Ja?«

Laura war richtig laut geworden.

»Das ist creepy.«

»Was denn?«

»Dass du so was machst. Du bist ein Kontrollfreak.«

»Blödsinn, ich bin bloß ein verantwortungsbewusster Papa.«

»Du bist ein Spinner. Lösch die App, sofort. Oder ich nehm dir das Handy weg.«

»Dann kann ich dir aber keine Whatsapps mehr schicken.«

Das ist ganz witzig, da gibts jede Menge kleine Bildchen, die man verschicken kann. Gemüse und so. Ist richtig ein bisschen schweinisch. Ich mag vor allem den Pfirsich. Warum mir Laura immer eine Melanzani zurückschickt, bleibt unter uns.

»Das nehm ich in Kauf«, meinte Laura trocken.

»Na gut.«

Ich deinstallierte. Kein Problem. Allererstens kann man das sofort wieder rückgängig machen, und außerdem hatte ich die ungefähren Grenzwerte ohnedies im Kopf.

»Schau her, alles weg«, sagte ich und zeigte ihr den Bildschirm.

»Gut. Und wehe, ich erwisch dich noch mal damit!«

Damit stand Laura auf und ging rein, sich fertigmachen. Ich räumte den Tisch ab und stellte das Zeug in die Küche. Ich selbst würde später frühstücken. Erstens war ich noch nicht so hungrig und zweitens esse ich nicht gern im Freien.

Mit einem Mal schoss es mir. Wie konnten die Typen von Schneijder gewusst haben, wo ich war? Karaschin hatte mich gefunden, weil er den Leuten von Schneijder folgte. Wie aber waren die auf mich gekommen? Das war die Frage, die es zu lösen galt. Alles andere würde dann von selbst kommen. Da hatte ich die ganze Nacht herumgegrübelt und war zu keinem Ergebnis gekommen, und nun reichte es, fünf Minuten mit meiner Frau zu plaudern. Ehe ist cool.

Die Typen von Schneijder wussten, wo ich war, weil es ihnen jemand gesagt hatte, der es wusste. Der Einzige, der was wusste, war Ernst Stolz. Dr. Ernst Stolz, verbesserte ich mich in Gedanken. Der hatte sie angerufen. Also musste da doch irgendeine Verbindung zwischen ihm, dem Archiv und den Gangstern bestehen. Irgendwas lief da, ich musste nur draufkommen, was, und dann wäre auch klar, was mit Kaede geschehen war. Und warum.

Mitten in dem Gedanken kam Laura herunter, fertig angezogen. Sie hat immer das Problem, den feinen Grad zwischen Kompetenz und Sex-Appeal zu finden. Meint sie zumindest. Aber was weiß ich schon als Mann. Hemd, Hose und Jackett sind immer gleich, und wenns mal hochkommt eine Krawatte. Gott sei Dank, kann ich da nur sagen.

»Gut schaust aus«, meinte ich.

»Fein.«

»Verhandlungen heut?«

»Nein, aber zwei wichtige Termine.«

»Perfekt, du wirst sie wegblasen«, sagte ich.

»Das ist lieb von dir.«

Dafür bekam ich einen Kuss.

»Ists okay, wenn ich mit dir mitfahr in die Stadt?«

»Warum?«

»Bisschen in den Archiven stöbern.«

»Sicher, gern.«

Laura hat ein Auto. Kolossal praktisch. Zwei Minuten später war ich angezogen, hatte meine Tasche dabei, und wir fuhren los. Den Garmin hatte ich doch glatt vergessen zurückzulegen.

VI

Laura ließ mich in der Herrengasse aussteigen und fuhr weiter Richtung Stadtparkparkhaus. Die Herrengasse war schon um halb neun vollgestopft mit Leuten. Da waren Japaner, Italiener, ich sah einen Typ mit Stetson. Ein paar Wiener waren auch da. Ein paar Hackler vom Balkan werkelten an einer Baustelle, und zwei Polizisten hielten ein Schwätzchen mit einer Romafrau, und eine chinesische Touristengruppe stellte sich auf, um ins Café Central reinzugehen.

In der Luft hing der Sommerhauch von Abgasen, Parfums und Pferdeschweiß. Die Fiaker rollten, ein Stadtbus brummte, Taxis standen im Stau, und Radfahrer schlängelten sich durch den Verkehr. Ich bog aus dem geschäftigen Treiben ab in die Leopold-Figl-Gasse und ging an der Poststelle des Außenministeriums und dem Büro für Überbeglaubigungen vorbei. Überbeglaubigungen sind Sachen, dafür braucht man Stempel, Zeit, jede Menge guten Willen,

Humor und manchmal eine Fiktionsbescheinigung. Wer weiß, was das ist, der darf jetzt lachen. Alle anderen sollen froh sein. Fiktionsbescheinigungen gibt es wirklich, und sie sind ein Teil der Bürokratie, dem man besser nicht begegnet.

Am Minoritenplatz setzte ich mich auf eine Bank und beobachtete den Staatsarchiveingang. Wie er gesagt hatte, kam Perkovic als Erster, mäusern geduckt. Als ob er Angst vorm Leben hätte. Ich ging auf ihn zu.

»Herr Inspektor«, brach es untertänig aus ihm heraus.

»Guten Morgen, Perkovic.«

»Ebenfalls einen guten Morgen«, beeilte er sich zu erwidern.

Er sah sich über die Schulter, war nervös.

»Warum so nervös?«

»Herr Kommissar. Schaun S', wenn die Leut im Büro …«

Er ließ den Rest in der Luft hängen. Klar, er wollte nicht, dass geredet wurde.

»Keine Sorge, zehn Sekunden reichen, wenn S' ehrlich sind. Sonst schau ich um halb zwölf vorbei.«

Da ist auf allen Ämtern und öffentlichen Institutionen immer am meisten los. Alle schauen noch kurz vor der Mittagspause ins Büro. Auch wenn sie sonst den ganzen Tag auf Außendienst sind.

Perkovic wurde blass ob der Drohung und stotterte ziellos herum.

»Ruhig, ruhig, nur eine Frage: Wie lange hat der Herr Direkter Stolz denn seine Assistentin?«

»Noch net lang. Vielleicht ein halbes Jahr.«

»Genauer?«

»Halbes Jahr, kurz nach Weihnachten.«

»Okay. Wer war die Vorgängerin?«

»Hat's keine gegeben. Das ist eine neue Planstelle.«

»Soso. Danke, Perkovic, sehr hilfreich. Wir sehn si'.«

Er atmete laut auf und ging in das Gebäude. Ich drehte um, setzte mich am Minoritenplatz hin und schaute der Prozession der Mitarbeiter zu, die eintrudelte. Ein paar dickere Frauen, ein paar ausgemergelte Männer in durchgesessenen Anzügen. Alles ganz normal.

Schließlich, es ging schon auf zehn Uhr zu, kam Stolz mit seiner Assistentin. Er trug eine Krokoledertasche unter dem Arm. Sie denselben silbernen Laptop wie gestern Abend in der Wohnung. Weder gestern noch heute hatte ich irgendeinen Hinweis darauf gefunden, dass die beiden mehr als nur ein geschäftliches Verhältnis hatten. Ich sprang auf und lief auf die beiden zu. Sie sahen mich kommen. Ich streckte die Hand aus, wir schüttelten sie.

»Herr Linder, was kann ich für Sie tun?«

»Herr Dr. Stolz, ich hoffe, Sie können einen Augenblick für mich erübrigen.«

»Aber sicher. Gehen wir doch erst rein.«

Er machte eine einladende Geste. Seine Assistentin vorneweg.

»Um was handelt es sich?«, fragte er.

»Ein paar theoretische Fragen«, meinte ich ausweichend.

»Soso, schießen Sie los.«

Unterdessen waren wir in seinem Büro angekommen. Stolz bot mir einen Platz an, setzte sich selbst. Die Assistentin machte sich auf, um zwei Kaffee zu organisieren. Nicht, dass sie dazu mehr beigetragen hätte, als es der Sekretärin aufzutragen. Aber immerhin.

»Also, Herr Linder. Theoretisch?«

»Ja genau. Was könnte man in Ihrem Archiv klauen, wenn die Siegel nicht mehr echt sind?«

Stolz lachte auf, richtig ehrlich und gutmütig. Dann wischte er sich eine Träne aus dem Augenwinkel.

»Also, als Chef des Hauses kann ich Ihnen versichern, niemand kann hier irgendwas stehlen.«

»So?«

»So.«

»Genauer gehts nicht?«

»Ich werde Ihnen jetzt unsere Sicherheitsbestimmungen nicht genau auseinandersetzen, dafür werden Sie wohl Verständnis haben, aber seien Sie versichert, dass es alles gibt. Elektronische Sensoren, Stahltüren, Codes und das Allerwichtigste sollten Sie nie vergessen …«

»Ja, was denn?«

»Das Risiko, das man eingeht, wenn man hier einbricht.«

»Risiko. Ich glaube nicht, dass man hier eine Waffe benötigt. Also ist es kein Raubüberfall, sondern nur Einbruch. Unbescholten ist da vielleicht nicht mal mehr als ein halbes Jahr zu befürchten. Und zu holen wird's wohl was geben.«

»Zwei Fehler, Herr Linder.«

Stolz ignorierte konsequent meinen Titel. Er war Wiener. Mehr Missachtung war ihm nicht möglich. So höflich er auch im Ton blieb.

»So, klären Sie mich auf?«

»Gerne.« Er hob den Blick. »Ah, das Kaffeetscherl. Fein.« Er nahm die Schale in die linke Hand und rührte mit dem Löffel um. Dann nippte er genießerisch. Ich tat es ihm gleich, stellte meinen Kaffee dann aber ab. Milch und Zucker, das ist mir zu viel.

»Also?«, bohrte ich nach.

»Ach ja, Einbruch. Das lohnt nicht, weil einerseits haben wir zwar immense Werte, aber die kann man nicht so einfach loswerden. Wenn sie überhaupt jemand will. Es braucht schon einen skurrilen Milliardär, der sein Schlafzimmer mit altösterreichischen Pergamenten tapezieren will. Diesen minimalen Markt haben wir immer unter Beobachtung. Niemand könnte da ungestraft kaufen oder verkaufen. Dazu kommt andererseits das Risiko. Und das liegt nicht im juridischen Bereich.«

»Nein? Wo dann? Haben Sie einen dreiköpfigen Hund, der die Einbrecher frisst?«

»So in der Art.«

»Cool. Kann ich das Tier mal sehen?«

»Das Viecherl heißt Feuerschutzanlage.«

»Was aber, wenn der Einbrecher nicht brennt?«

Stolz grinste. Trank einen Schluck. Grinste wieder. Seine Assistentin wirkte auch aufgeheitert.

»Na, das ist der Schutzanlage wurscht!«

Stolz lachte richtiggehend.

»So, und wo ist das Problem? Das bisschen Wasser schreckt doch niemanden ab?«

»Wasser? Linder, Sie sind gut. Wir haben hier Pergament, altes Büttenpapier und solche Sachen. Das löscht man nicht mit Wasser.«

Stolz und seine Assistentin lachten schallend. Sie ließ fast den Laptop aus der Armbeuge fallen. Damit wusste ich genug. Der Stickstoffschaum, der verwendet wird, um dem Schaden durch Wasser vorzubeugen, ist für Menschen tödlich. Wahrscheinlich war die Anlage so eingestellt, dass prophylaktisch bei jedem Alarm gelöscht wurde. So kann man auch ein Tötungsverbot umgehen.

»Also braucht man was gegen den Schaum«, merkte ich an, nachdem die beiden fertig gelacht hatten.

»Genau. Das Schutzgerät bewegt sich aber in der Liga eines Strahlenschutzanzuges, mit Sauerstoffzufuhr und solchen Sachen. Das kostet und macht einen möglichen Einbruch unwirtschaftlich. Und was sich nicht rentiert, das macht auch niemand«, schloss Stolz.

»Sehr versiert«, meinte ich.

»So, und nun haben Sie genug meiner Zeit verplempert. Danke, Herr Linder, Sie dürfen gehen. Und Sie brauchen so bald auch nicht wieder vorbeizuschauen.«

Am Lebensministerium vorbei in die Pertrarcagasse und von dort in dei menschenleeren Hintergassen des 1. Bezirks.

VII

Ich spazierte also durch die menschenleeren Hintergassen der inneren Stadt, immer in der Hoffnung auf Schritt zwei. Aber mir folgte niemand. Mir lauerte auch niemand auf. Langsam aber sicher wurde ich enttäuschter und enttäuschter. Ich hatte doch glatt die Angel ausgeworfen mit mir selbst als Köder, und niemand biss an. Das fügte sich ja nahtlos in die ganze Kette von resultatslosem Aufwand, den ich die letzten Tage betrieben hatte.

Ich blickte mich unauffällig um. Niemand da. Bis auf einen Augustin-Verkäufer. Der stand da und schaute mich an. Ich wollte schon den Kopf schütteln, als er mir ein Handy hinhielt.

»Reinreden, bittaschen«, sagte er.

Ich war baff. Und redete rein.

»Linder. Ja bitte?«

»Listen, old chap«, sprach es aus dem Handy.

»Ja?«

»Sie sind dabei, die Nase reinzustecken, wo keine reingehört. Ihre jedenfalls nicht.«

»So? Und wer sind Sie?«, fragte ich nach.

Im Augenwinkel nahm ich wahr, dass der Augustin-Verkäufer um die Ecke bog. Scheiße. Den hätte ich gerne noch was gefragt. Aber so ging das nicht. Das Telefonat war im Augenblick wichtiger.

»Die Name ist Schneijder.«

»Ah, schön, dass ich Sie kennenlerne.«

»Die letzte Mal hat nicht funktioniert.«

»Ja, der Herr Karaschin hat dazwischengefunkt.«

»Ich weiß, diese Spinner. Der glaubt, ich will ihm was Böses, und überwacht mich ständig.«

»Und?«

»Was und?«

»Wollen Sie ihm was Böses?«

»Ach wo, er ist meine Nachbar, und seitdem die Frau seinige weg ist, da spinnt er halt. Nervous Breakdown, ich vermute. Ich habe schon zwei Unterlassungsurteile gegen ihn erwirkt, aber er stalkt mich immer noch. Ist aber harmlos, der Typ.«

»Wenn er nicht gerade einen umbringt?«

»Genau.« Schneijder lachte. »Genau. Wenn er nicht gerade einen umbringt.« Schneijder lachte weiter. »Einmal hat er meine Zeitungsträger entführt, aus Schutz vor mir!« Schallendes Gelächter. Ich ließ ihn auslachen und fragte dann einfach weiter.

»Was macht er jetzt?«

»Er verfolgt meine Leute Richtung Laar Berg hinauf.«

»Alles klar, deswegen der ganze Blödsinn? Darum die Geheimhaltung?«

»Na wegen die Karaschin. Wenn ich wieder meine Leute schicke, dann geht's schief. Das erste Mal verprügeln sie Ihnen ...« Schneijder war offenbar schon lange genug in Wien, um sich am leicht barocken Gebrauch der persönlichen Fürwörter zu versuchen, aber so einfach ist das nicht, »… oder es funkt der Spinner mit die KGB-Ausbildung dazwischen. So oder so, war Zeit, was Neues zu probieren. Durchs Reden kumman die Leit z'samm«, meinte er.

Richtig putzig, sein Sprachgebrauch.

»Ich sehe. Also, um was geht's?«

»Schaun Sie, Herr Linder. Ich will Ihnen nix Böses. I'm a nice guy to be nice to …«

»… but I'm no nice guy not to be nice to. Das Zitat kenn' ich. Also?«

»Halten Sie sich einfach fern von die ganze Sache mit die Archiv, lassen Sie ein bisschen Gras über die Sache wachsen und gut is.«

Die letzten beiden Wörter waren richtig wienerisch eingefärbt. Erinnerte mich an was.

»Sie haben also irgendwas am Laufen, und ich soll's nicht stören. Gut. Aber wie ist das mit Kaede? Sie ist vor Ihnen geflohen, nicht wahr?«

»Wir hatten eine Streit, und sie ist gegangen. Da kamma nix mehr machen. Aber wegen die Tod von ihr, da hab ich nichts am Hut damit. Ehrlich. Glauben Sie mir.«

»Hm.«

»Also, Linder, vielleicht von die andere Seite: Ich weiß, wo Sie wohnen, Sie haben eine Frau. Sie erwartet ein Kind, ich höre das und denke: Also in solch eine Situation, da sollte ich an seiner Stelle kein Risiko eingehen.«

»Ich verstehe.«

»Das ist gut. I'm a nice guy …«

»Okayokay. Was soll ich mit dem Handy machen?«

»Wegschmeißen, 1-Euro-Ding Türkenladen. Nix drauf sonst.«

»Aber Ihre Nummer wird schon drauf sein, nicht?«

»Bin kein Volltrottel. Da gibt's Schmäh.«

»Alles klar.«

»Gut, dass wir verstehen«, meinte Schneijder und legte auf.

Ich schaute mir das Handy an. Es war ein altes Nokia. Schwer gebraucht. In den Menüs fand sich gar nichts. Da gab es offensichtlich wirklich einen Trick. Ich schaltete das Ding aus und steckte es in meine Tasche. Wer weiß, wofür man so ein Handy noch brauchen kann. Vielleicht lief mir ja mal ein Spezialist über den Weg. So ganz zufällig.

Eine Sache aber war nun ganz klar: Wenn ich irgendwas wegen Kaede erreichen wollte, dann war das mit der Einzelgängerei vorbei. Ich brauchte professionelle Hilfe. Und ich wusste schon, von wem ich die kriegen würde.

»Ich soll also den unbescholtenen Chef des Österreichischen Staatsarchivs am Minoritenplatz vorladen, weil Sie, Linder, ein aktenkundiger Unruhestifter, ihm auf die Nerven gegangen sind. Habe ich das richtig verstanden?«, fragte Molnar verdächtig ruhig.

»So in etwa«, meinte ich naiv.

»Ist Ihnen klar, wie man unbescholtener Chef des Österreichischen Staatsarchivs wird?«

»Na, ich denke, man studiert Geschichte, macht die Zusatzausbi…«

»Blödsinn, Linder. Wir sind in Wien, nicht in Utopia.«

»Wie meinen?«

»Na studieren hat damit nichts zu tun. Man muss in Ärsche kriechen.«

»Höchstwahrscheinlich.«

»Und können Sie sich vorstellen, in welche Ärsche?«

»In hochgestellte?«

»Genau. Und was machen solche Leute den ganzen Tag?«

»Rumsitzen?«

»Nein, die putzen sich an Leuten ab, die unter ihnen stehen und ihre Protegés belästigen.«

»Ja und?«

»Ja und? Diese Leute, an denen die sich abputzen, die verlieren ihre Jobs, setzen die Karriere in den Sand und aus, vorbei. Verkehrspolizist im Großen Walsertal, wenn's gut läuft.«

»Aber Sie sind doch die Polizei!«, meinte ich.

»Wie der kleine Maxi sich das so vorstellt.«

»Aber ihr geht doch sonst auch auf die Leute los. Auf mich zum Beispiel.«

»Ja eben. Wir gehen nur auf die los, die sich nicht wehren können.«

»Hm.«

»Eben. Einfach so vorladen ist nicht.«

So hatte ich das noch gar nicht gesehen. Also musste ich Molnar gegenüber doch mit ein wenig mehr rausrücken, als ich eigentlich geplant hatte.

»Ich war zwei Mal bei dem Herrn Dr. Stolz. Beide Male haben mich danach Gangster kontaktiert.«

»So einfach?«, meinte Molnar skeptisch.

»Genau so. Das eine Mal bin ich knapp entkommen ...«

»Knapp entkommen? Sind Sie mit einer Raumkapsel getürmt?«, fragte Molnar mokant.

»Nein, ein Ex-KGB-Agent hat mich mitgenommen.«

»Ein Ex-KGB-Agent, soso, und der James Bond, war der auch dabei? Moment. Ex-Agent, sagen Sie?«

»Genau.«

»Basedowaugen, schwarzes Auto?«

»Genau.«

»Karaschin!«, rief Molnar aus.

»Kennen Sie den?«

»Ja sicher. Der ist amtsbekannt. Der war Hausmeister, bis ihn seine Frau verlassen hat. Da hat er dann einen Zusammenbruch gehabt, unter anderem war auch viel Alkohol im Spiel, und seitdem ist er der fixen Überzeugung, ein KGB-Agent zu sein, der auf der Flucht ist. Den Mann kennt jeder Kieberer in Wien.«

»Aha.«

»Ja, der hat sogar einmal Kontakt aufgenommen mit diesen Spinnern, die sich für echte Superhelden halten. Superlazlo in Polen und so.«

»Verarschen Sie mich jetzt?«

»Nein, überhaupt nicht. Da gibt's sogar eine Spiegel-Reportage über das Phänomen.«

»Echt jetzt?«

»Ja, das ist ein echtes Problem. Es gibt in mehreren Großstädten in Europa und Nordamerika so verhaltensauffällige Typen, die einen Spiderman-Film zu viel gesehen haben. Und die das seitdem in Echt durchzuziehen versuchen. Gott sei Dank war Karaschin sogar diesen Typen zu wild drauf. Wenn sich die Leute vernetzen, dann wirds richtig unangenehm.«

»Egal. Also, einmal hat mich der Karaschin gerettet und einmal hat mich der Typ selbst angerufen.«

»Der Gangster?«

»Genau der.«

»Und woher wollen Sie wissen, dass der irgendwas im Schilde führt?«

»Erstens hat er das mir gegenüber gesagt, wichtiger aber ist, dass er in dem Telefonat mir gegenüber zugegeben hat, dass die Leute, die mich in meiner alten Wohnung überfallen haben, kurz, nachdem ich Kaede zum Flughafen gefahren hatte, seine Leute waren.«

»Sie wurden in Ihrer eigenen Wohnung überfallen? Das hätten Sie melden müssen!«

»Ich wollte damals nicht noch weiter verwickelt werden!«

»Das glaub ich Ihnen aber aufs Wort, Linder. Sie wollen ja nie in irgendwas verwickelt werden!«

»Genau.« Den Sarkasmus überhörte ich geflissentlich. »Jedenfalls wusste der damals schon, wo ich wohnte, jetzt weiß er es immer noch, und meine Frau ist schwanger. Deswegen komm ich zu Ihnen.«

»Das ist aber ein bisschen wenig.«

»Schon, aber der Stolz selbst hat mir gesagt, dass nur von außen gar nichts gemacht werden kann mit dem Archiv. Da braucht es wen von innen. Vor allem wegen der Alarmanlage. Die kann sicher nur der Direktor ausschalten.«

»Alarmanlagen sind nie ein Problem. Denken Sie nur an den Salieraraub.«

»Schon, aber die Alarmanlage im Archiv ist mit der Stickstoffschaumlöschanlage verbunden. Das ist kein Klingelton, das ist der sichere Tod.«

»Hm«, machte Molnar.

Ich hatte sie schön weichgeklopft. Jetzt noch den Trumpf raushauen, und die Sache war gegessen.

»Schaun Sie, der Typ heißt Schneijder. Schon mal was gehört von dem?«

»Schneijder?«, fragte Molnar erstaunt.

»Genau.«

»Sicher haben wir von dem schon gehört. Linder, ungern gesagt, aber das haben Sie diesmal gar nicht so schlecht gemacht. Dem Stolz werden wir mal auf den Zahn fühlen.«

»Und meine Frau?«

»Keine Sorge, Linder. Da passma scho auf.«

Molnar hatte mich schon komplett vergessen und telefonierte.

»Wiederschaun«, raunte ich ihr noch zu, aber sie winkte mich hastig raus.

Aus den Augen aus dem Sinn. So war's recht.

VIII

Eine Stunde später verließ ich das Klo am Gang zu Molnars Büro. Ich hatte gerade die lautstarke Auseinandersetzung zwischen einem Beamten und der Assistentin von Stolz verfolgt. Ich linste durch einen Spalt auf den Gang, nur um sicherzugehen. Es war die Assistentin. Dann huschte ich den Gang hinunter Richtung Lift. Im letzten Moment entschied ich mich um und nahm die Feuertreppe. Sicher ist sicher. Ich wollte keinesfalls irgendwem begegnen.

Unten angekommen trat ich selbstsicher aus dem Treppenhaus und machte mich auf den Weg Richtung Eingang. Dort gibt's den Security Check. Der besteht aus einem weißen Pressholzschreibtisch, vier gläsernen Sicherheitsschleusen und einer Absperrung. Mit einem Mammuthaufen angemaßtem Selbstbewusstsein trat ich auf die Wachebeamtin zu, nickte leicht und linste in die Kiste. Dort lag ein Laptop. Silbern. Ohne Zweifel der von Lisa, Stolz' Assistentin. Ich griff ihn mir und tat so, als wolle ich rausspazieren. Ganz langsam und selbstsicher. Bis die Wachebeamtin meinte: »'tschuldigen S', is des Ihrer? San Sie sicher?«

»Ja doch. Warum?«

»Mir kummat vor, der war von wem anderen!«

»Das glaub ich nicht.«

»Warten S'«, meinte sie freundlich und kramte in ihrem Schreibtisch. »Hammas ja!«, rief sie nach ein paar Sekunden triumphierend auf.

Sie hielt mir ein dunkelgrünes Blatt unter die Nase. Auf dem stand: Lisa Wundervoll. Schlossgasse 17. 1050. Tel: 0650 602 696 6. Samsung 530OU4C.

Wenn nun einer sagt, das kann niemand so schnell lesen, den fordere ich zu einer Runde Boggle auf. Ich bin Philologe. Wenn ich irgendwas kann, dann lesen. Einmal habe ich gegen Laura, ihre Freundin und deren Lebensgefährten geboggelt. Die drei haben ihre Punkte addiert. Ich hab trotzdem gewonnen. Seitdem spielt Laura dieses Spiel nicht mehr mit mir. Sieger sind einsam. So ist das nun mal. Jedenfalls wusste ich nun alles, was ich wissen wollte.

»'tschuldigung. Ein Versehen. Ich hab den gleichen. Muss ich im Wagen liegen lassen ham«, meinte ich konsterniert.

»Ka Problem. Sie wolln raus?«

»Bitte gerne.«

»Wiederschaun.«

Und draußen war ich. Ich ging ganz ruhig zur nächsten Ecke. Dort zog ich mein Notizbuch raus und schrieb mir sicherheitshalber Wundervolls Daten auf. Ich hatte nichts abgeben müssen, weil ich mit Molnar reingegangen war. Aber das hatte die Sicherheitsbeamtin nicht gemerkt.

Den Rest des Vormittags verbrachte ich damit, dass ich im Café saß und recherchierte. Das Café meiner Wahl war der Bräunerhof. Ich wär zwar lieber im Heumarkt gewesen, aber dort bestand die Gefahr, dass Unrath herumsaß. Und ich konnte absolut nicht brauchen, dass mir der dazwischenfunkte. Meine Recherchearbeit war von ziemlichem Erfolg gekrönt. Zuerst fand ich heraus, wo genau die Schlossgasse lag. Das war im Fünften, westlich vom Margaretenplatz, Richtung Favoriten hinauf. Dann durchsuchte ich das Netz nach Informationen zu der Samsung-Notebookreihe, der Lisas Rechner angehörte, und schließlich versuchte ich, herauszufinden, welche Festplatte die Baureihe drin hatte. Das war gar nicht so einfach, denn da gab es mehrere Varianten. Eine Baureihe hatte eine SSD drin, eine die normale HDD mit einem SSD-Cache, und dann gab's die Steinzeitvariante nur mit der HDD. Ich schrieb mir die Namen und Spezifikationen der drei verbauten Festplatten auf und versuchte rauszufinden, wo man so was auf die Schnelle herbekam. Ich musste die Dinge heute noch haben, sonst hätte der ganze Aufmarsch bei Molnar nichts genützt.

Diesmal hatte ich nicht nur Pech. Die HDD, die Samsung in den Rechner verbaut hatte, gab's in Europa gar nicht auf dem freien Markt zu kaufen. Die HDD mit dem SSD-Cache war zu haben, allerdings nicht haargenau dieselbe Version wie im Rechner. Das Einfachste war die SSD. Die gab's sogar im Media Markt.

Früher wäre ich nun verzweifelt, weil ich das Geld nicht gehabt hätte, um die Festplatten zu kaufen. Aber darüber lachte ich jetzt nur, bestellte noch einen großen Mokka und schrieb mir heraus, wo ich die Dinger kaufen konnte. Ich ging zwar davon aus, dass Lisa den teuersten Rechner mit der schnellsten Festplatte gekauft hatte, also die SSD, aber sicher ist sicher. Mit meiner Fixanstellung, die vierzehn Mal ein Gehalt brachte, ging sich das wunderbar aus. Man kann gegen das bürgerliche Leben viel sagen. Und das meiste davon habe ich selbst schon gesagt. Aber Geld ist wirklich cool. Vor allem, wenn man's hat. Basta.

Den beginnenden Nachmittag hetzte ich im Schweiße meines Angesichts durch die Stadt und versuchte verzweifelt, die Festplatten aufzutreiben. Das war leichter gesagt, als getan. Denn nicht jedes kleine Hardwaregeschäft hat alles lagernd, von dem sie es behaupten. Dafür haben sie astronomische Preise.

Vor allem die HDD machte mir Probleme, sie war einfach nicht aufzutreiben. Ich zähle seit einigen Jahren einen IT Fachmann zu meinen Freunden, aber den in die Sache reinzuziehn war mir nicht recht geheuer. Schlussendlich gab ich die Suche nach der HDD auf und rief ihn an.

»Ziehe spricht.«, klang es aus meinem Handy.

»Hi Arno da.«

»Und?«

»Ich suche einen HDD mit SSD-Ram, aus einem Samsung Computer. Weißt du wo ich die herkriegen kann?«

»Legal oder illegal?«, fragte Ziehe ungerührt.

»Legal wär cool.«

Ziehe nannte mir eine Adresse, bei der ich später auch das Ding erstand, aber so legal schien mir das nicht. Deswegen auch keine nähere Nennung.

»Für was brauchste denn das Teil?«, fragte er.

In zwei Sätzen erklärte ich den Sachverhalt.

»Clever«, wobei er das ›c‹ wie ein ›g‹ aussprach und das erste ›e‹ wie ein ›ö‹. Ziehe ist nämlich Ossi und als solcher tendiert seine Lautbildung ein wenig zum sächsischen hin. Die Verschlusslaute sind weich, die betonten ›a‹ werden gerne langezogene ›oa‹ und auch sonst hör ich ihm gerne zu.

»Weißte, besser als dein Trick mit der Alufolie isses aber einfach eine SSD mit Virus drauf einzubauen. Der Virus löscht alles was drauf is, wenn man das Ding hochfährt. Niemand checkt das und du hast deine Spuren super verwischt.« Es klang ganz so, als hätte Ziehe das schon ein paar Mal gemacht. Aber da wollte ich gar nicht nachbohren. Seine Storys sind zwar immer interessant, aber man macht sich halt auch immer zum Mitwisser.

»Und du hast so einen Virus«, sagte ich deswegen einfach.

»Weißte ich hab da ein paar, aber für dich, könnt ich ja extra einen schreiben.«

»So. Kostenpunkt?«

»Gratis. Fuck se system. Mäcki Mahü um 2.« Damit legte er auf.

Ziehe ist Ossi, einer der letzten Widerstandskämpfer gegen die feindliche Übernahme der DDR durch die BRD. Für diesen Widerstandskampf hat er sich ins Herz des Feindes zurückgezogen und wütet dort. Er ist Systemadministrator und Sicherheitsbeauftragter einer der größten Banken die von Österreich aus den ganzen ehemaligen Ostblock aussaugen. Da seine Abteilung ausgegliedert wurde, ist Ziehe nahezu sein eigener Chef, über ihm steht nur sein echter Chef, aber der macht ihm keine Schwierigkeiten. Denn Ziehe hat eine Serverfarm Offshore.

Ich fragte mal: »Ziehe, für was hast du denn eine Offshore-Serverfarm?«

Darauf meinte Ziehe: »Na weisste, für alles was man hald so braucht.«

»Was ist denn das?«

»Na Daten halt.« Sein ›Daten‹ sprach er ›Dodn‹ aus.

»Was für welche denn?«

»Na dies und das.«

»Konkreter.«

»Na halt'n Systemspiegel von den 10.000 wichtigsten Transfers des Tags.«

»Von deiner Bank.«

»Mensch, die gehört mir doch nich.«

»Aber von denen?«

»Genau. Wenn die Kapitalisten meinen sie könnten mich, weil ich mal ne Kippe im Büro rauch', dann hab ich sie.« Kurze Pause. »Ich sag immer: fang keinen Krieg an, den du nicht beenden kannst.« Wieder Kurze Pause, zufriedenes Lächeln. »Und ich hab Munition, sag ich dir, ich kann schießen bis Ende nie!«

So ein Typ ist Ziehe. Beruhigend, dass er mein Freund ist, aber beunruhigend, dass es solche Leute wirklich gibt.

Um zwei war ich im McDonalds auf der Mariahilferstraße und betrat den Laden unsicher. Ich hab nichts gegen Fastfood, Tresznieswki ist super, ich liebe Streetfood, und einen Doppelwopper bei Burgerking kann ich auch akzeptieren aber McDonalds ist echt schlimm. Fett und süß sind die einzigen Töne in der infantilen Geschmackspalette, die dort angeboten werden.

Ziehe war schon dort und saß an einem Stuhl. Ich ging ein wenig steif auf ihn zu und setzte mich. Was wenn mich hier jemand sah, der mich kannte. Wenn ich einen Trenchcoat getragen hätte, hätte ich todsicher den Kragen hochgestellt.

»Hi Alter.« meinte Ziehe und streckte seine Hände aus. In die legte ich die zwei Festplatten. Er steckte sie irgendwie an seltsame Kabel, die aus seinem Laptop hingen.

»Braucht etwa 10 Minuten. Willste auch 'n Käffchen? Die sind echt lecker hier.« Ich lehnte ab. »Mittagessen?«

»Danke nein, hier esse ich nicht.«

»Snob. Is gratis?«

»Ich will nicht dass du mich einlädst.«

»Tu ich nicht, Mäcki machts.«

»So?«

»Sicher.«

»Warum?«

»Na wegen ›go to war‹.« Bei ihm hörte sich das an wie ›goduuwoaar‹, ich liebe Ziehes Sprache, ich könnte ihm stundenlang zuhören.

»Was ist denn das?«

»Na ne App. Habs gerade gestartet. Das simuliert etwa 250 000 IP-Adressen, die gleichzeitig aufs Mäcki Wlan zugreifen.«

»Das geht? Kollabiert da nicht der Server.«

»Genau das.«

»Du legst das W-Lan lahm, super. Da schneidest du dir doch nur ins eigene Fleisch, wenn du nicht mehr ins Netz kannst.«

»Glaubste? Komm mit und lern.« Ziehe ging auf einen Schalter zu und ich folgte.

»Hallo, das W-Lan funktioniert nich bei Euch. Kam hier her, wollt'n Käffchen schlürfen und 'n bisschen surfen, ey.«

»Das tut uns leid. Das System ist sicher gleich wieder online.«

»Ey, ich bin extra hier wegen dem W-Lan und jetzt das. So geht das nich! Da will ich doch den Geschäftsführer sprechen!« Ziehes Tonfall, der leicht schleppend lässig über die Silben watschelte, hatte bei der Beschwerde angezogen. Er klang jetzt so, wie die piefkinesichen Urlauber in den Sketches von Loriot. Mit so wem will niemand zu tun haben und der kleine Ungar hinter der Theke kam ordentlich ins Schwitzen.

»Ein Moment, bitte.«, meinte er und sauste nach hinten. Es dauerte nicht lange, durch die Regale, in denen die Burger aufgeschlichtet wurden, sah man ihn mit einem jungen Mädchen reden, das offensichtlich seine Chefin war. Also bei den Billigjobs klappt das mit der Emanzipation schon recht gut.

Die Chefin kam nach vorne, schaute Ziehe freundlich an und ließ sich von ihm den Tathergang schildern.

»Das tut uns leid. Dürfen wir Sie auf ein Wiedergutmachungsmenu einladen?«

»Sicher.« Ziehe grinste und leckte sich die Lippen. Ich stand dahinter und staunte. So was hatte selbst ich noch nicht erlebt.

Kurz darauf saßen wir wieder am Platz. Ziehe biss grinsend in seinen Burger.

»Aber das beste kommt noch.«, zwinkerte er mir zu. Ich war unschlüssig auf was ich mich vorbereiten sollte, als das Handy klingelte.

Ziehe nahm ab und meldete sich korrekt mit Vornamen, Nachnahmen und Firma. Alles in bestem Hochdeutsch.

»Ja, aha. Sie haben ein Problem mit dem W-Lan in der Filiale auf der Mariahilferstraße. Ich schick gleich wen vorbei, aber das ist dann ein Flash-Zuschlag.« Kurze Pause.

»Sicher, sicher. Kein Problem. Danke für Ihren Auftrag.«

Ziehe legte das Handy weg. Ich applaudierte gemessen.

»Genial, Ziehe, genial.«

»Nicht schlecht was? Das kostet die 250. Damit sanier ich mich.« er lächelte. »Fuck se system.« Da klingelte sein Handy erneut.

»Wer ist das jetzt?«, fragte ich.

»Das ist Whatsapp.«

»Ich dachte, das verwendest du nicht? Wegen der Sicherheitslücken.«

»Ach weißte, das is mein Chef. Der vögelt die Sekretärin, und ich hab seinen Account gehackt, damit er mir nichts kann, wenn ich mal im Büro eine qualme.«

»Ist dein Chef nicht auch Informatiker?«

»Der is so'n TU Typ, der is kein Hacker, so wie ich.« Ziehe sprach das Wort Hacker, das eigentlich einer englischen Aussprache bedarf, auf Deutsch aus. Es klang bei ihm wie die Mitgliedschaft in einem ziemlich coolen Club, in den nur die wirklich großen Jungs dürfen.

Ziehe leckte sich die Finger nachdem er die letzten Pommes gegessen hatte.

»Die Fritten, weißte, die Fritten hier sind echt lecker. Der Rest vom Fraß, geht so, aber die Fritten sind echt lecker.« Es erübrigt sich fast, darauf hinzuweisen, dass ›lecker‹ ausgesprochen wurde wie ›legga‹.

»Die Festplatten sind fertig. Aber Arno, du hängst da an keinem Lan mit dem Computer, an den du ran willst?«

»Nein, überhaupt nicht.«

»Gut, weißte, eigentlich wollte ich ja ein Ding für dich schreiben. Aber du bist mein Freund, da dachte ich, ich geb dir vom guten Stoff. Der Virus, der jetzt da drauf is, der is ne ziemliche Granate. Letztes Jahr, wie ich Urlaub hatte, da hab ich mal ne Flasche Mount Gay XO aufgemacht, drei vier Spliffs durchgezogen und dann den Virus programmiert, Mann ey, das Ding ist echt kein Scheiß, Alter. Pass auf, das is ein echter Daten-Holocaust. Ich hab' das bei uns auf der Bank installiert, weißte, wenn die mir mal was wollen, wenn ich im Büro eine Fluppe qualme oder so.«

Ich nickte.

»Du Ziehe, wie viel Zigaretten rauchst denn bei euch im Büro so am Tag?«

»Ich, gar keine. Bin doch nicht blöd Mann, rauchen tu' ich nur Zuhause. Warum denne?«

Schlussendlich ging's auf drei zu, als ich endlich alles zusammengetragen hatte. Zwischenzeitlich hatte ich noch Ecke Löwengasse/Hetzgasse beim coolsten Eisenwarenhändler Wiens ein Uhrmacherschraubenzieher-Set erstanden. Zitat beim Kauf: »Geh, Sie mit Ihre Händ', Sie brauchen an Hammer und ka Präzisionsset!« Ich besaß zwar schon eins, aber das hatte ich im Stress des Aufbruchs in der Früh einfach in meinem Arbeitszimmer vergessen. Auch ich bin nicht perfekt.

In meiner alten Ledertasche befanden sich nun alle Ingredienzien, die ich brauchte. Nun musste ich nur mehr in die Hände spucken, auf ein wenig Glück hoffen, und das war's auch schon. Ich fuhr mit dem Einserwagen zum Ring, stieg dort in den Zweier um, blieb in dem sitzen, bis ich am Opernring in den 59er umsteigen konnte, und fuhr dann gemächlich im Nachmittagsverkehr die Margaretenstraße stadtauswärts. Am Margaretenplatz stieg ich aus und suchte die Schlossgasse. Die war nicht schwer zu finden. Kopfsteingepflastert und gewunden ließ sie das fröhlich-hektische Treiben in Margareten hinter sich. Der Lärm nahm ab, es wurde stiller und stiller, bis man sogar Kinder in einem nahen Park lachen hören konnte. Keine Autos fuhren, niemand war auf der Straße, und aus dem Kopfsteinpflaster spross zartes grünes Gras.

Nummer 17 hatte zwar ein Haustor, aber das stand offen. Ich las nur schnell das Klingelschild durch und fand heraus, dass Lisa ganz oben wohnte. Dachgeschossausbau wahrscheinlich. Frohgemut stieg ich die Treppen hinauf, nach Luft ringend kam ich oben an. Wartete ein wenig, bis ich wieder atmen konnte, wischte mir den Schweiß von der Stirn und klingelte. Darauf hoffend, dass sie schon zu Hause war. War sie. Heute lief ja alles wie am Schnürchen.

»Sie?«, stieß sie aus, als sie vertrauensselig die Tür geöffnet hatte.

»Genau. Ich. Können wir einen Moment reden?«

»Sicher nicht.«

»Dann kann ich ja der Polizei beruhigt sagen, dass Sie mit Schneijder unter einer Decke stecken und nicht Ihr Chef.«

Die Tür, die sich schon fast geschlossen hatte, öffnete sich wieder einen Spalt.

»So?«

»Genau so. Schneijder würde das sicher nicht schmecken, wenn die Polizei das wüsste.«

»Gut. Was wollen Sie?«

»Ein bisschen plaudern.«

»Über was?«

»Keine Sorge: Was Schneijder mit dem Haus- und Hofarchiv vorhat, ist mir gleichgültig.«

»Was wollen Sie dann?«

»Sagt Ihnen der Name Kaede Yoshikawa was?«

Die Tür ging auf.

»Kommen Sie rein.«

Das tat ich auch. Lisa führte mich durch die Wohnung, an einer Küche und an einem Wohnzimmer vorbei, zwei Türen waren verschlossen, ich tippte auf Bade- und Schlafzimmer, bis wir schließlich eine Treppe hinaufstiegen. Die war nigelnagelneu, und schlussendlich standen wir auf einer Dachterrasse. Dort gab es Waschbetonfliesen, Pflanzen in Ziegelvasen, ein paar Sonnenstühle und eine Sitzgelegenheit. Auf dem Tisch, der zu der Sitzgelegenheit gehörte, befanden sich eine gläserne Kanne, ein hohes Glas mit Eiswürfeln drin und ein Laptop. Außerdem ein Aschenbecher, ein Packerl Parisienne und ein Feuerzeug. Das Wichtigste aber war der Laptop. Der stand da, es lief ein Bildschirmschoner, und wartete nur darauf, dass ich ihn knacken würde. Es fiel mir verdammt schwer, Lisa so viel Aufmerksamkeit zu widmen, dass ihr nicht auffiel, dass ich den Klapprechner anstarrte wie ein paar nackte Brüste.

Nachdem ich mich gesetzt hatte, nahm Lisa ein Glas aus der Anrichte an der Wand und stellte es vor mich hin. Dann füllte sie die gelbgrüne Flüssigkeit, in der Limonenstücke und Eiswürfel schwammen, in mein Glas. Während ich das Glas beäugte, schaltete Lisa ihren Laptop aus und klappte ihn zu. Ich nippte skeptisch an meinem Tee. Dann schmeckte ich genau. Schließlich trank ich das Glas gierig aus. Unheimlich lecker. Und jede Menge Tein drin.

»Das ist Grüntee!«, bemerkte ich atemlos, mein Glas für einen Refill hinhaltend.

»Genau«, meinte sie und schenkte nach.

»Sehr gut. Aber irgendwas ist anders.« Ich dachte nach. Nahm einen Schluck und ließ den Tee auf der Zunge hin und her rollen. »Ich komm nicht drauf.« Noch ein Schluck. Nur bei einem war ich mir sicher. »Das ist kein Japaner.«

»Soso, woher wollen Sie das wissen?«

»Weil ich in den letzten 15 Jahren knapp 100 Hektoliter japanischen Grüntee getrunken habe. Aber das ist nicht alles. Da ist noch was anderes, und ich komm nicht drauf.«

Ich stürzte mein Glas hinunter und hielt es wieder hin.

»Ein Experte!«, meinte sie seltsam grinsend.

»Auf jeden Fall.«

Sie füllte mir nach.

»Nicht so sehr, wie Sie meinen.«

»Warum?«

»Weil es ein Japaner ist. Deshalb.«

»Gibt's nicht«, stieß ich hervor und schluckte mein Glas leer. Ich hatte den ganzen Tag noch nichts getrunken, und die Hitze und der Entzug meldeten ihren Anspruch mit Macht an. »Niemals.«

»Doch.«

»Unmöglich.«

»Sie irren sich. Soll ich Ihnen das Teesackerl zeigen?«

»Tun S' nur.« Mittlerweile hatte ich mir die Kanne gegriffen und schenkte selber nach. »Und wenn S' im Eiskasten noch so was haben, dann bringen S' das gleich mit!«, meinte ich im Tonfall des Schwerabhängigen, der alle gesellschaftlichen Konventionen und Floskeln schon weit hinter sich gelassen hat.

Ich hielt ihr die Kanne hin, und sie nahm sie an sich. Ihr Gesichtsausdruck war nichts anderes als pures Amusement. Sie hatte mir noch nicht mal richtig den Rücken zugekehrt, da hatte ich den kleinen Schalter in meinem Hirn schon umgelegt. Sie hatte den Riegel der Verandaschiebetür in der Hand, da hatte ich meine Rechte schon in die linke Fronttasche meiner Ledertasche gleiten lassen. Sie hatte die Tür hinter sich geschlossen, und ich hatte den vorbereiteten Schraubenzieher aus dem Uhrmacherset in der Hand. Sie setzte ihren Fuß auf die erste Treppenstufe, und ich hatte mit der Linken ihren Laptop zu mir hergezogen. Dann brach das Chaos aus.

80.000 kleine Arnos in meinem Kopf feuerten mich lautstark an, ein kleiner Arno kommentierte jedes Bruchstück einer Handhabe, wies auf jeden Fehler hin, mein Herz raste, und die Zeit schien dahinzurasen wie der Shinkansen zwischen Osaka und Tokio. Die kleinen Arnos brüllten, während ich die vier Schrauben löste. Einmal rutschte ich ab, die Menge hielt den Atem an, eine Millisekunde war es stiller als beim Urknall, und als der Schraubenzieher wieder im Kreuz festsaß, brandete der Jubel auf.

»Aaaaaar-no Lin-der, das ist der beste Mann«, johlte der Fanklub der akademischen Ultras aus der Kurve.

Ich hatte den Deckel freigekriegt. Ich bekam zwei Daumennägel unter den Kunststoff, den Schraubenzieher zwischen den Zähnen und die Schrauben im Mund, und zog an. Der Deckel klemmte ein wenig, verbog sich, sachte, sachte, sachte. Die Fans summten, wie beim Anlauf zu einem Elfmeter. Dann kam der Deckel los. Erlösender Jubel. Schritt eins war geschafft.

»Was war mit Lisa?«, fragte der Kommentator, und ich hätte vor Nervosität beinahe meinen Mageninhalt raufgewürgt.

War sie noch unten, hatte sie ihre Hand an dem Einbaukasten, in dem sie ihren Tee verwahrte, oder schon wieder an der Glastür zur Dachterrasse? Egal, daran durfte ich nicht denken. Alles, an was ich denken durfte, war die Festplatte im Rechner. Ich schnaufte kurz durch und schaute nach. Ein kleines flaches Ding mit roten Kanten. Lisa hatte eine SSD drin. Fein. Ein Griff in meine Ledertasche und meine Samsung-SSD lag vor mir. Vorsichtig zog ich die eingebaute aus dem Schlitten, Gott sei Dank war die Zeit der IDE-Anschlüsse schon lange vorbei. Die Dinger saßen manchmal richtig fest. Die neuen SATA waren da viel praktischer. Ein Zupfer, und alles war erledigt. Ich verstaute die Festplatte aus dem Rechner in meiner Tasche und setzte die mitgebrachte SSD in den Schlitten ein. Die Fans zündeten die Bengalos und schwenkten die Fahnen. Der Stadionsicherheitsdienst marschierte rein, und es flogen die Fetzen.

Ich setzte den Deckel ein, zuerst einmal falsch herum. Der Kommentator in meinem Kopf hatte das Problem sofort erkannt: »Da setzt er jetzt den Deckel falsch herum ein. Das ist der Druck. Auf diesem Niveau fehlt ihm einfach die Erfahrung.« Ich zischte einen Fluch und versuchte weiter, den Deckel falsch herum einzusetzen.

»Die Zeit tickt, so wird das nichts«, meinte der Typ hinter dem Mikro trocken. Im klassischen Tonfall des Journalisten, der nichts kann außer matschkern.

»Journalists, lowest form of man, there is«, wandelte ich das alte John-Wayne-Zitat aus dem Schwarzen Falken um.

Der Journalist motzte weiter: »Da muss er einfach ruhiger bleiben!« Und malte mein Scheitern genüsslich aus, da brachen ein paar vermummte Fans in die Kabine und knebelten den Unsympathler. Gut so. Dauerfreikarten auf Lebenszeit. Für die und ihre Angehörigen.

Ich drehte den Deckel um, setzte ihn ein und fischte die erste Schraube aus dem Mund. Zack. Ich traf das Loch, der Schraubenzieher griff, und easy flutschte der kleine Metallstift in die Bohrung.

»Eins«, brüllten 80.000 Arnos in meinem Kopf. »Zwei«, »Drei« und dann: »Scheiße!«

Die vierte Schraube wollte nicht. In der Kurve hörten die Ordner und die Ultras mit der Klopperei auf und starrten auf den Schraubenzieher. Man hätte eine Schraube fallen hören können, sprichwörtlich.

Ich fischte sie raus, setzte sie wieder ein. Das Stadion zitterte. Doch schon bei der ersten Drehung hakte es.

»Scheiße«, brüllten alle.

Niemand saß mehr auf seinem Platz, alle waren aufgesprungen. Ich wiederholte den Vorgang. Genau und kühl wie ein Hirnchirurg. Ich setzte den Schraubenzieher an und drehte. Zeus Allvater warf das Schicksalslos, und ich hatte einen Sechserpasch. Alles lief wie am Schnürchen. Die Schraube flutschte rein. Der geknebelte Journalist sagt was in der Art »Mmpghhmmmpgggfff!«, aber niemand hörte auf ihn.

Wildfremde Arnos lagen sich in den Armen. Sicherheitsdienstarnos mit Schlagstöcken umarmten maskierte Ultra-Arnos. Fahnen mit dem Familienwappen, der schwarzen Etruskerspitzmaus auf silbernem Grund, wurden geschwenkt, und ich stellte den Laptop auf seinen Platz zurück. Der Schiri pfiff ab. Spiel, Satz und Herzinfarkt Linder.

Ich lehnte mich im Stuhl zurück. Die satten Farben des sommerlichen Spätnachmittags pulsten vor meinen Augen. Ich konnte kaum fokussieren. Gerade noch steckte ich den

Schraubenzieher in die Tasche, als auch schon Lisa zurückkam. Sie hatte ein Tablett dabei, darauf befand sich die Glaskanne, jetzt wieder voll, und eine Teepackung. Ihr erster Blick galt dem Rechner. Eine Millisekunde lang war sie besorgt, aber als alles am selben Platz war wie zuvor, beruhigte sie sich schnell. Nun wusste ich mit Sicherheit, dass ich das Richtige getan hatte. Auf der SSD waren die wichtigen Daten drauf. Lisa schaltete wieder von Alarm auf gemütlich um.

»Schaun S' selbst«, meinte sie und hielt mir die Packung vor die Nase. Japan Bancha.

»Aha«, meinte ich.

Bancha ist die Qualitätsstufe unter dem Sencha, den ich als Alltagstee trinke. Damit hätte ich nie gerechnet.

»Da staunen Sie, was?«

»Mhm.«

Ich schenkte mir einen Schluck ein. Unfassbar, der war so gut.

»Wie machen Sie das?«

»Na ganz einfach: Ich stell ihn kalt in den Kühlschrank, zwei Esslöffel auf den Liter, und lass ihn über Nacht im Kühlschrank stehen. Jetzt sind Sie baff.«

Ich war baff.

»Aber Sie sind ja nicht gekommen, um über Tee zu plaudern. Sie sagten was von Kaede. Um was geht's?«

»Wissen Sie das nicht?«

»Was soll ich denn wissen?«

»Na, dass sie aus Wien weg ist?«

»Nein, das wusste ich nicht. Aber jetzt, wo Sie's sagen: Ich hab sie seit ungefähr einer Woche nicht mehr gesehen.«

»Wo sie geblieben ist, wissen Sie auch nicht?«

Eigentlich war es mir völlig wurscht, was die Wundervoll von Kaedes Schicksal wusste. Ich hatte die SSD, darauf waren alle Daten, und das war das Einzige, was zählte.

»Wir sind alte Bekannte, und als Kaede verschwand, da hab ich ein wenig nachgeschaut. Niemand weiß, wo sie geblieben ist.«

»Traurig. Waren Sie schon bei der Polizei?«, fragte Wundervoll in naivem Tonfall.

»Sicher, aber ich bin nicht mit ihr verheiratet, kein Angehöriger, Kaede ist Japanerin, das schert die Kieberei einen feuchten ...«

»Kann ich mir denken.«

»Einer meinte, ich sollte auf der Mahü mit einem Reissackerl wacheln, das würde sie anlocken. Er meinte, ›Querschlitze‹ würden darauf reagieren wie Katzen auf den Dosenöffner.«

»Wenn sie sonst schon unfähig sind, einen feinen Alltagsrassismus haben die Wiener Polizisten immer drauf.«

»An dem Rassismus ist nichts alltäglich.«

»Haben Sie auch wieder recht.«

»Sonst fällt Ihnen nichts ein?«

»Nein, tut mir wirklich leid.«

Lisa war so in die Rolle der anteilnehmenden Mitbürgerin versunken, dass sie gar nicht darauf kam, die Frage zu stellen, wie ich an Stolz geraten war. Oder aber, sie wusste damals schon, dass ich Theater spielte, und spielte einfach mit. Bei Frauen ist das immer schwer zu sagen. Für mich jedenfalls.

Wir machten noch ein paar Minuten Small Talk, und dann verabschiedete ich mich. Nicht ohne dass Lisa mir nicht noch all ihrer Anteilnahme versichert und sich verpflichtet hatte, mit mir auf der Uni Kontakt aufzunehmen, sobald sie von Kaede gehört hätte.

Ich spazierte die stille Gasse raus zum Margaretenplatz, zählte die Grasbüschel und begann mich langsam zu entspannen. Alle paar Schritte lief mir ein kalter Schauer über den Rücken. Dass das gut gegangen war, erstaunlich, erstaunlich.

5. KAPITEL

I

Schlussendlich war doch noch alles gut gelaufen. Ich hatte Stolz benutzt, um an Lisas SSD zu kommen. Nun musste ich nur mehr das kleine Ding in meinen Computer reinstecken, und alle Kontaktdaten der Dame waren mein. Da musste irgendwo auch was über Schneijder drinstehen. Denn ich war mir sicher, Ernst Stolz hatte Schneijder nicht angerufen. Er hatte eine neue Assistentin. Seit genau der Zeit, seit Kaede in Wien war. Davor hatte es keine Assistentinnenstelle gegeben. Das war sicher mehr als nur ein Zufall. Stolz war im Knast, Wundervoll sicher enorm aufgeregt, Schneijder ebenfalls. Da dachte niemand daran, mir nachzuspionieren. Sogar meine Spuren hatte ich grandios verwischt. Denn sobald Lisa den Laptop hochstarten würde, gäbe es einen Kurzen. Festplatte ruiniert, Daten futsch. Niemand würde auf die Idee kommen, dass auf der SSD gar keine Daten gewesen waren. Arnos perfektes Verbrechen. Und mit ein bisschen Glück war sogar Karaschin so aufgeschreckt, dass er mir nicht in die Quere kommen würde.

Nur eines stimmt nicht: »Schlussendlich«. Denn eigentlich ging alles jetzt erst richtig los.

11

Zu Hause am Utopiaweg schraubte ich meinen alten Rechenknecht auf und suchte einen Anschluss für die SSD. Pustekuchen. Mein altes Ding hatte bloß IDEs, was Neueres kannte der gar nicht. Vor lauter Ungeduld war ich schon fast so weit, mir ein Taxi runter in die Stadt zu nehmen und einfach irgendein Gerät zu kaufen, um weitermachen zu können. Wäre sicher gar keine blöde Idee gewesen. Aber wozu in die Ferne schweifen, wo das Gute doch so nah liegt?

Also brach ich wieder in Lauras Arbeitszimmer ein. Zum zweiten Mal innerhalb von sieben Tagen. Entweder war unsere Ehe auf einem guten Weg, oder ich war krank. Normale Ehemänner betrügen ihre Frauen, brechen aber nicht in ihre Zimmer ein. So ganz normal war ich also doch noch nicht. Fein.

Ich schaltete den Netzteilstecker aus. Schraubte das Gehäuse auf. Tapste mit den Fingern auf das Metall, um Reibungselektrizität zu entladen, und schaute nach. Irgendwo im Kabelgewirr fand ich dann schließlich den SATA-Kontroller. Ein Kabel war noch frei. Super. Ich stöpselte an, schaltete das Netzteil wieder ein und startete hoch. Beim Hochfahren hielt ich F2 gedrückt, kam ins Boot-Menü und wählte Lisas SSD als Slave aus. Dann schloss ich mit F10, und der Computer startete normal. Passwort kenne ich, alles kein Problem.

Ich ging in den Explorer und schaute auf der SSD nach. Den ganzen Quatsch mit dem Thunderbird und der Konfiguration schenk ich mir hier, runterladen, ausprobieren, rumstellen, blablabla. Jedenfalls klappte es zum Schluss. Ich hatte die Mails, den Terminplaner und sonst noch ein paar Sachen gefunden. Es kostete mich einige Überwindung, nicht alles anzuschauen, was Lisa so auf dem Computer hatte. Ist irgendwie wie Tagebuch lesen. Also checkte ich nur die wichtigen Sachen und hörte auf. Obwohl es mich schon unfassbar gejuckt hätte, nachzuschauen, was sie denn so auf Amazon bestellte. Und welche Seiten sie im Internet besuchte und ob sie in irgendeinem Forum war und … Aber ich war richtig gut und hatte mich im Griff. Zumindest sage ich das jetzt mal so.

Schließlich hatte ich die Adresse von Schneijder gefunden. Matrasgasse 14, 1130 Wien. Das war in Hietzing. Mir stand also eine kleine Weltreise auf die Südseite des Wienflusses bevor.

Nun musste ich kühlen Kopf bewahren und zuerst die Vorbereitungen treffen, die nötig waren. Es geht ja auch niemand mit Flipflops und Badekappe auf den K2. Zuallererst baute ich die SSD aus und machte Lauras Computer wieder zu. Dann kroch ich zum Fenster raus, den Sims rüber. Ich weiß jetzt wenigstens, wie es dazu kam, dass Reinhold Messner, der Erstbesteiger der Diamir-Flanke, von seiner eigenen Schlossmauer fiel. Ich hatte mal die Jubiläumswarte bestiegen und wäre auch ums Haar der Erdanziehungskraft erlegen. Bergsteigerschicksal.

Danach führte ich die Vorkehrungen für den Fall meines Scheiterns durch. Ich packte die SSD in ein kleines braunes Papierkuvert, schrieb Lisa Wundervoll, Assistentin Dr. Ernst Stolz, Verbindung Schneijder drauf. Auf ein kleines Zettelchen schrieb ich die Dateien auf, die interessant waren. Den Zettel steckte ich zur SSD hinein. Danach warf ich hastig ein paar Zeilen aufs Blatt, den Zusammenhang skizzierend, den ich herausgefunden hatte. Das Kuvert legte ich auf meinen Schreibtisch, auf den Homer. Ich konnte es mir noch verkneifen, die Todesszene von Hektor aufzuschlagen, aber nur knapp. Das Ganze würde schon jemand finden, wenn's mit mir zu Ende gehen sollte.

Schließlich packte ich ein paar Bücher und Notizzettel in meine alte Leder-Arzttasche, schaltete Lauras Garmin ein und steckte ihn ganz unten zwischen die Bücher. Dorthin, wo der Gelehrtenabfall zweier Jahrzehnte langsam zu Humus wird. Damit war sichergestellt, dass die Bewegungen meiner Tasche für die nächsten zwölf Stunden aufgezeichnet würden. Viel besser als die Brotkrumen, die Hänsel und Gretel damals verwendet hatten. Solche Loser.

Um auf Nummer sicher zu gehen, schaute ich nach, ob das kleine alte Nokia, mit dem mich Schneijder angerufen hatte, noch Saft hatte. Als das geklärt war, steckte ich es in einen Frischhaltebeutel, befestigte den mit Gaffer und ein paar Nadelstichen an der Innenseite meiner Hose, hinten über dem Gesäß, dort wo der Gürtel nie ganz an den Rücken drückt. Es passte genau rein. Wahrscheinlich komplett umsonst, aber wer weiß schon.

Zum Abschluss gings eher um Äußerlichkeiten. Nachdem ich gewaschen, gekampelt und geduscht war, zog ich mir noch die präparierte Flanellhose an, ein neues Hemd und frische Socken. Die Unterhose wechselte ich auch. Schließlich will man nicht mit schweißiger Wäsche den Krokodilen vorgeworfen werden. Die armen Viecherln könnten sich ja den Magen verderben. Ich war herzeigbar und damit einsatzfähig. Erinnerte mich irgendwie an die freiwilligen Südstaatler, die in der Sonntagskluft in den Tod zogen. Nur kämpfte ich nicht für die Sklaverei.

Als alles beendet war, gab es noch zwei Dinge zu tun. Erstens: Nein, ich schrieb keinen Abschiedsbrief an Laura, denn ich wusste, sollte ich sterben, würde sie mir das nie verzeihen. Nicht in aller Ewigkeit. Da wäre der Himmel für uns beide nicht groß genug. Allerdings wäre das völlig unproblematisch, denn erstens glaube ich nicht an den ganzen Humbug, und zweitens kommt nur Laura in den Himmel. Da, wo ich hinkomme, ist es so heiß, dass das Teewasser immer siedet. Trotzdem schrieb ich ihr ein Whatsapp, dass ich heute später kommen würde und sie nicht auf mich zu warten bräuchte.

Zweitens: apropos Tee. Einen Kabuse-Cha hatte ich noch. Für alle, die es nicht wissen: Das ist mein Lieblingstee. In Kagoshima werden von alters her die Teepflanzen abgedeckt, um die Qualität zu verbessern. Netze, die ungefähr die Hälfte des Sonnenlichtes filtern, werden händisch aufgehängt. Daher auch die Bezeichnung Halbschattentee. Passt auch vom Namen her richtig gut zu mir. Gott, Jesus und der Heilige Geist trinken normalerweise Gyokuro. Aber wenn Buddha und Allah vorbeischauen, dann gibts Kabuse-Cha. Zeus und Odin lachen nur, aber was wissen die schon!

Als der Tee fertig bereitet war, denn bei einem hochwertigen Grünen sollte man wirklich die 90 Grad Wassertemperatur nicht überschreiten, setzte ich mich hin und baute einen Joint. Erstens einmal war es durchaus möglich, dass es der letzte war. Zweitens wollte ich nicht sterben, ohne stoned zu sein, und drittens hätte ich ohne eine chemische Aufmunterung womöglich den Mut gar nicht aufgebracht, wissentlich in die Löwengrube zu springen. Also machte ich einen ganz sachten, räumte die Paraphernalien weg und setzte mich mit dem Kabuse auf die Terrasse. Langsam rauchend genoss ich die Aussicht auf das sommerliche Wien, das hinter Wasserdampf und Autoabgasen nur undeutlich zu sehen war.

Philip Marlowe sagte in einer ähnlichen Situation einmal: »I needed a drink, I needed a lot of life insurance, I needed a vacation, I needed a home in the country. What

I had was a coat, a hat and a gun. I put them on and went out of the room.«

Mir ging es genau andersherum. Ich hatte einen Drink gehabt, eine Lebensversicherung hatte ich, mein Haus befand sich praktisch schon auf dem Land, und Urlaub hatte ich im Moment auch. Bloß Mantel, Hut und Knarre hatte ich nicht. Ironie des Schicksals.

Schließlich packte ich alles zusammen, spülte die Teekanne ab, räumte sie weg, sperrte die Haustür hinter mir ab und ging.

III

Als bürgerliches Faulschwein war ich mit dem Taxi gefahren. Nach der Auhofstraße begann der Taxler einen Weg einzuschlagen, der Erinnerungen in mir weckte. Irgendwie kam mir das alles recht vertraut vor. Mit jeder Straßenkreuzung wurde der Eindruck eines Déjà-vus immer stärker. Firmiangasse, Vitusgasse und Einsiedelei. Das kannte ich von irgendwoher. Aber ich kam nicht drauf, woher. Musste schon lange her gewesen sein.

Neben der nebulösen Furcht vor einer Erinnerung, die ich nicht mehr greifen konnte, drückte auch das kleine Nokia in meine Wirbelsäule. Sehr unangenehm, und ums Haar hätte ich es rausgenommen, aber ich blieb standhaft.

Je länger ich im Taxi saß, umso mehr kam ich mir vor wie der Typ in Stokers Dracula, der langsam seinen Weg nach Transsylvanien macht, mit jeder Bahnstation und jedem

Hotel immer mehr mitkriegt, dass irgendwas an seinem Ziel nicht stimmt. Aber alle Hinweise und Verdachtsmomente zusammen reichen nicht aus, um eine rationale Grundlage zu bilden, auszusteigen oder umzukehren. Mir ging's genauso. Irgendwas Schlimmes lag vor mir, aber ich kam nicht drauf, was. Als wir in die Schweizertalstraße einbogen, meinte mein Taxler: »Samma scho do. Taxler fahre schnell!«

Mit einem Mal wurde mir angst und bang. Die Straße kannte ich. Da war ich schon mal gewesen. Damals, als ich Kaede besuchte. Und als dann das mit den Spinnen passierte. Was man nicht alles verdrängt im Lauf der Jahre … Jetzt holte mich die Angst wieder ein. Als wir in die Matrasgasse einbogen und vor eine Thujenhecke hielten, war mir klar, wo ich gelandet war.

»Macht 35 Euro.«

Ich kramte in der Geldtasche.

»Wollen Sie Rechnung, ich kann drucken?«

»Nein nein, ist nicht nötig.«

»Rechnung gut, schützt vor Finanz!«, meinte er.

»Nein danke, brauch ich nicht.«

»Ah gehn Sie. Nehmen is gscheiter.«

Er druckte und hielt mir den Wisch hin. Wohl oder übel nahm ich das Zetterl und kam mir wieder vor wie der Typ in Dracula. Der wollte das Kruzifix auch nicht, und dann rettete es ihm das Leben. Also steckte ich die Rechnung brav ein und zählte das Geld raus.

Ich zahlte dem Taxler die 35 Euro, die er verlangte, gab fünf Euro Trinkgeld, denn mitnehmen kann man den Scheiß eh nicht, und klingelte an dem rostigen Schild am Eingang zwischen den dunklen Thujen. Der Benz des Taxlers fuhr an und war weg. Zurück blieb ein ängstlicher Arno, der schon zu weit gegangen wäre, als dass er noch umdrehen hätte können. Wie der Typ in Dracula. Jonathan Harker hatte der geheißen. War mir doch noch eingefallen. Der Türsummer ertönte, und ich trat ein.

Der Weg über die Steinplatten war noch immer so, wie er vor gut 17 Jahren gewesen war. Das Anwesen war groß, größer, als ich es in Erinnerung hatte. Den Hang hinauf, Richtung Westen, gab es nur mehr Wald. Nach Osten hin erstreckten sich das Wiener Becken, der Wienerberg, der Laaer Berg und die seltsame Ebene dahinter. Liesing fühlt sich immer ein wenig an wie ein anderer Ort, der mit Wien oder Österreich gar nichts zu tun hat. Könnte ein Vorort von Chanty-Mansijsk sein, oder von irgendeiner unbekannten Stadt im Mittleren Westen.

Ich ging auf das große Haus zu, stand vor der Tür und musste nicht mal klingeln, denn mich empfingen schon zwei Leute. Das letzte Mal, als ich hier gewesen war, flog mir Kaede in die Arme, und wir küssten uns. Die zwei Typen würden mich vielleicht in die Arme nehmen, aber ganz sicher nicht zum Küssen.

Als gebildeter Intellektueller verachte ich natürlich rohe Kraft, aber beeindrucken tut sie mich schon richtig tief. Das waren zwei Männer, beide um die 1,90 groß, und wenn ich groß sage, dann meine ich groß und nicht hoch. Die zwei waren groß. Schulterbreite Auerochsen. Solche Typen hatten damals das Mammut ausgerottet. Mit Holzspeeren und Feuersteinspitzen. Die hatten das Überleben unserer Spezies gesichert, als solche Würmchen wie ich bloß Säbelzahntigerfutter waren.

Überraschenderweise blieben beide recht freundlich und ließen mich rein, ohne dass ich dabei Schaden genommen hätte. Sie führten mich gleich ins Wohnzimmer. In den letzten 17 Jahren hatte sich hier nicht viel verändert. Der Raum war immer noch hell und großzügig, man konnte durch die

Panoramascheibe einen riesigen Swimmingpool sehen, die bizarre cremefarbige Ledercouchsitzgarnitur mit den vielen Ebenen, Sitzmöglichkeiten und Windungen gab es immer noch. Der riesige Teppich war noch immer farbenprächtig. Aber es wirkte doch schon alles ein wenig abgewohnt.

Ein Mann kam auf mich zu und hielt mir die Hand hin.

»Gut, Sie wiederzusehen, old chap«, meinte er und jetzt in natura, ohne Telefon, und so erkannte ich ihn wieder.

Obwohl ich das Gesicht noch nie in meinem Leben gesehen hatte. Früher hatte er Cotton-Whyte geheißen. Heute nannte er sich Schneijder. Das Gesicht war ein anderes, aber der Typ war derselbe.

»Freut mich auch, wiedersehen kann ich nicht ganz sagen.«

»Ah so.« Er griff sich an das Gesicht. »Auch das ist mal neu. Hoffe, es gefällt!«

»Sicher.«

Wir beide vermieden jede Anspielung darauf, wie es dazu gekommen war, dass er ein neues Gesicht gebraucht hatte. Das war eine schlimme Sache gewesen. Vorher habe ich von Spinnen geredet. Eigentlich waren es gar keine. Nahe Verwandte sozusagen. Ohne Gift und ohne Spinnseide, mit einem Beinpaar mehr. Aber grausliche Viecher, ganz ohne Übertreibung.

»Scotch?«, fragte er mich und lud mich auf seine Couch ein.

»Gerne.«

Ich mag keinen Whisky, aber wenn du in Rom bist, benimm dich wie ein Römer. Er hatte alle Trümpfe in der Hand. Ich war der Bittsteller. Besser, keine Schwierigkeiten machen, die sich vermeiden ließen.

Wir setzten uns, einer der Mammutjäger brachte den Drink.

»Unfassbar, was die Medizin für Fortschritte macht«, sagte ich.

»How come?«, fragte Cotton-Whyte.

»Na, die zwei Typen, die haben Sie sicher neben einem der Mammuts in Sibirien gefunden und wieder aufgetaut.«

Cotton-Whyte lachte laut auf.

»Nononono. Die haben nix damit zu tun. Die sind echt.«

Ich neigte den Kopf. Whyte hob den Drink und nahm einen Schluck. Ich tat es ihm nach. Er wartete auf einen Kommentar meinerseits, aber ich blieb stumm. Whisky halt. Wenn die Leute von Torf reden, dann meine ich, das schmeckt eh nur nach Abstellkammerstaub. Aber jedem das Seine. Mir Kabuse-Cha.

»Also, Linder, ich habe Ihnen gesagt, Nase raus. Sie hören nicht, jetzt kommen Sie vorbei. Wieso das Ganze? Warum soll ich nicht einfach … Kragen ab?«

»Kopf ab. Oder aber: Kragen umdrehen.«

Ich hätte mir am liebsten die Zunge abgebissen, aber Besserwissen, das kann ich nicht unterdrücken. Das muss raus.

»Ah, danke«, meinte Whyte säuerlich. »Aber egal. Wieso hören Sie nicht auf mich?«

»Weil es nicht geht.«

»Was geht nicht?«

»Meine Nase rauszuhalten.«

»Dann werde ich was tun müssen, dass Sie es machen«, stellte er trocken fest.

Auch wenn es sich vielleicht nicht so anhörte, ich kannte den Mann von früher. Bender hatte vor ihm Respekt gehabt. Mehr brauche ich da nicht zu sagen. Das war eine Morddrohung gewesen. Vielleicht sogar ein bisschen mehr als nur eine Drohung.

»Schaun wir mal. Aber warum ich hier bin: Ich will wissen, was war mit Kaede, warum ist sie abgehauen …?«

»Linder, Sie stellen zu viele Fragen. Was ich weiß, ist, dass Bender nicht mehr da ist. Right?«

»So ist es.«

»Tot?«

»Mittlerweile schon.«

»Kein Beileid. War eine bloody son of a bitch.«

»Das war aber ein Kompliment.«

»Können Sie nehmen, wie Sie wollen. Jedenfalls passt niemand mehr auf Sie auf.«

»Ich bin mittlerweile erwachsen geworden.«

»Sie haben meine Freundin gebumst, Sie haben mein Gesicht zerstört, sie haben Serdar getötet und Sie haben mich dazu gebracht, meine Lieblinge zu töten. Sie waren damals schon genug im Weg. Jetzt ist no change for the better.«

Er hatte sich ein wenig in Rage geredet.

»Serdar ist tot?«

»Sure. Fatal blow to the head with a blunt object.«

Mittlerweile hatte die Rage Oberhand gewonnen, er pfiff nahezu beim Atmen. Man sah nun, das sich seine Gesichtsmuskeln bewegten, dass er kein natürliches Antlitz mehr trug. Wirkte irgendwie wie eine Wachsmaske. Bedrohlich aber trotzdem. Ich hatte die Hosen voll.

»Das tut mir leid«, entgegnete ich ernst.

Whyte starrte mich an, bereit, loszubrüllen, mich auf der Stelle töten zu lassen, aber die gute Kinderstube gewann noch einmal die Oberhand. Er trank sein Glas leer und winkte nach einem neuen. Ich kriegte auch einen Refill. Bemerkenswert war, dass der Mammutjäger im feinen Zwirn, der die Drinks machte, an der Bar zwei neue Gläser nahm und dann die alten wegtrug. Whyte hatte offensichtlich mittlerweile ein paar kleine Ticks. Früher hatte es das nicht gegeben, neue Gläser für jeden Refill.

Als der Mammutjäger durch die Tür verschwunden war, überkam mich die Erinnerung an die Nacht mit Bender und Fred. Als Bender mit Whyte verhandelt hatte, Fred und ich mit Kaede in der Küche saßen und redeten. Kaede und ich flirteten verdeckt, doch Fred hatte es sicher gemerkt und nur zum Schein mitgespielt. Eine wunderbare Nacht. Jetzt waren alle tot. Bender hatte das Alter geholt, Fred eine Kugel, und die Freundschaft zu mir und Kaede war in einem namenlosen Hotelzimmer in Singapur verreckt. Mittlerweile war ich allein mit meinen Erinnerungen. Zum ersten Mal in meinem Leben wurde mir so richtig bewusst, was es heißt, zu altern. Es geht da nicht um die Runzeln im Gesicht, das dünner werdende Haar oder die abnehmende Belastbarkeit. Eigentlich bedeutet es, dass die Menschen, mit denen man sein Leben geteilt hat, sterben. Die Erinnerungen können nicht mehr lebendig gehalten werden, weil man sie mit niemandem mehr wieder auffrischen kann. Denn wer nicht dabei war, den langweilen solche Storys immer. Da das Leben zum größten Teil aus Erinnerungen besteht, ist es vielleicht wirklich so, dass mit jedem verlorenen Menschen ein klein wenig von einem selbst mit stirbt. Singuläre Vereinsamung. Und wenn dann der Zeitpunkt gekommen ist, da man seine Erinnerungen mit niemandem mehr teilen kann, warum sollte man dann überhaupt versuchen, neue Erlebnisse zu sammeln? Nützt ja eh nichts mehr.

»Auf Serdar«, meinte Whyte.

Ich trank mit. Mit einem Male konnte ich Whyte verstehen. Ich trank weniger auf den brutalen Schläger als auf all die Menschen, die ich verloren hatte.

IV

Ich war zu Whyte gegangen, wohl wissend, dass es gefährlich werden würde. Deswegen hatte ich ja den GPS-Tracker mitgenommen. Und mir das Handy hinter den Gürtel geklebt. Denn im Notfall wollte ich die Kavallerie rufen. Die hieß Molnar. Aber ich brauchte die Frau und die Bullen nicht unbedingt. Mein Plan war es gewesen, nur im äußersten Notfall darauf zurückzugreifen. Mit den Plänen ist das so eine Sache. Moltke meinte: Man braucht einen super Plan. Der zerstiebt im ersten Pulverdampf, und schlussendlich helfen eh nur mehr die drei Grundregeln: Mobilität, Schwerpunktbildung und immer feste druff.

Da ich kein Militär bin, habe ich keinen blassen Schimmer, was die zwei ersten Maximen bedeuten könnten. Aber das mit dem »immer feste druff«, das hab ich total verinnerlicht.

»Also, was ist jetzt mit Kaede gewesen?«, bohrte ich nach.

Whyte hatte immer noch diesen träumerischen Gesichtsausdruck, den wir alle zeigen, wenn wir in der Erinnerung kramen.

»Das geht Sie nicht die Geringste an!«, meinte Whyte. »I think it's better to leave, Linder.«

»Blödsinn. Ich gehe nicht, ehe Sie mir nicht gesagt haben, was da war.«

»Die kleine bitch ist das nicht wert.«

»Was, was wert ist, entscheide ich ganz allein. Außerdem war sie keine Schlampe.«

»Das kommt ein bisschen spät?«

»Was ›spät‹?«

»Na, die Dementi!«, kicherte Whyte.

Ich ließ ihm den kleinen Triumph.

»Also, was war jetzt?«

»Linder, ich sage Ihnen: Da war gar nichts. Nichts. Nothing. Nada. Sie ist einfach gegangen.«

»Und warum ist sie dann in Singapur gestorben? Einen Tag, nachdem sie von Ihnen abgehauen ist?«

»Woher soll ich wissen? Alte Rechnungen? Neue Feinde? Vielleicht hat sie den Falschen an der Bar angebraten? Woher soll ich wissen?«

Er winkte mit dem Glas in der Hand nach einem neuen Drink. Die Tumbler waren ziemlich groß, und der Mammutjäger goss ordentlich rein. Whyte schüttete sich den unverdünnten Whisky mit ziemlichem Tempo rein. Da konnte ich nicht mithalten.

Das alte Glas wurde abgeholt, das neue gebracht. Inzwischen hatte Whyte ein Seidentaschentuch rausgeholt, tropfte Desinfektionsmittel auf den Stoff und wischte sich damit die Finger ab. Creepy. Der Bursche hatte ein ziemliches Eck weg.

»Whyte, Sie haben da was laufen. Die Assistentin vom Stolz, die haben Sie auf der Gehaltsliste. Wahrscheinlich sogar im Bett. Im Archiv gibt es zwar keine Goldsiegel mehr, aber jede Menge andere Dokumente. Da muss irgendwas dabei sein, was ziemlich viel wert ist. Dahinter sind Sie her. Und Kaede hat das mitgekriegt, hat es mit der Angst zu tun bekommen und ist abgehauen? Oder hat sie gar dasjenige mitgenommen, was so viel wert war, und deswegen haben Sie sie umbringen lassen? Oder aber, und das glaube ich, ist die treffendste Möglichkeit: Sie waren wieder mit Kaede zusammen, sie hat rausgefunden, dass Sie die Assistentin vom Stolz nicht nur zahlen, sondern auch … wissen S' eh schon, und da ist sie gegangen. Aber nicht, ohne Ihnen vorher noch ordentlich in die Suppe zu spucken, und das hat sie das Leben gekostet. Deswegen bin ich hier. Ich will wissen, was da los war.«

»Total daneben, Linder. Kaede ist nicht wegen mir gestorben, sie hat nicht run off wegen die Lisa, wir haben einfach nicht mehr zusammengepasst.«

»Und deswegen ruft sie mich mitten in der Nacht an und will sofort zum Flughafen rausgebracht werden? Blödsinn.«

»Sagen Sie mir nicht Blödsinn, Sie minor character.«

Er war aufgestanden und drohte mir mit der Linken. Die Rechte hielt den Drink. Sein Gesicht war rot angelaufen, und durch die Wut verzerrten sich die Gesichtszüge derart, dass die Operationsnarben weiß hervortraten. Mit einem Mal wirkte das ganze Gesicht wie eine tote Wachsmaske. Der ganze Körper war in einen tadellos sitzenden Zweireiher eingehüllt, die Füße steckten in glänzenden Budapestern, und das Gesicht wirkte wie das von Vincent Price in seiner Rolle als Dr. Phibes. Es war richtiggehend unheimlich.

»So leicht werden Sie mich nicht los. Also, warum mitten in der Nacht?«

»Frauen, Linder, Frauen. Die machen so was.«

»Blödsinn. Mit Frauen hat das nichts zu tun.«

»Und ob, Linder. Frauen, das sind alles so Loser. Die brauchen geschützte Räume und Quoten, sonst kriegen die keine Jobs, und die werden immer Opfer. Von die Machos und die sexisms, von die Mode und die Journale und von die dandelions auf der Jesuitenwiese. Bah.« Ums Haar hätte er ausgespuckt. »Und dann, Linder, dann kommt das Beste. Wissen Sie, was das ist?«

»Nein, aber Sie werden's mir sicher gleich sagen.«

»Exactly. Die gläserne Deckel.«

»Was ist damit?«

»Das ist der Grund, dass die Frauen keine Karriere machen.«

»Naja, den gibts halt auch.«

»Kann sein, aber so oder so, die Deckel ist gläsern.«

»Und?«

»Glas, Linder, Glas. Männer zerbrechen Glas. Bei Frauen, da ist das wie mit die Moskitos und die Autoscheibe. Klatsch.« Unterstützend patschte er mit der flachen Hand auf den Tumbler. Die glänzende Flüssigkeit schwappte träge hinauf, um dann ölig am Glas wieder runterzurinnen. »Glauben Sie mir. Den Dschingis Khan, den hat nicht mal die Chinesische Mauer aufgehalten, wissen Sie, was der mit eine gläserne Deckel gemacht hätte?« Er lachte. »Kabumm. Glas zerbricht man.«

Er trank den Tumbler leer und winkte nach einem neuen.

»So. Ich sage zu Kaedes Tod, was der englische General zu Waterloo gesagt hat.«

»Was hat der gesagt?«

»Na, der und seine Freund ritten über die battlefield. Raging cannonball fire. The one said: By God, Sir, I've lost my leg. Und der andere, der neben ihm ritt, he said: By God, Sir. So you have.«

Whyte schüttelte sich vor Lachen. Ich musste auch schmunzeln. Haargenau der gleiche Witz, den mein Stiefvater so gern über die Wiener erzählt hatte, nur mit einem kleinen Unterschied. Ich nippte an meinem Whisky. Die Engländer gewinnen Waterloo, und die Österreicher sitzen in der eigenen Scheiße. Die Reaktion ist dieselbe.

»Ah, das ist die gute Stoff!«, meinte Whyte, als er sein Glas erhielt. »Refill?«, fragte er zu mir gewandt.

Ich schüttelte den Kopf.

»Might be your last?«, fragte er wohlwollend.

Ich schüttelte den Kopf.

»In diesem Fall.«

Whyte zeigte mit dem Kopf auf mich, und die beiden Mammutjäger schnappten meine Arme. Schneller, als ich »principium identitatis indiscernibilium« sagen hätte können.

V

Eine Sekunde zuvor noch ein freier Mann, geachteter, wenn auch ungeliebter, Gesprächspartner, und nun Gefangener. War gar nicht gut gelaufen, aber damit war zu rechnen gewesen. Ein Typ fixierte mich, indem er mir die Arme im Polizeigriff auf dem Rücken hochdrückte. Schmerz lass nach. Whyte schaute ungerührt in sein Whiskyglas.

»Search him.«

Der vor mir schnappte sich meine alte Arzt-Ledertasche und wühlte drin rum.

»Bücher«, meinte er und legte die Tasche weg.

»Gimme«, meinte Whyte, und der Mammutjäger reichte ihm die Tasche.

Der hinter mir, ganz wohlwollender Grobian, drückte mir die Arme so weit nach oben, dass die Schultergelenke herauszuspringen drohten. Ich versuchte, so locker wie möglich zu bleiben, aber das ging nicht so gut. Lesen tut sich so was immer leichter als erleben.

»Check his mobile«, raunte Whyte, während er die Tasche durchsuchte.

Der Typ griff mich ab wie eine geile Hure und fand natürlich auch das Smartphone, das mir Laura geschenkt hatte. Er schwenkte es triumphierend in der Luft.

»Switch it off«, meinte Whyte und suchte noch immer in meiner Tasche. »Books, books, books. Viel zu viele. Lesen macht blöd«, griente er. Dann erhellte sich sein Gesichtsausdruck. »Check it out. Der kleine Bastard«, sagte Whyte und hielt den Garmin hoch.

Er drehte ihn hin und her, so als ob er nach Batterien suchen wollte. Dann fand er den Aus-Knopf und drückte. Triumphierend warf er mir das Ding zu. Mangels freier Arme konnte ich nicht fangen. Das kleine Ding knallte mir gegen die Stirn. Whyte hatte offensichtlich nicht wirklich begriffen, was das Ding machte. War aber nur ein kleiner Trost, denn es war nun ausgeschaltet. Das heißt, wenn Laura ihren Account checken würde, sähe sie nicht zu ihrer Überraschung irgendwo in Penzing ein Lichtlein blinken. Sie würde deswegen auch nicht auf die Idee kommen, nach mir zu suchen. Im Nachhinein, bei einer Gerichtsverhandlung, wenn ich dann schon tot und begraben wäre, würde der kleine Garmin sicher die Verurteilung von Whyte bewirken. Aber wie immer. Gerechtigkeit ist nur ein kleiner Trost.

Aber ich hatte ja noch meinen letzten Trumpf. Das war das Handy, mit dem mich Whyte angerufen hatte. Das steckte nach wie vor hinter meinem dicken Ledergürtel. Feine Sache. Das hatten sie nicht gefunden. Gut gemacht, Arno. Ich stand vor Whyte, fixiert und durchsucht.

»Alles durchgecheckt?«, fragte Whyte.

Die Mammutjäger nickten. Waren nicht die Männer vieler Worte. Aber mit den Muckis mussten sie das auch nicht.

»Ihr stupid faggots. Wenn ihr was übersehen habt, ich mach euch verantwortlich. Diese Kerl ist eine ganz Schlaue. Der kommt nicht einfach so zu mir.«

Whyte trank sein Glas aus und kam auf mich zu. Er war schon ein wenig angetrunken, die blassblauen Augen schwammen ein wenig, die Hände schwangen fahrig, und ich konnte seinen Atem schon aus drei Metern Entfernung riechen. Als er ganz nah bei mir stand und ich jede einzelne chirurgisch glattgebügelte Falte in seinem Gesicht sehen konnte, sein Atem auf meinem Gesicht spürbar war und ich die ganze Wucht seiner Persönlichkeit spüren konnte, wurde mir einiges klar.

So falsch hatte ich bis jetzt nicht gelegen. Whyte hatte irgendein Ding vor. Was recht Großes. Denn er war fertig, und das wusste er. Auf den ersten Blick wirkte er wie ein normal beschwipster Mann. Aber genauer betrachtet war er ein schwer betrunkener Dauersäufer, der mit knapp drei Promille so nüchtern wirkte wie ein Gelegenheitstrinker nach dem zweiten Bier. Das seltsame tote Gesicht, die Augen, die nicht so recht hineinpassen wollten, der Tick mit dem sauberen Glas. Whyte war fertig. Ausgebrannt. Es ging nicht mehr. Now or never. Das wusste er. Er war seiner letzten Chance auf der Spur, und das wollte er sich nicht kaputtmachen lassen. Nicht durch Kaede, nicht durch mich. Nicht durch sonst wen. Er war bereit, bis zum Schluss zu gehen. Bis zum bitteren Ende, mit letzter Konsequenz.

Cool, dass ich das rausgekriegt hatte. Gar nicht cool, dass ich nun auch am eigenen Leib erfahren würde, was das bittere Ende für mich bereithielt. Aber man kann nicht lernen, ohne sich die Finger zu verbrennen. Ich hatte noch mein Handy.

Whyte stand vor mir, schwankte ein wenig.

»Was ist, Boss? Er hat keine Puffn. Hamma gschaut«, meinte der Mammutjäger, der mich festhielt.

»Der Linder hat keine Waffen. Das ist nicht der Typ für

so was. Aber irgendwas hat der. I can feel it. He's bloody cool.«

Whyte schaute mir in die Augen, und mit einem Mal wusste ich, woran er mich erinnerte. An eine Moräne, mit starrem Blick, seltsamer Färbung und garstig. Er schien beinahe an mir zu schnüffeln.

»Irgendwas hat die Kerl. Mandi, geh mal weg. He won't run.«

Der hinter mir trat zurück. Whyte fuhr an meinem Rücken hinab. Mit beiden Händen. Ich erstarrte vor Schreck.

»Got'cha«, meinte Whyte triumphierend.

Noch hatte er das Handy nicht gefunden, aber ich wusste, es war nur eine Frage der Zeit. Kürzester Zeit. Dann war es vorbei. Whyte zog das kleine Nokia hinter meinem Gürtel hervor.

»That's it«, meinte er zu mir. »Weg mit die scum«, meinte er zu den anderen.

»Was sollen wir mit ihm machen?«

»Werft ihn raus. Zieht ihm die Kleider aus, weg mit die Schuhe, ohne Unterhose«, antwortete Whyte grimmig.

»Okay, Boss.«

Die beiden packten mich und brachten mich zur Tür. Ich war todfroh. Noch einmal von der Schaufel gesprungen. Nichts gewonnen, aber auch nichts verloren. Glücklicher Arno, frohlockte ich innerlich.

So was sollte man aber nicht machen. Lob den Tag nicht vor dem Abend. »Verschrei's nicht«, hätte meine Oma gesagt und auf Holz geklopft, unberufen. Toi toi toi. Ging nicht. In Form der Mammutjägerköpfe wäre mir zwar sehr viel erstklassiges Holz zur Verfügung gestanden, aber meine Hände waren immer noch fixiert. Also hatte ich es verschrien. Und das mag die Schicksalsgöttin überhaupt nicht. Denn die Tür ging auf. Alle blieben stehen. In der Tür stand Lisa.

»Was macht denn der da?«, fragte sie Whyte und zeigte auf mich.

»Wir hatten eine Gespräch, und jetzt fliegt er raus. Why?«

»Er hat meinen Laptop z'samm'gricht«, meinte sie.

»So wie?«

»Keine Ahnung, aber er war am Nachmittag bei mir, ich hab ihn abgewimmelt und dann war der Computer hin. Ich war beim Service, da in der Phorusgasse, aber der hat gsagt, die SSD is durchbrennt.«

»Und?«

»Kaputt.«

»Damn«, meinte Whyte. »Hast du ihn mit die Notebook allein gelassen?«

»Nur einen Moment, er war so arm, wegen der Kaede, und da haben wir geredet und ...«

»Stupid bitch!«, meinte Whyte, ging auf sie zu und schlug ihr mit der linken Handrückseite ins Gesicht. Richtig hart. Den Whisky hielt er mit der Rechten fest. Und verschüttete keinen Tropfen.

»Was hast du gemacht?«, fragte mich Whyte, mit langen Schritten durch den Raum eilend.

Ich schwieg trotzig. Lisa saß hinter Whyte auf dem Modelpopo und hielt sich die Wange. Der Typ hinter mir zog meine Arme hoch, Schmerz schoss durch meinen Körper, und der Mammutjäger vor mir schlug mir zweimal ins Gesicht.

»Also, was hast du gemacht? Wie hast du das erfahren mit die Daten von die Verkäufe? Woher hast du gewusst? Wer hat dir verraten?«, brüllte mir Whyte ins Gesicht.

»Lass ihn, Anselm«, meinte Lisa von hinten. »Der Mann im Laden in der Phorusgasse hat gemeint, er kann die

Daten wiederherstellen. Übermorgen haben wir sie wieder.«

»Und? Wir können nicht bis übermorgen warten. Wenn diese Linder das weiß, dann hat irgendwer geplaudert, wir müssen weg. Heute noch!«

»Sicher. Aber wenn der Trottel in der Phorusgasse das kann, dann kann das jeder. Setzen wir uns ab, suchen einen, der uns die Daten wiederherstellt, dort wo wir untertauchen.«

»You're right. Wir brauchen bloß schnell sein.«

»Siehst du!«, strahlte Lisa.

Es musste um viel Geld gehen, sonst hätte sie die Ohrfeige von Whyte sicher nicht so einfach weggesteckt.

»Du, Mandi, du bringst ihn raus zu Tobias in die Gartenhäuschen. Dort schnürt ihr ihn ein und in die Wagen rein. Dann Wienerwald. Nimmt die großen Müllsäcke und die Schaufeln mit! And dig deep! Six feet under.«

»Machma, Chef«, meinte der als Mandi Angesprochene.

Er packte mich und zerrte mich aus dem Raum. Ich konnte noch sehen, wie der andere Mammutjäger Whyte einen neuen Whisky brachte, während der Lisa liebevoll über die geschwollene Wange strich.

VI

Draußen war es warm und sanft. Die Sonne stand im Begriff, im Westen hinter den Hügelrücken zu verschwinden, und lange goldene Finger griffen durch das Dunstblau des Wiener Beckens bis zur Donau. Die Luft strich zärtlich über die östlichen Ausläufer des Wienerwalds, es zirpten ein paar Grillen, und irgendwo hinter der Thujenhecke raschelte es verräterisch. Ein Fuchs, ein Marder, vielleicht auch ein kleiner Hase. Alles nur Geräusche der Natur. Zivilisationslärm hört sich anders an. Was einem auf dem Weg zur eigenen Exekution nicht alles auffällt.

Mandi schupfte mich mit einer Hand durch den Garten, auf ein kleines Häuschen zu. Das Häuschen schien eine bewohnbare Garage zu sein. Es war viereckig, aus Beton, potthässlich. Unten hatte es keine Fenster, oben schon ein paar. Hinter denen war es hell. Der Chauffeur war also zu Hause.

Mandi klopfte. Es dauerte, es dauerte, es dauerte, ich hoffte, die Tür würde nie aufgehen. Dann ging sie auf. Mandi drückte meinen Kopf nach unten und schob mich rein.

»Wir sollen eahm rausbringen. Müllsack und Schaufel.«

»Geh hearst, Oida, immer die gleiche Hackn!«, meinte der andere.

Mir fiel etwas auf. Der Wiener Dialekt passte nicht ganz. Tonfall, Intonation und auch das weiche Lippenspiel passten perfekt, allerdings offenbarte der Knacklaut einen Hinweis auf einen Ortsfremden, der sich nur verstellte. Den Knacklaut kannte ich. Der klang so nach schneebedeckten Gipfeln, kernigen Naturburschen und Inntalautobahn. Ich hob den Kopf. Und blickte in das Gesicht eines Toten. Vor mir stand Moratti. Er hatte mich gleich erkannt. Das merkte ich. Aber er gab es nicht zu erkennen.

»Was hat die Krot ausg'fressen?«, fragte er Mandi.

»Waß i net. Is ma wurscht. Drah ma'n ham, lautete der lapidar formulierte Aufruf zum kaltblütigen Mord.«

»Sicher. Gemma«, meinte Moratti.

Wenn er den Knacklauten auswich, dann klang er wie

ein echter Wiener. Den Tiroler hörte man kein Bisschen raus. Und ich war mir sicher, bis auf mich hatte auch keiner seine Knacklaute unter Verdacht. Starke Leistung. Der Typ war ein richtig guter Schauspieler. Geeignet für einen Undercover-Einsatz. Hätte ich ihm so gar nicht zugetraut. Bei den ersten Begegnungen wirkte er eher wie der Mann fürs Grobe.

Alles, wovor ich jetzt noch Angst hatte, war, dass Moratti gar nicht undercover war. Möglich, dass er der besseren Bezahlung wegen einfach die Seiten gewechselt hatte. Dann würde er die Gelegenheit beim Schopf packen. Er hatte mich noch nie leiden können. Gar nicht. Hund und Katz gewissermaßen. Mit einem Mal kippte ich aus der Hochstimmung des Geretteten wieder in das Tal des Todes zurück. Vom Regen in die Traufe gewissermaßen. Mandi und ich folgten Moratti. Einmal quer durch das kleine Häuschen, alle Lichter ausschalten, anschließend runter in die Garage, wo sich hinter vier glänzenden Luxuskarossen ein kleiner Raum befand. Dort gab es alles, was das Mörderherz begehrte. Kunstdünger, Pestizide, Hacken, Schaufeln und dicke schwarze Plastiksäcke. Mandi schnappte mich, Moratti hielt eines der Dinger auf und dann, schwuppdiwupp, steckte ich drinnen.

»Ins Sackerl mitm Gackerl«, meinte Mandi, auf den Slogan der 49er zum Hundekotproblem der Hauptstadt anspielend.

Schneidend pfiff das Plastikband, als Moratti zuzog. Ich saß im Dunkeln.

»He!«, protestierte ich energisch.

Wohl wissend, dass mir auf der Fahrt zu meiner Hinrichtung noch ein wenig Aussicht und ein gutes Gespräch gewährt werden sollten. Zumindest in den Krimis, die ich so gelesen hatte, geschah das immer. Das Gespräch war wichtig, denn wie hätte sonst der Detektiv das Verbrechen lösen sollen! Nicht so mit mir. Ich steckte im Plastiksack, Phil Marlowe hatte das nie jemand angetan. Ich war mir überhaupt nicht mehr sicher, ob Moratti noch auf der richtigen Seite stand.

»He!«, protestierte ich nochmals, als mich einer hochnahm. Ich denke, es war Mandi.

»Gusch im Sackerl!«, meinte Moratti.

»Warum habt ihr mich im Sack?«, fragte ich.

»Weils dann weniger spritzt, wemma di daschiaßn«, meinte Mandi trocken. »Weniger Sauerei. Weniger Spuren. Besser so. Müssma uns net so waschn. Nachher.«

»Macht ihr das öfter?«, fragte ich entsetzt aus dem Sack heraus. In einem schwarzn Plastiksack erschossen, pietätloser gings nimmer. Das ist die Moderne, geschmacklos aber praktisch.

»Waschn oder schiaßn?«, fragte Mandi trocken zurück.

Dann krachte ich mit dem Kopf gegen Eisen, und ein lauter Knall beendete die Konversation. Ich saß im Kofferraum fest. Offensichtlich. Wobei, im schwarzen Müllsack ist gar nichts offensichtlich. Da ist es dunkel und stickig, und man ist froh, dass man den oben nicht ganz zuziehen kann, denn sonst würde man ersticken.

Eine holprige Fahrt, während derer ich mich zusammenrollte, um die Stöße und Schläge besser wegstecken zu können, erwartete mich. Ganz abgebrühter Hund und coole Socke versuchte ich, die Zeit festzustellen, die wir brauchten, bis wir anhielten. Das war unmöglich. Ich zählte zwar, aber so nach neun Minuten verzählte ich mich hoffnungslos. Außerdem war ich so aufgeregt, dass ich wahrscheinlich schneller zählte als der Weltmeister im Schnellzählen selbst. Den Weg konnte ich auch nicht feststellen, denn jede

Kurve und jede Bodenwelle warf mich dermaßen herum, dass ich vollkommen die Orientierung verlor. Bis ich mich wieder einigermaßen zurechtgefunden hatte im schwarzen Müllsack, kam schon die nächste Kurve – und wieder alles weg. Ich kann also guten Gewissens jedem die Fähigkeit absprechen, den Weg, den ein Auto nimmt, aus dem Kofferraum zu bestimmen. Ausprobiert. Funktioniert nicht. Basta.

Irgendwann ging der Deckel auf, und ich wurde rausgeholt. Man lehnte mich gegen den Wagen und ich hörte das Geräusch von Schaufeln, die auf die Erde geworfen wurden.

»Du oder i?«

Es war Mandi, der fragte.

»Du.«

»Sicher net.«

»Münzwurf?«, fragte Moratti.

»Kemma mach'n.«

Ich hörte nichts, dann ein Ächzen und die Frage: »Harfe oder Sterne?«

»Harfe«, meinte Moratti.

»Gut.«

Dann krackte es, und ein schwerer Mann fiel zu Boden. Ich hoffte, dass es Mandi war. Schritte kamen auf mich zu, ein Messer schnappte auf, und dann gab es einen Schnitt. Vorsichtig, aber nicht zu vorsichtig.

»So, kannscht aussakeman«, meinte Moratti wieder im Gebirglertonfall mit offiziell knackenden Verschlusslauten.

Ich schnaufte tief durch, denn die Luft im Sack war nicht mehr die beste gewesen, und stieg aus dem Sack. Es war kalt. Saukalt, denn ich war nass. Im Sack hatte das Wasser in meiner Atemluft kondensiert, und so war ich bis auf die Unterhose durchnässt. Ich bibberte.

»Brauchscht net zittern. I tua da fei nix«, meinte Moratti böse scherzend.

»Ist mir schon klar, aber ich bin nass, es ist kalt.«

»Ja, die Mischtsackerln, a schöne Scheiße.«

Ich blickte mich um. Rings um mich Bäume. Meistens Eichen, aber auch ein paar Linden. Sommerlich duftender Waldboden unter meinen Füßen. Über mir, zwischen den Zweigen sichtbar, ein früher Nachthimmel. Inmitten der kleinen Lichtung stand ein dunkler Wagen, daneben lag Mandi. Schon gefesselt. Er rührte sich nicht.

»So, Linder, und jetzt sagscht ma – aber fix! –, was des soll! Mir hätt'n den Schneijder scho fascht ghabt, und jetzt platzt du herein und alles ischt hin. Wal i di retten muaß! Damischer Depp, damischer!«

»Also, der Typ, das ist nicht Schneijder, der heißt Anselm Cotton-Whyte, der war schon in den 90ern in Wien, hatte eine Investmentfirma in der Börse.«

»Alles besser wissen, ge!«, fauchte mich Moratti an.

»Egal, jedenfalls …«

»Gar nix jedenfalls, du hascht uns den Fall versaut, ich nehm di mit aufn Kort. Dort wird da die Molnar die Haxn fire richten! Damitschtu des nur waaß!«

»Jetzt hören Sie mir doch mal zu. Ich hab die Festplatte von der Wundervoll, da steht …«

»Wer ischn des?«, fragte Moratti.

»Die Assistentin vom Stolz!«

»Stolz?«

»Haus- und Hofarchiv!«

»A geh, der! Des klane Manderl mit de höchn Absätz!«

»Genau.«

»Und was hat de mit'n Schneijder zum tuan?«

»Das ist nicht der Schneijder, das ist der Cotton-Whyte, und der hat mehr Dreck am Stecken als der Grasser. Jedenfalls ist die Wundervoll die Assistentin vom Stolz und arbeitet für den Cotton-Whyte, weil der will irgendwas mit dem Haus- und Hofarchiv durchziehen!«

»Mein Gott. So wullt der da reinkumman! Des hamma net kapiert. Da wird die Molnar schaugn, herscht!«

Plötzlich warf er den Kopf herum. Wie ein Wolf, sein ganzer Körper war angespannt.

»Stad. Da isch wer«, flüsterte er beinahe lautlos.

Ich blieb stumm, etwa für eine Viertelstunde. Keiner von uns bewegte auch nur die Augenlider. Endlich entspannte sich Moratti wieder.

»Muass mi täuscht ham. Weiter.«

»Also, von der hab ich die Festplatte, da steht sicher alles drin, was die machen wollten und was für Kontakte Whyte hatte und und und.«

»Net schlecht. De Plattn brauchma.«

»Könnts ihr haben.«

»Gar net schlecht, Linder. Auf die Wundervoll san mir net kemman. Aber was wulln die bloß im Archiv? Da gibts doch nix mehr. Die Goldsiegel san scho seit ewig nimma da.«

Jetzt hatte ich es schwarz auf weiß. Sogar die Polizei wusste Bescheid. Der Einzige in Österreich, der es nicht gewusst hatte, war ich. Tschapperl.

»So, jetzt ruf ich die Molnar an, die nehmen den Schneijder hops und mir fahrn uns die Festplattn holn. Wo issas denn?«

Ich wollte gerade zu einer Antwort ansetzen, als mir Moratti die Hand auf den Mund legte und witternd den Kopf drehte. Er hätte einen wunderbaren Lederstrumpf abgegeben. Bis auf den Tiroler Akzent natürlich.

»Irgendwer ischt da. I merk des. Gemma Linder, ins Auto eini. Farhma los. 's isch Zeit.«

Er schob mich vor sich her, packte den Mandi, schleifte ihn ins Auto und drehte die ganze Zeit forschend den Kopf hin und her. Irgendwer war dort. Oder Moratti hatte das Schicksal aller Undercover-Agenten ereilt. Verfolgungswahn.

VII

Wir fuhren auf einer gewundenen Straße durch den Wald, Moratti fluchte wie ein Kesselflicker, denn die Verbindung zu Molnar wollte nicht so recht klappen. Erst als wir uns dem Waldrand näherten, der Straßenbelag von Blatt zu Asphalt wechselte, am anderen Talrand helle Fenster zu sehen waren wie Glühpunkte, klappte es mit dem Empfang. Moratti redete so undeutlich und leise, ich konnte kein Wort verstehen, obwohl er direkt neben mir saß. Er redete in etwa so, wie die Ärzte auf Rezepten schreiben. Alles, was ich mitbekam, war, dass Molnar andere Pläne hatte. Wir fuhren gemütlich auf der B13 dahin, in unserem Rücken lagen der Deutschordenswald und vor uns der Wienerwaldsee. Moratti telefonierte, Mandi war hinten immer noch bewusstlos und ich aufgekratzt wie eine Springmaus auf Koks. Da überholte uns ein Wagen. Er schoss an uns vorbei und war so schnell, eigentlich hätten wir einen Überschallknall hören müssen. Moratti nahm das Handy vom Ohr, ich schaute verdattert drein, und sogar Mandi hinten schien etwas mitbekommen zu haben. Uns drehte sich alles.

»Marandanna! War der schnell!«

»Warum der? Kann ja auch eine Frau gewesen sein«, entlarvte ich Morattis sexistische Weltsicht.

»Topfen, Linder. Frauen san net so bled!«

»Kommt drauf an. Wenn man Frauen nicht zugesteht, gleich blöd sein zu können wie ein Mann, dann ist das auch diskriminierend!«, antwortete ich.

»Woher hast denn den Scheiß?«

»Sensibilisierungsseminar und Antidiskriminationsworkshop, ist für alle an der Uni Pflicht!«

»Vergiss den Scheiß, hast da die Nummerntafeln g'merkt?«

»Nein.«

Aber als ich darüber nachdachte, wollte mir scheinen, dass das Auto ausgesehen hatte wie ein alter selbst lackierter schwarzer Audi. Einen Moment dachte ich darüber nach, ob ich Moratti was sagen sollte, der schon wieder am Telefon mit Molnar stritt. Endlich legte er das Handy weg.

»Mir solln gleich zum Schneijder kommen, die SSD kommt erst später dran«, meinte er.

»Also, wegen dem Auto vorher ...«

»Ja?«

Wir fuhren gerade am Wienerwaldsee vorbei. Das Wasser lag spiegelglatt zu unserer Linken, ein paar Lichter spiegelten sich auf der Oberfläche, und der See wirkte wie ein riesiger schwarzer Spiegel. Der Spiegel, in dem sich das Universum spiegelt, während es zu den Harmonien der Sphären tanzt, sich dabei um sich selbst drehend. Einen Moment lang erlag ich dem Zauber, aber dann war der Eindruck wieder weg und es war nur ein Lackerl irgendwo im Wienerwald.

»Wegen dem Auto vorher ...«

»Der Raser, ja?«

»Also, das könnt ein selbst lackierter alter Audi gewesen sein.«

Moratti zog hörbar die Luft ein.

»Der Karaschin! Des hat uns grad noch g'fehlt!«

»Ist doch eh nur ein amtsbekannter Spinner. Ein Hausmeister, der sich für einen KGB-Agenten hält.«

»Der Glaube versetzt Berge!«, meinte Moratti.

»Naja. Normalerweise machen das die Schaufelbagger.«

»Da können die G'scheiten reden, was wolln, der Karaschin, das ist kein Hausmeister mit Nervenzusammenbruch. Der hat nur seine Identität gefälscht. Das ist ein KGB-Agent mit Nervenzusammenbruch.«

»Ja?«

»Ich hab den amal verhört, und jetzt los zua!«

Damit begann Moratti eine längere Erzählung. Karaschin, der nach Polen geschickt worden war, um einen Autohehlerring auszuheben, aber dann zu viel herausgefunden hatte, sodass ihn der KGB zu überwachen begann. Magensonden, Peilsender in Zähnen, jahrelange Flucht. Versuchte Vergiftung durch blauen Tee und Brustvergrößerungssalben, Gastritisoperationen zwecks Peilsenderimplementierung und Peilsenderimplementierung unter die Haut. Paranoia hoch zwei. Das übliche Gelaber. Moratti merkte, dass ich nur mit einem Ohr zuhörte.

»Aber jetzt kummts.«

»Ja?«

»Sobald was ist, sobald er irgendwo ein Problem kriegt, weil er irgendwen ausspioniert, im Hausmüll wühlt, E-Mail-Accounts hackt oder einfach nur sieben Tage in einer Hauseinfahrt Wache schiebt, es holt ihn immer ein Anwalt raus. Keiner von den Typen mit den H&M-Anzügen, die ein Gemeinschaftsbüro mit einer Feng-Shui-Beraterin haben. Sondern ein echter Anwalt. Zdenker hat der g'heißen, der ihn bei uns rausg'holt hat. Dann hab ich nachg'forscht. Da hab ich g'merkt: Der hat ihn auch bei allen anderen Prozessen verteidigt. Der Zdenker sitzt am Wildpretmarkt 2. Ich hab mir dacht, den Namen kenn ich doch. Und dann ist es mir eing'falln: Damals, wie ich ang'fangt hab bei der Kripo, da war gerade der Proksch-Prozess am Anfang. Und damals, da war ich noch grün und hab einen Haufen Laufarbeit machen müssen. Damals ist mir der Name Zdenker untergekommen. Der alte Proksch hat ihn bei der Lucona als Anwalt wollen, aber der hats nicht gmacht.«

»Aussichtslos?«

»Na, zu wenig zahlt!«

Die Pointe saß. Wie konnte sich Karaschin einen solchen Anwalt leisten? Da kostete der Handschlag zur Begrüßung schon einen Fünfhunderter. Zu viel für einen Hausmeister mit Nervenzusammenbruch. Und Basedowaugen.

Wir näherten uns dem Grundstück von Schneijder.

»Linder, Sie bleiben sitzen, bewachen den Mandi. Wenn Sie einen Schritt aus dem Auto rausmachen, dann erschieß ich Sie auf der Flucht unter dringendem Tatverdacht. Hascht mi?«

»Sicher.«

»Brav so.«

Moratti stieg aus und ließ mich allein im Auto zurück. Mandi war wieder weggetreten, der zählte nicht. Einsam ist langweilig. Zweimal fuhr ein schwarzer Kleinlaster am Auto vorbei, ich denke, das war die VEGA. Dann dauerte es noch eine Viertelstunde, es ging schon auf Mitternacht zu, da tauchten Molnar und Moratti wieder auf. Drei andere waren noch mit dabei. Alle fünf trugen Westen, so wie man sie in amerikanischen Filmen sieht. Moratti zog seine aus. Molnar ließ ihre an. Die drei anderen griffen sich Mandi und schleiften ihn weg.

»Linder, Sie haben die SSD?«, begann Molnar geschäftsmäßig.

»Sicher, bei mir zu Hause.«

»Gut. Dann fahrn wir die jetzt holen.«

Ich blieb sitzen.

»Linder!«

»Sie können doch auch hinten sitzen«, meinte ich.

»Blödsinn. Der Wagen gehört dem Verdächtigen! Wir fahren doch nicht mit so was! Schlimmstenfalls ist das sogar ein Beweismittel! Raus da, wir fahren mit unserem.«

Also musste ich aussteigen. Gott sei Dank war es dunkel, und niemand sah meine roten Ohren, denn ich schämte mich unsäglich für meinen Lapsus.

20 Minuten später fuhren wir die Czartoryskigasse rauf. Die Fenster waren geöffnet, denn sowohl Molnar als auch Moratti rauchten. Die Zigarette danach schmeckt am besten.

»Könnten Sie ein paar Meter die Straße runter parken?«, fragte ich. »Meine Frau schläft, und es ist besser, das bleibt so.«

»Nix da. Wir lassen Sie sicher nicht allein die SSD holen.«

»Aber bitte leise sein. Laura bringt mich um.«

»Keine Sorgen, Linder, wir kennen Ihre Frau. Es ist auch in unserem Interesse, dass sie weiterschläft.«

Molnar erinnerte sich also noch gut an die letzte Begegnung der beiden, als Laura mit ihr den Fußboden aufgewischt hatte. Rein juristisch gesprochen natürlich.

Wir rollten vor unserem Haus aus. Der Wagen stand leicht am Gehsteig, die Türen wurden sanft geschlossen, ich sperrte auf, wir gingen rein. Alles leise. Gut so. Mein Arbeitszimmer ist im unteren Stock. Oben ist das Bad, das Schlafzimmer und Lauras Zimmer. Plus zwei leere Zimmer. Für die Kinder.

Auf Zehenspitzen schlichen wir durchs Wohnzimmer, ich öffnete meine Tür und schloss sie hinter uns. Sachte, sachte,

sachte. Kaum hatte ich die Tür hinter uns geschlossen und das Licht aufgedreht, als mir das Gesicht runterfiel. Molnar und Moratti ging es ebenso. Ich hörte ihre hart am Boden aufschlagen. Da lagen nun die drei Gesichter und schauten blöd. Denn mein Arbeitszimmer war kein Arbeitszimmer mehr, sondern ein Aufräumauftrag. Alles lag am Boden, die Bücherregale waren ausgeräumt, mein altes Black-Sabbath-Poster heruntergerissen, die Pindar-Oden lagen zerfleddert neben dem Dictionnaire du Monde Germanique. Einzig meine Teekanne stand dort, wo sie immer steht. Auf einem kleinen Korkuntersetzer neben dem Foto von meinen Großeltern und dem Pokal von der Schülermeisterschaft 1991. Ich atmete tief durch. Bücher sind robust, die halten was aus. So lange es nicht Feuer oder Maus heißt.

»Linder, schauts bei dir immer so aus, dass der Sau graust?«, fragte Moratti.

»Nein, Einbruch«, meinte Molnar und deutete auf das offene Fenster, durch das die laue Nachtluft hereinströmte. Draußen bewegten sich die Birken im Nachtwind, und der Mond schien auf den Rasen. Den ich schon wieder nicht gemäht hatte.

Ich griff in den Müll und zog ein braunes Papiersackerl heraus. Ich hielt es Molnar vor die Nase.

»Da war die SSD drin?«

Ich nickte.

»Was legscht denn auch die SSD einfach so hin? So was versteckt man«, brüllte mich Moratti pianissimo an.

Ich hatte einmal die Symphonie Pathétique von Tschaikowski gehört, die Partitur schreibt dort ein pppppp, also ein sechsfaches Piano vor. Die Wiener Philharmoniker hatten das damals nicht so recht hingekriegt, Moratti schon. Es war so leise, dass man es fast nur mehr denken konnte und nicht mehr hören.

»Ich habs doch offen hinlegen müssen, weil sonst hätt's nach meinem Tod ja niemand mehr finden können.«

»Linder, du bischt ein Depp! Was nach dem Tod ist, ist wurscht!« Wieder ein wunderbares pppppp.

»Jetzt?«, gab ich zurück.

»Wer kann das gewesen sein? Wer wusste davon?«

»Niemand, ich hab das der Wundervoll entwendet und eine andere SSD eingesetzt und die manipuliert. Da ist ein Virus drauf, da findet niemand was raus.«

»Wer noch?«

»Kana«, gab ich auf wienerisch zurück.

»Gibt's nicht. Kana kann nicht hier eingebrochen sein. Der sitzt seit dem Fall mit dem Seelenhändler!«

Ich grinste, dann grinste Moratti. Schlussendlich auch Molnar.

»Ah so, Niemand, nicht Keiner!«

»Genau«, meinte ich.

Alle drei grinsten. Bis Moratti weiß wurde.

»Ich Depp, ich damischer!«

»Was denn?«

»Na, im Wienerwald, da hat uns der Karaschin überholt.«

»Na und, der wusste doch nichts …«, setzte ich an.

Doch dann wurde ich still. Moratti und ich schauten uns schuldbewusst in die Augen.

»Wollt's ihr mich einweihen?«, fragte Molnar ungeduldig.

»Ungern«, gab Moratti zu. »Wir warn im Wald und ham gredet, da hab ich gmeint, es hat uns wer belauscht.«

»Und dann auf der Straße hat uns wer überholt. Das könnt der Karaschin gewesen sein.«

»Ihr zwei Superhelden habt's nicht eins und eins zusammenzählen können!«, fauchte Molnar.

So leise, dass es in den Ohren wehtat. György Ligeti verwendet stellenweise achtfaches Piano, so muss das klingen.

Ein paar Augenblicke standen wir herum und fluchten.

»Na egal, den Karaschin werden wir uns schon schnappen!«, meinte Molnar. »Hausmeister fallen auf.«

»Wie Stecknadeln im Heuhaufen.«

»In der Hausmeistermetropole Wien!«

»In etwa so, wie wenn du einen österreichischen Fußballer suchen wolltest anhand der Beschreibung: zwei linke Füße.«

Wir schauten sauer drein. Die SSD war weg.

VIII

Die nächste Woche war gar nicht lustig. Ich musste wieder und wieder bei der Polizei antanzen, ich musste mit Staatsanwälten reden, ich musste klug und durchtrieben sein, um ja nicht in das ganze Schlamassel mit hineingezogen zu werden. Denn wenn Laura herausfand, dass ich schon wieder in irgendeine Unregelmäßigkeit verwickelt worden war, wäre das für unsere Ehe gar nicht gut gewesen. Sie war inzwischen in der Phase der Schwangerschaft, in der das mit den Launen losgeht. Laura mit Launen, die draufkommt, dass ich dem Tod meiner großen Jugendliebe nachrecherchiere, das ist wie ein Feuerdrache, dem man ein Zäpfchen verpassen will. Nichts, was in unmittelbarer Nähe Spaß macht.

Molnar, die andere Frau, die mir das Leben zur Hölle machte, war nicht weniger schlimm. Sie war zwar – vermutlich – nicht schwanger, aber da Moratti ihr Partner war, traf die Schuld am Verschwinden der SSD allein mich. Da damit die ganze Anklage gegen Schneijder/Whyte auf wackligen Füßen stand, wurde ich wieder und wieder und wieder ausgequetscht, jedes Minibitzerl an Information aus mir herausgequetscht, das ich zu liefern imstande war.

Nebenher lief eine groß angelegte Suche nach Karaschin, aber die verlief, wie zu erwarten war, im Sande. Der Typ war untergetaucht, und ob das jetzt der Tatsache zuzuschreiben war, dass er ehemaliger KGB-Agent war oder Hausmeister: Es lief aufs Selbe hinaus. Der Typ war verschwundener als die Flöttl-Millionen.

Gegen Freitagmittag zeichnete sich dann aber doch ab, dass die Faktenlage ausreichen würde, um Anklage zu erheben. Sogar mit einiger Aussicht auf Erfolg. Immerhin etwas. Auf meine Aussagen wurde verzichtet, ich musste nur einen Wisch unterschreiben, meine Protokolle durchlesen, und das war's. Ich war raus aus der Sache.

Was genau Schneijder mit dem Haus- und Hofarchiv vorgehabt hatte, war nicht herausgekommen, aber ansonsten gab's noch ein Dutzend Punkte, die einklagbar waren, und das reichte dem Staat. Ich persönlich war ein wenig unzufrieden, denn ganz hatte ich das Verschwinden und den Tod von Kaede nicht aufklären können. Aber mit der Aufmerksamkeit, die der Fall in Fachkreisen und auch in einer breiteren Öffentlichkeit erregte, musste ich sowieso die Finger davon lassen. Sonst hätte Laura noch mal beim Frühstück einen Artikel über einen Privat-Spinner gelesen, den sie zweifellos als ihren Mann erkannt hätte. Und dann wäre das mit Kaede herausgekommen. Katastrophe.

Die Woche darauf verbrachte ich damit, eine Dissertation durchzulesen, vorzukorrigieren und viel Tee zu trinken. Die Anspannung war einem Mann in meinem Alter durchaus nahegegangen. So machte ich eine ungeheure Entdeckung: Nachmittagsnickerchen auf der Wohnzimmercouch sind eine feine Sache.

Langsam begann Gras über die Sache zu wachsen, und nachdem ich ein paar Liter Sencha getrunken hatte und Wild Horses von den Stones in allen verfügbaren Versionen zig Male durchgehört hatte, begann auch für mich die Phase mit der Akzeptanz des Verlusts. Als das so weit war, kaufte ich eine Chrysantheme, ging runter zur U6, fuhr bis zur Nussdorfer Straße und stieg dann in den 37er. Mit dem fuhr ich bis zur Barawitzkagasse und dort ging ich in den Setagayapark. Das ist ein japanischer Garten mitten in Wien, den ich einmal durch Zufall gefunden hatte. Döbling und Setagaya, ein Stadtteil von Tokio, haben ein Kulturabkommen laufen, aufgrund dessen dieser Park entstanden ist. Was Döbling in Setagaya laufen hat, ist mir nicht bekannt. Aber der Park in Wien ist echt toll. Kaede hatte gar nicht gewusst, dass es den gab. Dort am Eingang steht ein Steinblock, und auf dem Steinblock ist ein japanisches Schriftzeichen zu finden. Paradies. Kein Wunder, denn Hunden ist der Zutritt verboten.

Dort drinnen gibt es ein Teehaus, das allerdings nicht immer geöffnet hat, einen Seerosenteich, Wasserläufe, sogar einen Wasserfall, Steine, japanische Pflanzen. Viel Ruhe. Dort suchte ich mir ein stilles Plätzchen und legte meine Chrysantheme nieder. Ich ging ein wenig spazieren und machte mich dann wieder auf den Rückweg. Seitdem komme ich jeden Monat einmal mit einer Chrysantheme vorbei. Wegen dem, was war, was sein hätte können und was niemals wird. Das lass' ich mir durch nichts nehmen.

6. KAPITEL

1

Ich kam gerade aus dem Setagayapark zurück, es ging auf drei Uhr zu, und vom Bad her tönte fern das Geplätscher und Geplärr eines schönen Badetags. Rennende Kinder in kleinen Badehosen. Gebräunte Badewascheln in Shorts. Halb nackte Mädchen beim Eis lutschen. Der Geruch von Frittierfett und Sonnenöl. Sommerliche Unbeschwertheit, der Wirtschaftskrise, Umweltverschmutzung und Budgetlöcher nichts anhaben können. Alles war perfekt. Nur vor unserem Haus parkte der Luxusschlitten von Glanicic-Werffel. Also das Haus gehört eigentlich der Bank, aber das Auto ganz sicher meiner Chefin. Ich weiß das, weil ich dem Ding nachfühlen kann. Ich gehöre ihr nämlich auch. Genau das, was man haben will, wenn man Samstagnachmittag heimkommt. Die Chefin im Haus. Super.

Ich wappnete mich mit Geduld, setzte eine höflich-zufriedene Miene auf, sperrte die Haustür auf und ging hinein. Laura und meine Chefin saßen draußen auf der Terrasse. Auf dem Tischchen stand ein Blumenstrauß, meine Chefin trank einen Sommerspritzer und Laura Eistee.

»Hi«, sagte ich.

»Schau mal, Arno, ich hab Blumen bekommen.«

Ums Haar hätte ich geantwortet: »Blumen kriegen von

mir nur Tote«, aber wie durch ein Wunder schluckte ich das noch mal runter.

»Schöner Strauß«, meinte ich nichtssagend und küsste Laura auf die Wange.

»Was treibst du so?«

»Bisschen rumstreunern«, meinte ich. »Auch ich hab mal Ferien.«

»Magst du dich zu uns setzen?«

»Ach, ich stör euch sicher, ich geh in mein Arbeitszimmer.«

»Ach, Linder!«, unterbrach meine Chefin.

»Ja?«

Das »zu Diensten« ließ ich aus, es verstand sich von selbst.

»Morgen muss der amerikanische Gelehrte, den Sie vor drei Wochen abgeholt haben, wieder zurück in die Heimat. Ich meinte, Sie können ihn sicher fahren.«

»Bis nach Pittsburgh?«

»Von mir aus schon«, meinte Glanicic-Werffel.

Sie trank einen Schluck aus ihrem Glas. Kondenswasser perlte auf der Außenseite, das Sonnenlicht brachte die goldene Flüssigkeit zum Leuchten, und man konnte förmlich das erfrischend Säuerliche auf der Zunge spüren. Trotz aller Liebe zum Altertum und aller klassischer Bildung: Wein ist meine Sache nicht. Allein wenn es 35 Grad hat, dann ist ein Spritzer ein Wahnsinn. Aber ein Spritzer ging nur mit Kommunikation. Und mit Laura und meiner Chefin am Tisch ist Kommunikation wie ein Aufenthalt im Boxring mit Mike Tyson und Muhammad Ali. Oder ein Schachspiel gegen Fischer und Capablanca. Oder ein Streichquartett mit Mozart, Haydn und Bach, oder aber eben eine nette Unterhaltung mit Laura und Glanicic-Werffel.

»Egal. Wann soll ich ihn abholen und wo?«

»Ich hab Ihnen ein Mail geschickt, Linder, lesen können Sie wohl?«

»Doch, doch.«

»Nur mit der Ausführung hapert's mitunter«, meinte Laura.

»Wieso?«, fragte Glanicic-Werffel nach.

»Das letzte Mal war er brav einkaufen, aber das Geldbörserl hat er in den Kühlschrank und die Radieschen in die Schlüsselschale gelegt.«

Beide lachten.

»Ach, Linder, hörn Sie mit den Gelehrtenklischees auf, das ist langweilig. Der Philologe des 21. Jahrhunderts gehorcht einem anderen Rollenbild!«

»Die PhilologIn«, meinte ich, das I betonend.

»Ach, Binnen-I'n können Sie mich kreuzweis!«, antwortete Glanicic-Werffel.

»Eben. Den Feminismus kannst behalten, Arno, wir sind schon Chefin!«, meinte Laura.

Die beiden Damen klickten bestgelaunt mit den Gläsern, und ich war vergessen. Ahh. Ich atmete tief durch und ging in mein Zimmer. Die Tür machte ich zu. Absperren darf ich nicht, das darf nur Laura. Jedenfalls hatte ich noch ein wenig Tee in der Kanne, ich schnappte mir die Heroides von Ovid, begann, ein wenig Liebeslyrik zu lesen. »Was immer du liest, es wird mit Tränen befleckt sein«, schreibt Ovids Briseis. Wie wahr. »Tears must be cried«, singt Jagger, »Let's do some living, after we die«. Große Lyrik. Zuerst leben, dann sterben. So gehört sich das. Da das richtige Leben sowieso nur in Büchern stattfindet, las ich diesen Nachmittag.

Der nächste Sonnenaufgang sah mich schlaftrunken aus dem Bett steigen. »Kröäuln«, sagt der Wiener dazu, was so viel heißen mag wie sich beschwerlich und mühselig hinschleppen. Jedoch nicht nur. Denn Jesus auf dem Weg nach Golgatha schleppte sich auch, allerdings ›kröäulte‹ er nicht. So schwer das Kreuz auch war, er ging, denn sein Leiden war zutiefst menschlich. Kröäuln meinte diese Art der mühseligen Fortbewegung, die mehr auf vier Füßen als auf zweien stattfindet. Mehr tierisch ist als menschlich. Köäuln tut der, der den stolzen Bipeden-Gang nicht mehr so recht beherrscht. Schwer Betrunkene etwa oder sonst wie in der Bewegungskapazität Eingeschränkte. Und ich. Ich kröäulte, dass es eine Freud' war.

Was müssen die Flüge bloß immer so früh sein? Ich quälte mich zum Waschbecken, spritzte mir Wasser ins Gesicht, fand irgendwo was zum Anziehen und fiel mehr ins Auto, als dass ich hineingestiegen wäre. Fahrtüchtigkeit sieht anders aus. Bis ich unten am Ring war und vor dem Bristol hielt, war ich allerdings munter. Steijner stand schon brav da, hielt eine Tafel aus Pappkarton in der Hand, und ich hielt ihm die Tür auf. Koffer musste er selber ins Auto packen. Ich bin der Sklave meiner Chefin, nicht der von einem amerikanischen Kollegen. So klein und schmächtig er hinter seinen dicken Brillengläsern auch aussehen mochte. Im Auto nahm er kurz seinen karierten Hut ab, wischte sich die Glatze mit einem Taschentuch und schnaufte tief durch.

»Diese Reiserei, immer Koffer schleppen!«, meinte er.

»Jaja«, meinte ich, nicht recht zuhörend, denn wir fuhren auf den Ring hinaus, und da wurlt es nur so von Fußgängern, Straßenbahnen, Radfahrern und japanischen Touristen. Alle glauben sie, dass die Straße nur ihnen gehört.

Steijner quatschte den ganzen Weg zum Flughafen raus, wie nett Wien gewesen sei, dass er viele allerliebste Leute kennengelernt habe und dass er gerne einmal wiederkommen würde. Wie er in Wien allerliebste Leute kennengelernt haben konnte, erschloss sich mir nicht ganz, aber der

Typ interessierte sich ja auch für Mittellatein. Was weiß man schon bei solchen Leuten. Vielleicht hängt der seine Bilder auch mit dem Rücken nach vorn auf.

Am Flughafen draußen stieg er aus, holte seine Koffer raus, und ich stieg aus, um mich zu verabschieden. Wir schüttelten uns die Hände.

»Ach Gottchen!«, rief er auf einmal aus. »Ihre Ausweise. Shame on me!«, meinte er und zog die Karten heraus, die ich ihm bei unserer ersten Begegnung gegeben hatte.

»Hätte ich total vergessen. Herzlichen Dank!«

Bei dem Gedanken, den bürokratischen Marathonhürdenlauf mit juristischen Hindernissen durchzustehen, der nötig gewesen wäre, um den Verlust der Dinger bestätigen lassen, neue Anträge auszufüllen, anzustehen, zu warten, neu auszufüllen, lief es mir kalt über den Rücken runter.

»Warten Sie, ich helfe Ihnen schnell mit den Koffern.«

Ich sperrte den Wagen ab, schnappte mir eins der Dinger und zog an.

»Aber Sie stehen doch im Parkverbot!«

»Egal, es ist noch früh, die paar Minuten merkt niemand was.«

Ich zog ihm den Koffer bis zum Check-in.

»Pfff. Sind die Dinger schwer, was haben Sie da drin? Eine Bibliothek?«, fragte ich.

»In etwa«, meinte er, und wir beide lachten.

Ich erinnere mich noch, dass ich staunte, dass er Business Class flog und so nicht anstehen musste. Dann zog ich ihm das Ding noch bis zum Duty-free-Eingang, wo wir uns verabschiedeten und ich wieder rausgehen wollte. Wollte. Denn ich ging nicht. Steijner verschwand im Duty-free-Bereich, dafür tauchte jemand vor mir auf. Aus dem Nichts. Der Jemand – die Jemand – küsste mich. Chrysanthemenduft umwehte mich.

»Kaede!«, hauchte ich verdattert.

»Genau«, meinte sie.

»Was machst du da?«

»Dich abholen kommen.«

»Aber du bist tot!«

»Blödsinn. Tot sind immer nur die anderen.«

Darauf wusste ich nun nichts mehr zu sagen. Zumindest nicht gleich.

»Aber die Molnar, das Foto, es war amtlich!«, stotterte ich.

»Arno, nicht alles, was amtlich ist, ist auch wahr.«

»So?«

»Ja, so. Ich hab der Frau Molnar geholfen, und sie hat mir geholfen. Tut mir leid, dass ich dich ein bissi angeschwindelt habe.«

Sie küsste mich wieder. Ich war so benebelt, dass ich gar nichts machen konnte außer zurückküssen.

»Aber warum?«

»Um den Whyte loszuwerden, Arno. Und für ein bissi Geld. Was ist? Ich bin jetzt reich. Kommst du mit mir?«

»Wie stellst du dir das vor? Ich bin verheiratet, ich habe einen Job, ich werde Papa!«

»Arno. Es ist ganz einfach. Da ist dein Ticket. Auf deinen Namen. Wir fliegen nach Hongkong, dann sehen wir uns einfach mal ein Jahr oder zwei die Welt an. Dann schaun wir weiter.«

»Geht nicht. Ich kann nicht einfach davonlaufen.«

»Du läufst nicht davon, Arno. Du kommst mit mir!«

»Also ich seh das anders.«

»Soso. Du willst also nicht.«

»Nein, so ist das nicht. Ich will schon, aber ich kann nicht.« Ich überlegte einen Moment. Dann nahm ich alles zurück. »Nein, Blödsinn. Du hast recht. Ich will nicht. Ich bleibe bei Laura.«

»Arno«, hauchte Kaede und küsste mich.

Dann barg sie ihren Kopf an meinem Hals, als sie merkte, dass ich nicht zurückküsste.

»Komm doch mit! Stell dir vor, wir zwei und die Welt!«

»Meine Welt ist jetzt am Utopiaweg.«

Kaede sah mich mit großen Augen an. Sie waren sehr schön und dunkel, und man konnte Tränen sehen.

»Arno, du musst nur Ja sagen und du bist im Paradies!«

»Ich will aber nicht.«

»Warum nur klappt es nie mit uns zweien?«, fragte sie mich.

»Weil du mich immer anlügst, ausnutzt und so tust, als wärst du tot!«, meinte ich trocken.

»Du bist ein Spießer geworden!«, meinte sie resignierend.

Eine Träne lief ihr über die Wange hinunter.

»Vielleicht«, meinte ich.

Kaede sah mir tief in die Augen, zerriss das Flugticket und ging. Dorthin, wo ich ihr nicht folgen konnte, weil ich keinen Pass dabei hatte. Hinter die Zollkontrolle. Ich sah ihr nach, und als sie weg war, sah ich ihr immer noch nach. Auch als ich draußen im Auto saß und nach Wien zurückfuhr, sah ich ihr immer noch nach. Manchmal wache ich noch in der Nacht auf und ertappe mich dabei, dass ich ihr immer noch nachsehe.

11

Den Rest des Sonntags verbrachte ich damit, hirntot Rasen zu mähen. Wir haben so ein Ding, das durch Muskelkraft angetrieben wird. Da braucht man den ganzen Nachmittag. Irgendwie war ich dann so erschlagen, sowohl emotional als auch körperlich, dass mir zum Rest des Tages nicht mehr viel einfällt. Aber am Montag ging's wieder so richtig los.

Erfrischt, ausgeruht und völlig übergeschnappt beschloss ich, der Sache, die ich soeben miterlebt hatte, auf den Grund zu gehen. Vernünftig wäre es gewesen, Gras wachsen zu lassen, aber das ist nicht mein Stil. Gras rauche ich, und mit der Vernunft, da wusste ich noch nie, wozu die gut sein soll. Also wartete ich, bis Laura arbeiten gegangen war, und dann baute ich mir einen Ofen. Als ich den geraucht hatte, gings runter in die Stadt.

Die erste Frage, die der erfahrene Amateurdetektiv gewöhnlich stellt, ist die nach dem »cui bono?«. Wem hat's genützt, wer hat profitiert? Da fielen mir zwei Namen ein. Molnar und Kaede. Die Polizei ließ ich mal aus, da muss wer kommen, der ein bisschen mehr zu bieten hat als ich. Aber bei Kaede war ich mir sicher. Sie brauchte Geld und hatte einen Weg gefunden, es zu lukrieren. Auch wenn die Polizei nichts Konkretes rausgefunden hatte, so war ich mir doch sicher, dass alles mit dem Haus- und Hofarchiv zusammenhing. Dort liefen alle Fäden zusammen. Also musste es dort etwas geben – oder gegeben haben –, das den Aufwand lohnte. Fragte sich nur mehr, was. Die Frage war für mich schwer zu beantworten. Ich kannte aber jemanden, der da genau Bescheid wusste. Also ging's zu Nodequai.

Als ich eintraf, war das Antiquariat leer und still. Nodequai war kaum von den Büsten zu unterscheiden, die überall rumstanden.

»Hi«, sagte ich.

»Servus«, sagte er.

»Sag, du kennst das Haus- und Hofarchiv?

»Sicher. Erste urkundliche Erwähnung 1137. Seit den Babenbergern wird dort alles aufbewahrt, was wichtig ist. Wenn du also wissen willst, warum die Gräfin Schwarzenberg 1741 obduziert wurde, warum der Wiener Erzbischof dazu Ja sagte und warum sie die arme Frau in einem Weihwasserfass nach Krumau gebracht haben und dann dort in einem massiven Ziegel-Felsgesteinkokon zur Ruhe gebettet haben, unter dem Altar der St.-Veits-Kirche, und warum die Familien Schwarzenberg und Habsburg seit 270 Jahren täglich eine Messe lesen lassen, dann wirst du dort fündig werden.«

»Lass den Vampirblödsinn. Sag mir lieber, was ist in dem Archiv so wertvoll, dass man ein Verbrechen begehen könnte?«

»Alles.«

»Konkreter geht's nicht?«

»Hm. Wenn du nicht konkreter fragst, dann nicht. Ist nur komisch.«

»Was denn?«

»Dass ich innerhalb eines Jahres dieselbe Frage zweimal gestellt bekomme.«

»Zweimal? Wer?«

»Arno, du bist ja ganz verdattert! Das hab ich noch nie gesehen, komm lass mi a Foto machen!«

»Sicher nicht. Also wer!«

»Kaede.«

Ich musste mich setzen. Nodequai und Kaede haben eine

Vorgeschichte. So wie ich und Kaede. Vielleicht erzähle ich die irgendwann mal, aber nicht jetzt.

»Jetzt bist baff!«, rief Nodequai aus.

»Schon. Warum hast du mir nichts davon gesagt, dass sie wieder in Wien ist?«

»Weil du nicht gefragt hast!«

»Aber du hättest dir schon denken können, als ich bei dir war, dass …«

»Sicher. Aber du hast ja auch nichts gesagt, warum also sollte ich was sagn?«

»Na, weil, also …«

»Weil ich ein ehrlicher Depp bin?«, meinte er geradeheraus.

»Eh, hm …«, ich zögerte einen Augenblick, dann sagte ich: »Ja.«

»Wie sich der kleine Maxi das so vorstellt. Man glaubt es kaum, aber auch ich bin ein eigener Mensch und nicht nur eine Auskunftei.«

»Na gut. Lassen wir das. Du hast ihr also auf die Frage eine Antwort gegeben?«

»Schon.«

»Was jetzt?«

»Na, ich hab gemeint, ich würde gar nicht nach was besonders Wertvollem oder Geheimnisvollem suchen. Das kostet zu viel Zeit.«

»Was dann?«

»Na einfach das Pergament stibitzen.«

»Das Pergament?«

»Na sicher, stell dir mal vor, was man alles machen kann, wenn man, sagen wir, 100 Kilo echtes Pergament besitzt. Man schabt das ab, was einen nicht interessiert, das ist überhaupt kein Problem, das Material ist sehr widerstandsfähig, dann kann man zu fälschen anfangen.«

»Blöde Frage, aber was fälscht man auf Pergament? Ich meine, kein alter Meister hat darauf gemalt. Und Handschriften fälschen, dafür werden keine solchen Preise bezahlt, dass das den Aufwand lohnt.«

»Arno, du bist weltfremd.«

»Ja?«

»Sicher. Stell' dir mal vor, wie viele reiche Leute es gibt. Ich meine richtig reiche Leute. Solche, die aber erst in den letzten Jahren zu Reichtum gekommen sind. Stell' dir vor, was diese Bankiers, Oligarchen und Industriellen nicht haben.«

»Weiß nicht? Geschmack?«

»Sicher, das auch, aber vor allem sind sie Parvenus.«

»Und?«

»Na, dem kann man abhelfen.«

»Du meinst, da gehts um Fake-Stammbäume und solche Sachen?«

»Sicher.«

»Also das glaub ich dir nicht. Heute ist das doch keiner Menschenseele mehr wichtig.«

»Glaubst du. Was meinst du, dass Victoria Beckham auslegen würde für die urkundliche Bestätigung, dass ihre Vorfahren mit Richard Löwenherz Akkon belagert haben!«

»Du kennst Victoria Beckham?«

»Na ja, nicht persönlich, aber sie hat mal angefragt.«

»Echt?«

»Sicher. Und jetzt stell' dir mal die fünf Dutzend Oligarchen in Russland vor. Was die auslegen für ein solches Dokument. Wenn du mit der Tinte richtig vorgehst, dann kannst du das mit einem echten Pergament unbezweifelbar machen.«

»Russland, haben die überhaupt Adelsbriefe auf Pergament gehabt? Waren das nicht die Birkentafeln, auf denen da geschrieben wurde?«

»So und so. Aber stell' dir mal vor, was so ein netter Gashändler dafür zahlen würde, dass der Kaiser von Konstantinopel seiner Familie im Jahre 1412 den Rang eines Magister Militum verliehen hätte.«

»Gab's den Magister Militum 1412 überhaupt noch?«

»Tut nichts zu Sache. Das weiß weder der, der die Fälschung bezahlt, noch die, die sie lesen. Der Chemiker, der sie analysiert, weiß es auch nicht. Geschweige denn, dass er sie lesen kann, denn da geht's ja dann um Griechisch. Aber das Pergament ist echt. Das zählt.«

»Also was zahlt Victoria Beckham?«

»Darf ich nicht sagen.«

»Aber mehr als für die Locke von Goethe?«

»Ha! Sicher. Damit kann man ja auch besser angeben. Die Leute zahlen dafür, dass sie angeben können. Der Wert einer Sache bemisst sich meiner Ansicht nach weniger durch echte Nützlichkeit oder Qualität oder Schönheit. Sondern nach dem Potenzial, andere damit zu beeindrucken. Das kann das hässlichste Ding auf Gottes Erdboden sein, schlecht gemacht und für nichts nutze. Aber wenn die anderen auf der nächsten Party ›Ohhhh‹ machen, dann klingelt die Kasse. Jedes ›h‹ im ›oh‹ ist eine Kommastelle mehr auf der Rechnung.«

»Hm.«

»Da brauchst du gar nicht zu hmsen, Arno. So ist das. Es gibt sogar Bauern in Österreich, die ihren Hof und Boden für ein Dokument verpfänden, das sagt, dass schon der Ururururgroßvater drauf gesessen hat. Jetzt denk mal in großen Maßstäben.«

Wir redeten dann noch ein wenig weiter über diese Dinge, mir wurden noch ein oder zwei Details genannt, die ich unmöglich in Druckform wiedergeben kann, aber langsam schwante mir, was da gelaufen war.

III

Eine Dreiviertelstunde später befand ich mich wieder einmal in Transdanubien. Ich steuerte auf das kleine Häuschen zu, das neben dem Grundstück stand, auf dem Andy Variol wohnte. Variol war nicht da oder schlief einen Rausch aus, jedenfalls musste ich mich nicht um Heimlichkeit bemühen, denn ich glaube nicht, dass er mich noch mal erkannt hätte. Mit seinem Nachbarn sah das anders aus. Der würde mich sicher nicht vergessen haben.

Ich klingelte am Gartentor. Mir machte niemand auf. Dann kletterte ich über den kleinen Zaun und spähte umher. Nichts deutete darauf hin, dass überhaupt irgendwer hier wohnte. Ich fummelte ein wenig an der Hintertür herum, und drinnen war rein gar nichts los. Da gab es keine Lebensmittel im Kühlschrank, kein Klopapier, keine Zeitungen. Nichts verriet, dass hier wer wohnte. Also fischte ich das Handy raus und wählte die Nummer vom Grundstücksamt. Diesmal gab ich mich für einen Beamten des Finanzamts aus. Klappte wunderbar. Vor der Finanz haben alle Angst. So oder so, es dauerte keine 20 Sekunden, und ich wusste, was ich wissen wollte. Das Häuschen hatte einmal einem Herrn Ludwig Pernthaler gehört, aber der war vor gut einem Jahr gestorben, seitdem stand es leer. Die Erben aus Amerika hatten sich noch nicht gemeldet. Also, vor zwei Wochen war es noch nicht unbewohnt gewesen. Da hatte wer drin gewohnt. Ich hatte auch schon eine Ahnung, wer.

Ich machte mich auf den Weg zurück über den großen Strom, und als ich dann am Schottentor ankam, ging es schon auf zwölf Uhr. Die Sicherheitsbeamtin an der Eingangskontrolle ließ mich nach Anruf in Molnars Büro durch.

»So, Linder. Wir wollen Mittag machen, und Sie stören. Gott sei Dank ist es nicht dringend?«

»Nein, ich wollte nur was nachfragen.«

»Dann isses ja gut, dass wir nicht zum Mittagessen kommen, wenn der Herr Doktor nur eine unwichtige Frage hat.«

»Genau. Die Polizei, dein Freund und Helfer«, meinte Moratti mit beißendem Sarkasmus.

»Ich kann Sie ja auf dem Weg in die Kantine begleiten«, bot ich an.

»Glaubn Sie, mir gengan in die Kantin'?«, fragte Molnar erstaunt und entgegen ihren sonstigen Sprachgewohnheiten in stark gefärbte Umgangssprache zurückfallend.

»Haben Sie den Karaschin schon gefunden?«

»Nein, hamma nicht. Es gibt mehr als zwei Hausmeister in Wien.«

»Sicher, sicher, ich wollt' ja bloß wissen, wann der zum ersten Mal aufgetaucht ist.«

»Hm. Muss schon ewig her sein, weiß ich nicht mehr so genau«, meinte Molnar.

»Ja«, stimme Moratti zu. »Muss zu Beginn des Jahrtausends gewesen sein.«

»Sind Sie sich sicher?«, fragte ich nach.

»Auf jeden Fall. Außerdem, was spielt's für eine Rolle?«

»Können wir da irgendwo nachschauen?«, fragte ich, wohl wissend, dass ich damit die Polizei ins Boot holen würde.

Und wer mit denen ins Schinakel steigt, kommt mit Läusen wieder raus. Aber ohne sie war für mich nichts zu machen. Und das Wichtigste wussten sie nicht und würden sie auch nie wissen.

»Können schon, aber wollen nicht«, meinte Molnar.

»Dann sagen S' mir einfach das Passwort, und ich schau selber nach«, meinte ich frech.

»Niemals, Linder. Vorher erschieß ich Sie, Moratti und mich selbst. Wenn ich daran denke, was Sie mit einem Abschiedsbrief, auf dem eine Zeile aus irgendeinem Beatles-Song steht, alles anstellen …«

»Das waren die Stones, nicht die Beatles.«

»De Rocker san eh alles Popper«, meinte Moratti.

Der war gar nicht schlecht, den ließ ich ihm durchgehen.

»Egal«, sagte ich. »Können wir nicht schnell nachschauen?«

»Na gut. Aber Sie kommen nie mehr zu uns?«

»Nie mehr. Außer …«

»Kein ›außer‹, Linder. Nie mehr.«

»Gut.«

Also schauten wir nach. Ich darf nicht genau sagen, wie und wo. Weil das betrifft Interna. Moratti steht hinter mir und schaut mir über den Rücken, jetzt, da ich das schreibe. Der versteht da keinen Spaß. Datensicherheit ist für die österreichische Polizei mehr als nur eine leere Phrase! Jedenfalls dauerte es keine 25 Minuten, um in dem gut gewarteten System eine Abfrage zu formulieren und beantwortet zu bekommen. Ich kann mir gut vorstellen, dass Lochkartensysteme schneller sind. Und wenn Stonehenge wirklich ein Computer sein sollte, so wie viele Experten auf YouTube behaupten, dann sind sogar die Megalithen schneller. Egal. Jedenfalls hatten wir die Antwort.

Erster Eintrag zum Thema Karaschin, natürlich unter seinem bürgerlichen Namen: 25.6.2013. Feststellung der Personalien wegen öffentlicher Ruhestörung. Das war letztes Jahr im Sommer gewesen. Molnar und Moratti waren bass erstaunt.

»Ich hatte den Eindruck, der Spinner geht uns schon ein Jahrzehnt auf den Geist.«

»So kann man sich täuschen. Unglaublich.«

Die beiden staunten noch ein wenig. Ich war mir schon relativ sicher. Ließ mir aber nichts anmerken.

»Können wir den Todestag seiner Frau rauskriegen? Ich mein, weil er dann ja durchgeknallt ist?«

»Sicher.«

Diesmal war das System noch schneller. Knapp 15 Minuten. Kein Eintrag. Noch ein paar Versuche, nichts rührte sich.

»Komisch«, meinte Molnar. »Da war doch was, oder?«

»Sicher.«

»Linder, wir werden da mal nachfragen!«, meinte Molnar.

Mir war klar, dass sie mich loshaben wollten. Mir war das nur recht. Meinen Abgang nahmen die beiden schon nicht mehr wahr, denn Moratti telefonierte mit den Kollegen in Uniform, die Karaschin gut kannten, und Molnar war beim Meldeamt in der Warteschleife. Ich ging zum Aufzug.

Etwas nach halb eins betrat ich das Institut. Die Gänge waren menschenleer, der Kopierer nicht in Betrieb, es war nicht gelüftet worden, und die staubig-trockene Hitze ließ mir das Hemd auf der Haut kleben. Ich klopfte an Glanicic-Werffels Büro.

»Ja?«, klang es von drinnen.

»Linder!«, sagte ich.

»Gottverschon mich«, seufzte sie. »Was gibts für eine Katastrophe?«

»Nur eine Frage.«

»Das klingt bei Ihnen immer so harmlos.«

»Darf ich?«

»Sicher, tun S' nur«, meinte sie und nippte an einer Teeschale.

»Was trinken Sie da?«

»Tee.«

»Denk ich mir. Was für einen?«

»Ist ein Bancha.«

»Darf ich auch?«

»Nein.«

»Sie trinken bei mir ja auch immer mit.«

»Ich bin die Chefin, Linder, ich darf alles.«

Damit war die Frage beantwortet. Ich stand vor dem Schreibtisch, schwitzte, meine Zunge klebte am Gaumen, das Zahnfleisch kribbelte, und ich hielt es beinahe nicht mehr aus.

»Also, der Herr Steijner. Woher kennen Sie den? Haben Sie ihn auf einem Kongress kennengelernt?«

»Nein, überhaupt nicht. Ich kenne ihn nicht persönlich. Ich bekam nur schon im Oktober eine E-Mail-Anfrage vom Institut in Pittsburgh, die habe ich höflich beantwortet, und so ging das weiter.«

»Aha«, meinte ich.

»Wollen Sie jetzt gehen, Linder?«, fragte Glanicic-Werffel.

»Schon.«

»Vorher sagen Sie mir aber, was das soll?«

»Ach, ich dachte nur so.«

»Sie denken nie nur so!«

»Sie geben mir keinen Tee, ich geb Ihnen keine Ezzes!«

»Wenn die Polizei zur Tür reinkommt, Linder, dann sind Sie gefeuert, und ich sage alles Laura!«

»Machen Sie sich keine Hoffnungen«, meinte ich und ging.

In meinem kleinen Kabäuschen angekommen, setzte ich zu allererst Wasser auf. Die Gier auf Tee war so stark, dass ich noch keinen klaren Gedanken fassen konnte. Ich nahm das kochende Wasser, spülte meine Bürokanne aus, ließ es kurz abkühlen, in der Zeit machte ich meinen Schrank auf und kramte zwischen den Kongressakten '82 herum. Dort bewahre ich mein Allerheiligstes auf. Den Tee für die echten Notfälle. Einen Grünen, den man nicht kaufen kann. Das geht so:

Ich kaufe immer den Sencha im Kilo, bei der Teehandlung Gschwendtner, Wollzeile. In diesen Kilopackungen sammelt sich immer Teestaub. Im Prinzip ist das Matcha, das hoch teure Pulver, das die Japaner bei der Teezeremonie verwenden. Wenn man vorsichtig ist, die Kilopackerln gut behandelt und achtgibt, dann bekommt man aus einem Kilo Grüntee etwa einen Esslöffel Matcha raus. Den sammle ich und bewahre ihn in einem kleinen Glas mit luftdichtem Verschluss auf. Schließlich soll er nicht ausrauchen.

Matcha trinkt man in kleinen Dosen, Halbliterkannen. Das ist Kinderkram. Ich machte mir eine 1,5-Liter-Füllung, mit allem, was ich hatte. Hoch dosiert ergibt dieses Teepulver einen bitteren, aromatischen Grünteeorgasmus. Nach der ersten halben Kanne gings mir zusehends besser. Die Teingier war einer zufriedenen Gewissheit darüber gewichen, dass die Kanne noch halb voll war. So muss sich ein Trüffelschwein fühlen, das in Trüffelsoße geschmort wird. Es war herrlich.

Als ich wieder so weit war nachzudenken, schaltete ich mein Hirn ein und kam zu folgendem Ergebnis: Meine Frau gab mir ein internetfähiges Handy, und das benutzte ich auch. Ich durchsuchte die Homepage der Uni Pittsburgh nach einem Herrn Steijner. Es gab dort einen. Der hatte zwar auch einige Ähnlichkeit mit dem Typen, den ich am Flughafen abgeholt hatte. Mittellatein war auch sein Forschungsgebiet. Aber der war gerade auf einem Auslandssemester in Melbourne. Die ganzen letzten drei Wochen hatte er Sommerkurse gehalten. In Melbourne, nicht in Wien. Ich suchte nach Fotos, aber die vorhandenen waren so schlecht, dass ich nicht mit Bestimmtheit sagen konnte, ob das der Typ war, dem ich den Koffer in den Flughafen getragen hatte. Aber das musste ich gar nicht. Ich wusste auch so, dass man mich reingelegt hatte.

Das erste Mal war ich stutzig geworden, als ich darüber nachdachte, wie Kaede überhaupt in den Fall verwickelt war. Da war mir klar geworden, dass sie einen Verbündeten gebraucht hatte. Und da war mir aufgefallen, dass sowohl der renitente Querulant im Obstgartenweg als auch der Hausmeisteragent mit den Basedowaugen von ihren Frauen verlassen worden waren. Beide sprachen von: gestorben. Das hatte irgendwie gehakt.

Das zweite Mal war ich stutzig geworden, als mir klar wurde, dass ich mich fragen musste, warum ich eigentlich in den Fall verwickelt worden war. Da war mir bewusst geworden, dass mich Kaede in die Sache hineingezogen hatte. Nur wieso? Weil sie meinen Ausweis brauchte. Beziehungsweise der Typ, der Steijner spielte, brauchte den Ausweis, um ins Archiv zu kommen. Und Kaede hatte genau gewusst, dass, sobald jemand von Mittellatein anfängt, ich niemals nachfragen würde. Gelehrter, aber von einem Fach, das ich nicht mal mit den Fingerspitzen angreifen würde. Die letzten Tage war ich mir schon ein paar Mal so richtig dumm vorgekommen. Aber diesmal wirklich. So dumm kam ich mir vor, dass mir nicht einmal der Sencha mehr half, als mir klar wurde, dass ich Idiot nicht nur den Ausweis geliefert hatte, nein, ich hatte auch noch so einen Radau gemacht, dass Cotton-Whyte Trouble mit der Polizei hatte und somit überhaupt erst ermöglicht hatte, dass Kaedes Plan funktionierte. Aber das war noch nicht das Schlimmste. Das

Schlimmste war, dass ich den beiden auch noch die Koffer zum Einchecken getragen hatte. Arno hatte sich gewundert, warum die so schwer waren. Der hatte wirklich eine Bibliothek drinnen mitgehabt. Tschapperl, hätte meine Oma gesagt. Aber nicht freundlich.

Und dann kam mir das allerschlimmste: der Typ hatte mich verarscht und zwar richtig: er nannte sich Schneijder, genau der gleiche Name, den Cotton-Whyte als Decknamen benutzt hatte, nur ein Laut war anders. Zweimal hatte er die Sache mit dem Verlust der Ehefrau gebracht und ich war nicht draufgekommen. Super. Er hatte mir so geholfen und es hatte nicht gereicht. Entweder weil ich alt wurde, oder weil ich blöd bin oder beides.

Da beschloss ich, den ganzen Blödsinn hinter mir zu lassen und einen Schlussstrich zu ziehen. Ich trank den Tee aus, sperrte das Büro ab und ging zum Trattnerhof. Lauras Geschenk wartete schon ein paar Tage auf mich. Der Weg durch die Innere Stadt war schön wie immer. Nackte Beine, glänzende Auslagen, schöne Fassaden. Davon, dass die Reallöhne sinken, die Hypo bezahlt werden muss, die Staatsschulden explodieren und die Schulbildung den Bach runtergeht, war nichts zu bemerken. Alle taten so, als wäre die Welt in Ordnung. Entweder, es waren alles Touristen, die keine Ahnung hatten, oder es waren Österreicher. Die regen sich über eine lauwarme Rindsuppe auf, aber der Weltuntergang lässt sie kalt. Schließlich kam ich zum Trattnerhof. Fuhr mit dem Paternoster zum Gemmenschneider und klopfte an. Juweliere sind andere, Tvanic ist Gemmenschneider.

»Servus«, begrüßte mich Tvanic. »Magst a Wasserl?«

»Sicher.«

»Dann trink ich an Roten, weil sonst is unhöflich.«

»Sicher.«

Ich bekam ein Glas eiskaltes Hochquellwasser und Tvanic einen schweren Roten.

»Ist das Medaillon fertig?«

»Sicher.«

»Gut. Zeig mal her.«

Er zeigte es mir.

»Schöne Verpackung.«

»Ja, die Lederschachteln sind hübsch.«

Er wartete. Dann noch ein wenig. Dann trank er einen Schluck Wein. Schließlich hielt er es nicht mehr aus. Diese Künstler: einem das Weiße aus den Augen rauspressen, aber sensibel wie die Primeln.

»Sakrefix! Sag schon, gfallts da?«, fuhr er mich an. »Oder etwa nicht?«

»Eh«, meinte ich lapidar und grinste.

Tvanic auch. Er war erleichtert. Ich schob das Lederschachterl in die Brusttasche meines Sakkos.

»Zahlen willst nicht?«, fragte Tvanic misstrauisch.

»Nicht unbedingt.«

»Wirst aber müssen, sonst ist's Diebstahl.«

»Ui.«

»Eben.«

Also zahlte ich. Über die Summe bewahre ich Stillschweigen. Wenn Laura das lesen würde, sie würde mich köpfen. Aber das Medaillon würde sie behalten.

»Was is mit deine Goldsiegel wordn?«, fragte mich Tvanic, als ich auf dem Weg zur Tür war.

»Die waren schon weg. Schlussendlich wars alles nix.«

»Des is immer so«, tröstete er mich. »Hat dir der Nodequai erzählt, dass die Kaede, sei altes Gspusi, wieder da is?«

»Mittlerweile ist sie wieder weg.«

»Schade.«

»Überhaupt nicht.«

IV

Am Abend kam Laura heim. Ich hatte gekocht. Also von Kochen keine Spur, denn es war richtig heiß. Aber es gab einen Avocadosalat, italienisches Weißbrot, Oliven, Käse und kalten Grüntee.

»Hm, das war gut«, meinte meine Süße.

»Freut mich. Da schau, ich hab was für dich.«

Ich schob ihr das Etui hin.

»Ui. Lederschachtel! Edel. Kein Firmenname.«

Laura hat Stil, das »Muss teuer gewesen sein!« sprach sie nicht aus. Aber sie dachte es so laut, dass ich es hören konnte.

»Süß, ein Silberanhänger mit schwarzer Maus!«

»Also eigentlich ist das keine Maus.«

»So, es hat vier Füße, ein Schwanzerl, eine süße Nase und ich will's knuddeln. Das ist eine Maus.«

»Das ist eine Spitzmaus. Eine Etruskerspitzmaus. Auf gscheit heißen sie Suncus etruscus.«

»So? Soll mir das was sagen?«

»Na, du bist jetzt eine Linder. Das ist das Familienwappen.«

»Echt jetzt? Ihr habt eine Maus als Wappentier?«

»Spitzmäuse sind keine Mäuse.«

»Sie heißen aber so!«

»Walfische heißen auch Fische, sind aber keine.«

»Guter Punkt.« Laura biss vom Brot ab. »Also, was hat das mit der Maus auf sich?«

»Mäuse sind Nagetiere, aber Spitzmäuse sind Insektenfresser. So wie Igel.«

»Ui, die sind auch süß. Wir haben mal im Sommer einen gehabt, der hat der Katze immer das Futter weggefressen.«

»Also, die Insektenfresser sind Jäger. Sehr nah mit dem Menschen verwandt. Näher als Hunde oder Schweine oder so was.«

»Ah. Du sagtest aber noch was vor der Spitzmaus, die war eine besondere.«

»Genau. Eine Etruskerspitzmaus. Das auf dem Medaillon ist eine Etruskerspitzmaus. Das ist das kleinste lebend gebärende Säugetier der Welt. Eine Etruskerspitzmausmama mit allen Kindern hat auf deinem Daumennagel Platz.«

»Das ist aber süß. Dann ist das auf dem Medaillon Originalgröße?«

»Genau.«

»Und warum ist die euer Familienwappen?«

»Unser Familienwappen.«

»Also gut: ›unser‹. Warum?«

»Weil die Etruskerspitzmaus ein Raubtier ist. Das fürchterlichste, das du dir vorstellen kannst.«

»Ich finde, die sieht zum Kuscheln aus.«

»Für dich. Für einen Heuschreck' ist sie die Ausgeburt der Hölle. Ein ausgewachsener Etruskerspitzmausbulle bringt bis zu 2,5 Gramm auf die Waage. Die Heuschrecken, die er jagt, sind zwanzigmal schwerer als er selbst. Dafür schlägt sein Herz auch 1500 Mal in der Minute, und er atmet etwa 900 Mal in diesem Zeitraum.«

»Ich hab einen Ruhepuls von 56!«, meinte Laura.

»Siehst du? Im Vergleich müsste ein Tiger eine ganze Elefantenherde erlegen.«

»Faszinierendes Tier. Ich möchte auch so viel essen können!«

»Verstehst du langsam, warum das unser Wappentier ist?«

»Ja, Arno, du bist eine Etruskerspitzmaus.«

»Eben.«

Laura hielt das Medaillon hoch.

»Ein schönes Liebessiegel.«

»Nein, das ist unser Liebessiegel.«, antwortete ich und legte meine Hand auf Lauras Bauch. Laura war ganz baff und schaute mich gerührt an. Sie hielt meine Hand auf ihrem Bauch fest und schmolz dahin. Mit verliebten Augen küsste sie mich innig.

Einige Zeit später, die Liebe in ihren Augen war nun einem schelmischen Funkeln gewichen, sagte sie:

»Was anderes interessiert mich aber noch mehr.«

»Was denn?«

»Warum schenkst du mir Schmuck? Du bist mein Ehemann, und Ehemänner machen das nur, wenn sie eine andere vögeln.«

»Hab ich nicht«, schoss es aus mir raus.

»Das kam zu schnell.«

Laura grinste mich an.

»Aber …«

»Gar kein ›aber‹, mein Süßer. Irgendwas war da doch, die letzten drei Wochen.«

»Wie kommst du drauf?«

»Na, da war ein Zigarettenstummel auf meinem Fußboden. Mein Garmin war verschwunden. Du hattest auf einmal so viel zu tun. Ich vermute auch, wenn ich's nicht besser wüsste, dass du in meinem Zimmer warst. Glaub nicht, dass ich blöd bin, mein Lieber.«

»Glaub ich doch gar nicht.«

»Vielleicht nicht, aber du denkst, du seist schlauer. Und das ist ein Irrtum.«

»Bist du böse?«

»Nein. Denn ich weiß, du machst Blödsinn. Aber keinen schlimmen, denn du hast mir das bei unserer Hochzeit versprochen, und da vertraue ich dir.«

»Du vertraust mir? Mir hat noch keiner je vertraut. Nicht mal meine Oma.«

»Aber ich vertraue dir, und unser Kind auch. Und ich weiß, dass du uns nie enttäuschen würdest.«

Mit einem Mal fühlte sich der Rucksack der Bürgerlichkeit an, als ob der Fels des Sisyphos dagegen eine Lerchenfeder wäre.

»Schau nicht so konsterniert, Süßer. Komm rein, dann darfst du mir die Füße massieren.«

»Super«, meinte ich, ein wenig enttäuscht.

»Dir ist schon klar, dass es bei den Füßen fließende Übergänge gibt?«

ENDE

Weitere Krimis finden Sie auf den folgenden Seiten und im Internet:

WWW.GMEINER-SPANNUNG.DE

DOROTHEA BÖHME
Tragödienstadl

978-3-8392-1747-4 (Paperback)
978-3-8392-4757-0 (pdf)
978-3-8392-4756-3 (epub)

»Wer darf die Dorfschönheit küssen? Und wer geht dabei über Leichen?«

Im verschlafenen Lendnitz herrscht Aufregung pur: In zwei Wochen ist die Premiere des Stücks »Romeo und Julia im Jauntal«, ein Bauernschwank um Liebe, Verwechslung und Dorfpolitik. Doch noch dramatischer wird es, als manche Laiendarsteller mit ihrer zugedachten Rolle nicht zufrieden sind.

Und was ist schon ein Mord, wenn man dafür die Dorfschönheit auf der Bühne küssen darf? Dem pensionierten Chefinspektor Fritz Reichel steht eine Menge Theater bevor.

CLAUDIA ROSSBACHER (HRSG.)
Wer mordet schon in der Steiermark?

978-3-8392-1775-7 (Paperback)
978-3-8392-4813-3 (pdf)
978-3-8392-4812-6 (epub)

»Wo Schilcher, Kernöl und reichlich Steirerblut fließt. Herausgeberin Claudia Rossbacher und zehn ortskundige Komplizen morden sich gnadenlos durch die Steiermark.«

Elf einschlägig vorbelastete Schreibtischtäter haben sich auf die Steiermark eingeschossen. Die exklusive Mischung reicht von Steirern über Wahl- und Exilsteirer bis hin zu jenen Autoren, die einen ganz persönlichen Bezug zu Österreichs grünstem Bundesland aufweisen.

Sie alle erzählen kriminelle Kurzgeschichten und geben wertvolle Freizeittipps. Ihre mörderischen Spuren führen von der Landeshauptstadt Graz kreuz und quer durch die steirische Provinz.